闲处风景

常晓军 著

民主与建设出版社
·北京·

图书在版编目 (CIP) 数据

闲处风景 / 常晓军著 . —北京：民主与建设出版
社，2022.3
ISBN 978-7-5139-3752-8

Ⅰ . ①闲… Ⅱ . ①常… Ⅲ . ①散文集－中国－当代 Ⅳ
. ① I267

中国版本图书馆 CIP 数据核字（2022）第 032215 号

闲处风景
XIANCHU FENGJING

著　者	常晓军	
责任编辑	周佩芳	
出版发行	民主与建设出版社有限责任公司	
电　话	（010）59417747　59419778	
社　址	北京市海淀区西三环中路 10 号望海楼 E 座 7 层	
邮　编	100142	
印　刷	三河市金元印装有限公司	
版　次	2022 年 3 月第 1 版	
印　次	2022 年 8 月第 1 次印刷	
开　本	710 毫米 ×1000 毫米　1/16	
印　张	13.5	
字　数	200 千字	
书　号	ISBN 978-7-5139-3752-8	
定　价	59.80 元	

注：如有印、装质量问题，请与出版社联系。

序言　慢慢写，不催自己

　　转冬以来，喜阳成癖，静享光阴，其实别有幽致。这都是西藏当兵时养成的小习惯。

　　此时，或饮茶，或养花草，或掩卷读书，或执笔涂写，心情之好如琼花飞舞。他日无聊，偶然听说山西侯马有位九十老翁，自创石刻"百荷壁"常年免费供人参观，只图孜孜不倦述说莲花之美。说者无意，听者有心，于是找来周敦颐的《爱莲说》品读，先生笔下的莲，大中见小，虚中有实，或藏或露，或含苞半放，或亭亭玉立，用粉红淡紫丰富色泽，蓬勃生机，以弥漫神秘和超凡，自有着无法言说的美轮美奂。

　　石上莲花，有力道之美；文中莲花，有清秀之美。既然为美，无不挟裹着静态花香，不由得想起有次观看吴文莉大姐的画展，刚步入展厅便见碧叶连天，翠绿掩映，彰显出一派写意和大气。形象逼真的灵秀，让人恍若身处"彼泽之波"的湖畔，在细腻中点画出人性和人文的品格，还有着艺术世界不断外化的审美。那一刻犹如醍醐灌顶，在人来人往中停住脚步，竟久久不愿离去，不禁为勾勒在宣纸上的柔弱莲花所感动。

净土世界一莲花。纵观古今，爱莲者多为超逸脱俗之士，画莲者多为慧敏觉悟之人。吴文莉从小知晓佛义，参禅悟道，不失莲的心境，常年伏案在莲的意境中。话说佛祖当年在灵山传道，手拈莲花颔首微笑，以心传心，瞬时间就明白了她，经年累月浸淫在莲花的世界中，观荷、品荷、画荷，用笔墨慢慢地完成着洗却铅华的真实表达，书写着岁月风尘中的平淡无常，也在自我心灵的净化中，努力实现着身心愉悦，真可谓是：一念心清净，莲花处处开。

　　有时候想，周敦颐在与这些莲花为友时，又该展现出何样的修持和脱俗呢？

　　从一朵莲到另一朵莲，变化的是万千视域，不变的却是如水心境。《阿弥陀佛经》中有云："池中莲花，大如车轮。青色青光，黄色黄光，赤色赤光，白色白光，微妙香洁。"现在看来，那丛墨中的一点红、淡雅中的一抹绿，沾染着的是氤氲，透露出的是生机，传递出的是祥和，觉悟着的是清静，绽放出的是境趣。就如眼前这些莲花，香远溢清，不枝不蔓、不争不媚、不亢不卑，时刻都坚守着生命的从容，人性的淡泊。

　　时光笔墨，难画你我，而生命的每一处花开，才是人生旅途中最灿烂的风景。记不起谁人曾说：趁着我们都还年轻，多走几步路，多欣赏下沿途的风景，不要急于抵达目的地，而错过了流年里温暖的人和物。确实如此，周敦颐笔下的莲不仅仅是爱，更是他致力于建"爱莲堂"、凿"莲花池"的执念。看来凡兴趣之事，大抵都是如此，细虑自己从事文字这些年，虽有燕子啄泥的恒劲、蜜蜂筑巢的韧劲、蚂蚁啃骨的拼劲，总归是开窍太晚，悟性太差，以致收效甚微，只能徒叹时光匆匆。屈指算来，爱好文学十数年，从学生到士兵、从西藏到西安，终未敢放弃。其间，也历经各种波折，每每撒手之际又心生希望，犹如水中渐绿之荷。由此喜莲，默然静观，晚含而晓放，顿觉花事与文创皆不易，不失向上情怀，写满虔诚与爱。

　　绿树荫浓，水面风来。花如此，人如此，纸上得来的闲处风景亦如此。

　　数年过去，在不同风景里行走，业已习惯了用笔墨描摹闲情逸致。既是物外之趣，无论是山穷水尽，或是豁然开朗，从不在文字上催促自己，似生命之莲，于微物中察纹理，于节气中见成熟，于神游中怡然自得。

　　此皆闲时风景之意趣也。

目　录

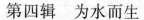

第一辑　相遇人间

灞桥柳

　　离开雪原好多年后的一天，无意在书房发现了这缕通体泛黄的柳枝，它早已没了往日的灵秀飘逸，似乎只要轻轻一碰就会碎裂开来。阳光从窗外射进来，悄无声息地映在上面，那静让人很容易想起高原的岁月。

　　分明记得，那是入伍来部队的第一眼，一排排粗壮低矮的红柳，倔强地站立在纷纷扬扬的雪色中，没有繁茂枝叶，没有扶风娇媚，只有满身伤痕中包藏着太多的经历。同样为柳，与故乡的灞桥柳相比，更多了无法言说的刚毅、沧桑……

一

　　车徐徐行驶着，远远便瞧见了那丛莽苍的绿，隔着车窗，隐约只觉着绿色在动，恍然间已融入轻扬的色彩中。到处是绿，层层叠叠的绿有些夸张，却绿出了极其养眼的效果，就连时间也仿佛停滞了。若不是偶尔开始飘然落的黄叶，根本觉不出季节在流转。星星点点的光，穿过繁茂的枝叶泛在水中，岸上，桥上，以及来来去去的人身上。水草的姿态飘飘欲仙，来回摇曳着，不住地荡起涟漪，泥土的气息中裹着树木的芳香，带着沁人的清新与凉意弥漫，简直要让人分不清到底身处何方了。

河上有灞桥。与往日残留水中的旧痕相比，今天的桥无疑更宏大伟岸，如虹影横贯着东西。再驻足观望，因这两岸柔情十足的柳，刚性的桥便多了许多情趣，连行云流水的设计中都微含着伤情别离。如果说，破败能代表繁复的历史和过去，那么，以如此静默的方式眺望河上这些桥梁，无疑是对逝去往事的追忆和敬仰。

从变幻的思绪中回过神来，不由得问自己，莫非也是生长在这里的灞桥柳？

长堤沿河，一棵棵柳揣着心事，幽微地站立在蓝天碧水间，于时空的穿越中，见证着一座城市的兴衰悲欢，见证着无数人的相聚别离。从灞塬上俯瞰灞河，便越发能理解生命本身的意义，是啊，在这样的生命奇迹背后，又该隐藏着何样的情感纷扰？以此于让软弱的柳充满怜爱。

每年春天，曲曲弯弯的河岸边，就会见到鹅黄在蔓延，那情景正如诗书里写的一样："江南江北雪初消，漠漠轻黄惹嫩条。灞岸已攀行客手，楚宫先骋舞姬腰。清明带雨临官道，晚日含风拂野桥。如线如丝正牵恨，王孙归路一何遥。"唯美的诗意中，飘拂的柳萦绕着思绪，一任伤感在吟咏中漫然盛放。正是这样的情形，才会吸引着众多文人骚客身心向往、挥毫颂唱。那音韵中的回味，豪放中的逸乐，重重写下人间的真挚情谊，深深渗进长安文化的精髓中，衍生出悠然灵动的诗画。

沿河上行，丰腴修长的细柳影影绰绰着，映着浮云中的终南阴岭，让人从清漪中遥望到蓝田人、半坡人依水生活的身影，也让人从中知晓了太多折柳送别的感怀。柳林世界的与众不同，并非所有人都能读懂，从烟波浩渺的阴柔滋水，到弱柳弥漫的灞河长堤，这一棵棵柳树的变化过程，无疑就是一部记载别离的历史长卷。虽说历经了千年间的沧桑巨变，已让流经不息的河水，将往事涤荡得面目全非，可人们依然能感受到的是，灞桥柳轻轻拂过心间的痕迹，犹如从天而落的一块绿毯，把人世间的多情、伤情、别情、痴情一一叠成多样多彩的风景。

世间千年，不过一瞬。流水冲刷着残缺的桥桩，任缠绕的水草在清澈中左右摆动，仿佛以某种方式纪念着曾经远去的辉煌。生命的存在或许就是这样，虽然河床的位置在时时变换，可摇曳的绿意，更像是对往事的追忆。尘缘从来如水，如此说来，这水至少是多情的，它毫不吝啬地将有关风月的情感在传递着。

就譬如眼前这座灞桥，只是在一朵花开的时间就相遇了。

水映在拱桥的内壁上，流动的光不停地起伏着，似乎要将某种信息传向漫远。沿水的乡间小路曲线优柔，在又突兀中横竖交错，没有规则地向前延展着。放眼过去，天地一色，分不清哪里是路，哪里又是庄稼。拈着柔柔的柳枝，却不知道水要流向何方，你说，这渐渐消失的影像能不让人牵情么？某种意义上，水和路都意味着别离，这一分别或许是一年半载，或许是一生一世。

近处是树，远处也是树。树体虽然粗壮，饱经风霜的各色图案中又充满着意象，似乎要把岁月的经历融于深深浅浅的纹褶中。树身上间或有蚂蚁或小虫爬过，随着柳丝在风中飘摇着，拂动着，斜斜密密织起内心最强烈的思情。

于是，便不由得想追问这些树的来历。难道它们就这样矢志不移，在经年累月中坚守着东去的流水？难道它们以最为单纯的感动，把这些可歌可泣的情感留给后人传唱？

"含烟一株柳，拂地摇风久。佳人不忍折，怅望回纤手。"阵阵风起，河边的柳树开始摇摆起来，丝丝愁绪继而出现在平静的水面。你瞧，点点滴滴的水花儿，分明就是破碎而泣的泪水，让人不断地从无形的虚妄中走出，用心感受着柳的魅力所在。

春意很快葳蕤起来，无声中茁壮着生命的灵性，在这样的情形下，威风凛凛的秦穆公面对数以万众的将士，指天盟誓要力逐西戎，振兴秦国，独霸中原，并将滋水易名灞水，祈愿千秋霸业源远流长。掷地有声的誓言，和着将士们雄宏的呐喊，将无数的阳刚和暴烈注入这条阴性的河流，也用刚强成就着灞河的性格。时至今天，仍能想象出秦穆公的凌霄霸气，想象出战事捷胜的无比豪迈和喜悦。

因为有柳，灞河在刚柔交错中便多了内在的情趣。我不知道世上的河流是不是都这般多情，可灞河确实有太多牵挂在其中，那水面的柳枝婉转着，在天长地久中诉说着衷肠，把沉沉思念、漫漫哀怨都化为一抹抹泪水。望着远去的河水，耳畔传来孩童们稚真的诵书声：昔我往矣，杨柳依依，今我来思，雨雪霏霏。行道迟迟，载渴载饥……

每个生命，其实都是不可或缺的风景，也不知灞桥何时承载起了人生中形形色色的别离，但从西周的民谣中读出的是思恋，感触的是伤痛。如黛的苍山，潺然的河水，纤弱的柳枝，静伏的虫豸，都恍若灵动的山水画卷，写满随性与悠然，如此真切地横亘在天地之间。

"春风知别苦，不遣柳条青。"其实，风吹动的何止是柳枝？那戎装铁甲的坚守，那青色长衫的幽苦，在翻飞的柳絮中都幻化为一声不舍的揖别，一声长笛的怀念。从此，时光流逝的风景可望而不可即。远远的，远远的……

走时，我轻轻折下了一枝新绿，深深地插入到芳香的泥土中。

二

在高原，最想见到的还是柳树。虽然军人们用忠诚和爱装扮着那片亘古荒凉，可每每抚摸着皲裂的粗糙时，内心总会涌出浓浓暖意，透着熟悉而亲切的故乡味道。

柳树让这地方自有了魔力，让时光、历史，甚至一切都慢下来的魔力。这样的感觉太过美妙，潺潺水流似乎也为着纤细的柳伴奏，在寂静的时空中浅浅哼唱着，唯美里带着柔和，清澈中有着悠扬，极尽旋律音色之美，让思绪变得深邃而遥远。确实，柳树既不苍健高大，也未长于悬崖峭壁，却不失对生活的理想，努力朝着太阳升起的方向靠近。当风从浩浩的河面上徐徐吹过，蝉鸣悠长的意境瞬间使岁月漫远起来，无形中倍添了另种趣味。"江柳断肠色，黄丝垂未齐。人看几重恨，鸟入一枝低。"杨柳随风的寂寥，枝拂弱水的落寞，在空旷中让人回想起许多往事。

往事中溢着幸福，也不乏伤痛。透过低垂的柳梢，可以看到不远处有人在砍折柳枝，缓慢的动作中，一根根柳枝被去除枝叶，成了扔在地上长长短短的柳棍，树汁在慢慢渗着，泪水一样沿着树身流下。

这似乎昭示着什么？

东方微微明亮，星罗棋布的村庄从沉睡中醒过来，炊烟的味道弥散着，这熟悉而又平常的一天中，却多了几许凄惨哭声，惊得鸟雀沙哑着鸣叫腾身而起，远远地站立在树梢上，目睹着起殇的队伍缓慢出行。随着一声撕裂心肺的唢呐声起，如同利剑重重地划开阴阳两界，把人世间最为不舍的留恋，以凄楚简短的音符表现出来。沿着灞河堤岸，两行孝男孝女身缠白布排列着，一手扯着长长的白布，一手持着用烧纸缠绕的柳棍，跌跌绊绊朝着坟地而去，悲恸的乐声伴着撕心裂肺的哭喊。棺椁在柳棍的牵引下，不断地远离，远离着生息滋养的故地。

此时的杨柳竟然如此无情。不是么？每个人在面对悲痛的送别时，小小的柳棍承载的何止是对亲人的挽留？当故去的人入土为安，所有的哀痛又化为一座土冢，高高矮矮的柳棍遍插其上，仿佛连接天地的图腾符号，表现出对上苍的礼敬，从子辈们手持柳棍为送别故人的伤心中，我渐然读懂了其中的含义。也是，严酷的大自然面前，人又怎能显露出内心中的张狂和欲望呢？唯一能做的就是，将肉体和灵魂交付天地换得安息。所以每次走过村庄，总可以见到那用一天天、一月月、一年年堆积起的坟丘，从大到小，从少到多，周围总有郁郁的柳树在陪衬、在守护。簇簇新绿，犹如行行清泪，任无尽的悲痛飘散在风中。

这是灞桥两岸最习以为常的生活场景。在这里，一辈辈的人用前仆后继的方式，在生生死死中见证着灞桥柳的生根、发芽、茁壮、老去。如此周而复始，也使柳树成为生活中不可或缺的一部分。

当年，唐玄宗下令在灞河两岸植下万余株柳树，河面上顿时荫翳遮日，蔚为大观。暮春时分，飞絮如雪纷然不止，营造出一个诗情画意的灞桥，晚唐诗人郑綮曾自得地说，他的诗绪便是从灞桥风雪中流出来的。乍一听，会觉着这灞河中充溢着太多浪漫，可真如此吗？行过灞桥，或远或近都会望见那丛淡绿，在风中柔美地摇曳着，像期待，像眺首。我眼前出现了北海牧羊的苏武，十九个年头里无日无夜不思念着长安，如长在遥远塞外的灞桥柳，每时每刻都在期待着萌芽抽枝。再当他历经磨难回到故乡，面对着翻飞的柳絮时真不知会作何想？

如果说苏武幸运，王昭君在凄凉琴声中的述说就是幽怨、别离和思念了。汉成帝时，昭君上书远嫁呼韩邪单于，结束了汉朝和匈奴长期以来的战争。国家无战事，民众安居乐业，皇帝龙颜大悦，一改年号为竟元。竟同境，意取边境安宁，可当时长安城中的人们都清楚昭君出塞意味着什么，话说昭君出城路经灞桥要到左冯翊时，突然发现好多人簇拥着前来送别，可以想象那宏大壮观的规模。落泪又算得了什么呢？一个人的力量是渺小的，若能换得一个国家的长治久安，于昭君而言又是值得的，当她手指触及飘拂的细柳时，内心又会是何样的滋味？

"四边有山皆入画，一年无时不看花。"柳无花，更多人也只是关注柳的孱弱不堪。如果说往事中夹杂着难得的经历和记忆，那么，灞河柳便有着太多无法言说的愁绪，不由感叹，好个夺人心魄的销魂柳。

三

　　手执钢枪站远眺，思乡的情绪油然而生。同样，站在新建的灞桥上，感受到的何止是远去的历史和永恒呢？

　　谈到永恒，这桥早已成为文人墨客们吟赋的景致。无论是它的宽阔、深邃，还是静美、神奇，都非柳能够比拟和承载。当冰雪融化，春色蛰动，漫然的思念像淡黄的嫩芽泛出幽幽春光，从精神深处涌动着相遇。再回首灞河两岸，亲朋好友间饮酒赋诗揖别，携满腹齐家治国平天下的梦想，开始了仕途的艰辛和坎坷。从柳林下出发，如候鸟长鸣穿行过跌宕起伏的生命，让人不难想象那一幕幕伤感的情景。朝阳初升，丛草滋生的古道旁相执相守；霭雨浸淫，一柄纸伞下的绵绵话别。而今，昔日车水马龙的旧桥已是衰败凋残，在水中倒映出满目疮痍，不要说永恒了，就连那突兀在水面的石柱也几乎被历史湮没，面对着来来往往的天南地北客，它们仍坚守着当初的誓言，又似乎在诉说着一种情愫。

　　亲情，抑或是友情？无法敌过的却是手中的灞桥柳，以内心无比强烈的触动，呈现着最为柔美的抽枝绽放。如果说，柳对春的知觉是敏感的，那么反复吟咏着的多情也自在情理之中。这种多情，不仅让人远远就望见了长安的气场与脉络，也在春色中明了着世间最缠绕的思绪。再细看过去，在丰富的情节与内涵中，漾起的是令人回味不已的绵长，于是诗人也不由自主地发出感叹："问世间情为何物，直教人生死相许？"

　　这些都与桥息息相关。确实，一座桥点染着千古别绪，一座桥连起了真挚的情义。

　　如此刻骨铭心的背后，却是凄凄惨惨戚戚的情。桥沟通了城市与塞外的同时，也拉远了人和人之间的距离，成为了泪别的伤心之处。有时想，这桥，这柳，这处地域都太过于神秘，一任过往行人织就出另种无法言说的伤感。或许是因为融入了太多的岁月与虔诚，才使得厚重的情感供人时时怀想。

王莽地皇三年，天降暴雨，水流裹挟着大量杂物冲撞而下，泥水没过灞河堤岸，淹没了稼穑房屋，也冲毁了声名远扬的灞桥。沿用已久的桥被洪水中冲垮了，王莽视其为大不吉，立即召集谋士商议，而后又征用大量民工将灞桥修葺完好，改名为长存桥。

其实，改了长存桥又能如何呢？或许是想换得内心的一丝安稳吧？没想到这桥又历经了宋元明清几次大的天灾人祸，最终还是被废弃在河面上。时间很快到了乾隆四十六年，素来喜欢考古的陕西巡抚毕沅，有天趁着天气晴好出现在桥上，面对着物是人非的残桥，忍不住感叹长久，而后本着广济苍生的善心，又下令重辟新址修桥，并重新指名为灞桥。桥很快重新出现，遗憾之处是桥的规模终不能与先前相较而言。53年后的道光十四年，时任陕西巡抚的杨公恢又按图索骥，依旧制对曾声名显赫的灞桥再次重修。

且不论世事如何，灞桥再次以自己的方式吸引着千万人的眼光。现在看来，它的存在不正说明着人类的坚守和期望么？

一座桥在反复嬗变着，风风雨雨中，默然不语的是两岸的柳。

是啊，柳又能改变什么呢，它只能守护着生命中的永恒。

柳与"留"同音，一声不经意的柳哨，从中听出无数的"留"意来。想想也是，那貌似软弱的生命并不全是卑微，无声的灌木丛中，是柳用自己的不屈在四季中多姿多彩。从一棵棵灞柳前轻轻走过，枝叶拂过脸庞，让人觉着大自然中的生命是不屈的，无不是经历了风吹雨打顽强生存着，就如眼前这株粗壮的柳，即使遭到雷电的无情摧残，也始终保持着谦逊独有的风范。与流传的古诗词对比，这些历经过秦汉唐盛世的生命，更有着属于自己的放达、恬淡和神蕴。

一棵棵老柳弯曲着身躯，深情依偎在古老的河堤边。水面上，枯黄的枝叶旋着，在圈圈涟漪中荡出无尽苍茫。依旧烟笼十里堤，不错，这些不起眼的柳让人明白了伤情别离，体会到世间最为柔弱的情感。当人们面对宛若扶风的弱柳和飘逝远去的别离时，这流淌的河水用沉默无语的胸襟，把所有爱恨交加都融为了骚客笔下的诗词句章，在诗意的酣畅中被挥洒得淋漓尽致。

诗人去了，留下的是千古不朽的传唱，从灞桥两岸的柳丛中依稀传出：

灞桥柳，灞桥柳
拂不去烟尘系不住愁
我人在阳春，心在那个深秋啊
你可知无奈的风霜，它怎么在我脸上流
……

四

夕阳下，灞桥边。

葱绿的柳树下，活跃着一群放风筝的孩子，那模样分明刚从河水中爬出来，松松垮垮的背心胡乱塞在裤腰间，头发上还松松散散沾着水珠。似乎没人在意这些细节，都争先恐后沿着柳堤奔跑在田地里。远远望去，只有细细的丝线牵系着空中的风筝。

柳静静地注视着这一切，对它而言，这乡间情趣见识得太多。从古至今变了时代，不变的依然是天真童心，一如眼前给予了太多滋养的灞水，始终在流淌中悄无声息被包容着。河水流过来去往返的商船，流过如景似织的繁华，在流淌中复原着一个遥远而又恢宏的盛唐佳境。

国力强盛，对外开放就成了大唐散发出的浩然气象，就连地处荒漠的雪域高原，也能感受到这种力量。在当地，好多人更愿将灞桥柳称为唐柳，柳贵乎垂，不垂则无柳；柳贵乎长，不长则无婀娜多姿。提及唐柳，这些翠色犹若风情的仕女，在轻风微扰下柳媚丛生，摇摆出了以形写神的柔情，摇摆出丰腴健美的形象，也恰到好处地表现出当时雍容富丽的审美风尚。

贞观八年，天下太平，长安城里来了一队使者，这些人千里迢迢长途跋涉，是来向朝廷进贡求婚的。仰慕唐风唐韵的藏王赞普，以期能与大唐和亲结为百年之好，不料想一介武夫的好心，遭到了唐太宗的拒绝和不屑。执着的松赞干布并不灰心，连续第二次、第三次派出使者，西域的诚意最终感动了习惯于万国朝拜的太宗，这才应允将文成公主嫁往吐蕃。这决定并非一时把酒言欢，它需要太多的思虑和斟酌，当文成公主轻轻折断手中的柳枝时，这一切方才显出了别离的愁绪。

泪别长安城的那天，街衢两旁挤满着含泪欢送的民众。皇恩照耀下的陪嫁队伍自是浩浩荡荡，一路张扬地行过朱雀大街。文成公主把自己深藏在轿中，没人知道她此时在想些什么？只是谁也不曾想到，在大唐公主随行的嫁妆里，还会有一包柳树的种子。这些生长在灞桥边的柳树，从未想过会去外面的世界，只是淡然面对着眼前发生的一切。这位嫁往他处的公主，可能只是想把未知和茫然留在大唐吧？那些熟悉的往事，建筑，亲朋好友，都被浓缩在这些种子里面。走出城门那刻，思念一如长长的丝线，剪不断，理还乱，一头系在车水马龙的长安，一头系在了荒无人烟的雪域高原。

山高路远，遍是坎坷。公主的心随起伏的山缥缈不定，透过幕帘，遥看柳色，长条折尽减春风，总是情归一字。等待中的松赞干布，自是按捺不住内心喜悦，开始召集工匠修建布达拉宫、大昭寺来迎娶公主，并和公主亲手植下了柳树的种子。就在今天，大昭寺门前那株植柳，依然在见证着爱情的坚贞，昭然着藏汉结盟的长久。面对这柳，只感觉这爱来得有些沉重、有些漫长、有些让人感慨。欣喜的是千百年来，不论是风是雨，寺前虔诚的信徒们总不忘伏地磕长头朝拜，点酥油灯供奉。树的周围常年环绕着不灭的长明灯，环绕着虔诚的人流，环绕着佛前凝重的气息，让人不由要思念这高原的风寒雨烈中，怎么会有柳着的柔弱？

揖拜，为信仰也为爱情。从此，唐柳与美丽的公主成为高原上家喻户晓的美谈。公主在西藏生活了四十多年，教授藏区人民种植、纺织、酿造、建筑，教会大家以开放的精神、包容的气场接纳外界事物。历经千年香火的缭绕，老树婀娜身形挺立着，树旁的长庆会盟碑，便义无反顾地成为藏汉民族缔结统一的见证，象征着自古以来藏汉人民血肉的紧密相连。

此后，雪域处处都是这种身材矮小、生命力极强的树，生长在地头田间。每年冬天，牧民们会把多余的枝干砍掉烧火，这些树也慢慢成了身形扭曲的螺旋形状。最奇特的是，树枝的方向也大多朝着一个方向倾斜，据说是因为文成公主每天清晨都朝着长安方向张望，久而久之，这种遥望故土的相思之情感染了柳树，便有了现在这般模样。因为发乎心中的爱，高原上的人又赋予唐柳最为亲切的称呼：公主柳。

公主柳看似纤弱，却又不乏坚强，尤其在恶劣的环境下，早已被植入到当地人的内心。确实，能在雪色高原存活下来，这确实是件不可思议的事情。

流水无情，落叶有意。灞河水面上的枝叶依偎着，簇拥着，以生命的壮美吟唱着爱之歌。这爱，更是精神上的象征与写意，让人在感受绿色生机的同时，把生存演化成昭示不屈的意义。曾遇到一位在高原上修路多年的军人，他说每逢想家时，就会到营区外的林子里看柳。说是看柳，其实是想找个忠实的听众，把积蓄在心里的话一股脑全倒出来。是啊，谁会懂得高原上的军人呢？除了要面对情感上的两地分居，还要面对残酷的大雪封山，丝丝旋起的烟雾中，柳树无言，悉心倾听着军人单纯而纷乱的心事，努力向天际延展着梦想。

每每这时，就会觉着柳隐约散发出的孤独、寂寞气息。对生命而言，这无疑是力量的积蓄和酝酿，只是不明白在这独特的地处，为何总潜藏着长期以来的忽略和遗忘？"春日不戴柳，红颜成皓首。"多么高的评价啊！虽不懂柳的意义，可听了一位朋友从布拉格回来的见闻后，不由深受感动，因为在美丽的多瑙河旁也植有不少柳树，当地人都喜欢称之为流泪树。这说法让人听后很茫然，起初还以为是柳丝垂下的缘故，细问才知晓了另层原因：这个国家常年遭受欺压凌辱，在穷苦牧人的家里，在岛屿上的低矮磨坊里，有无以计数的男儿毅然离家奔赴战场。临行前夕，家人们都会聚集在柳树下送别，也许是柳的舒卷，让人把岁月中的思念和担心，都化作了无声的泪水吧？有时也想，是不是丝丝柳枝过于缠绻了？让相隔遥远的两个国度，因为柳而割舍不断，把人类最细密的情感以这样的方式来表达。

一直以为，世上的柳树都大同小异，表达情感的方式也大体相同，无论是生在盛世唐代还是活在繁华现代，无论是生在布拉格还是活在曼哈顿，这些树留下的全是深刻，深深地刻在人的眼眶和内心中。

五

一粒沙里看世界，一朵花中看天堂。

面对柳树，割股奉君的介子推是让人感动的，一生不求名利的他竟然为了躲避封赏，带着白发老母隐居介休的绵山中。凭众人之力扶携上位的晋文公，知晓情况后自是羞愧难耐，立即带着随从匆匆赶到山下，面前是茫茫大山，让人根本无从寻觅。为尽快安抚晋文公的情绪，心怀叵测的大臣们，竟黔驴技穷提出了放火烧山的建议。谁也不曾料到，介子推自始至终未从大火中逃出，大火三天不熄，遍山都是鬼哭狼嚎。大火烧掉了晋文公的威望，也彻底烧掉了他的梦想，待火熄灭后，大家才发现母子俩紧紧相拥，被活活烧死在一株老柳的树身中。

晋文公悻悻然走了，惨不忍睹的情形对他触动太深。是不是古代的帝王们都喜欢一意孤行，非要让手中的权力发挥到极致呢？一代忠臣这样与世辞别，陪在他身边的只有荒草野柳。

第二年春天，心怀内疚的晋文公又到了绵山，他此行是专程来祭奠故人介子推的。大火过后，绿色又长了出来，秀美景致也无法遮掩柳树的憔悴，故人已去，徒有揖拜又有何意义？离去的那刻，晋文公突然发现眼前有一抹新绿，正从枯焦的枝干上屡弱绽放着。绿就是生命，姑且算作介子推的化身吧，那一刻的兴奋与欣喜自是无法言喻，这不经意出现的生命，无疑疏解了他心中的纠结。一棵树无法躲避烈烈大火，可顽强的生命力却可以宁折不屈，柳对土地的需求很少，不择地势不避风雨，插入泥土就会活下来，很快成为房前屋后的景色。正是有着这样的坚韧，生长在天南地北的柳树才能年年绽绿。

每一个故事都着墨不多，但总能在细节之处带来感动，这便是柳。确实，从西出阳关的黄昏哭到今天的是柳，从边塞行营的怅望中等到今天的也是柳，一树弱不禁风的柳，却让人春不敢读，秋不能吟。

在岸边、在水中，柳树的纤影斑驳在河面上，闪烁着无比的诗意，一缕缕的柳梢如远远传来的乡音，荡漾着春意，摇曳着梦想。在石桥的尽头，粉的、红的、白的各色花朵映衬着柳，却掩不住微风中的哀叹，掩不住藏泪的浅笑，掩不住淡淡的乡愁。不由得回想起那弯挂在柳梢头的新月，它们是不是也在等待着远方归来的游子迁客？是不是慰藉着那些个无助的灵魂呢？循着柳堤前行，想起很多，在这个世界上，古来万事难尽人意，何去何从都是发乎内心的惦念，都有着彼此交错的因缘。

行走在萧索的柳林中，该是何样的苍凉？而第一眼过去，突然就有些心动，这种心动似花草抽枝时的春雷，似水泥都市里长出的丛丛春色，它们依次排列着，高高低低的形状像一条长龙，草木夹杂其间，出奇地苍黄，远望过去，石头是石头，水是水，荒草是荒草，就那么生硬地结合在一起，但那一刻却系着人心，让思绪无限丰富着。

春秋战国的折柳送走了周朝，大秦帝国的折柳送走了六国，只是不知道燕国太子丹是否熟谙这样的习俗？他在国家危如累卵的当头，没有弱柳扶风的缠绵，而是毅然托付一身豪胆的荆轲来到秦都。壮士已去，不知他当年行经柳树林时，是否也想过止步不前？然而一切都已远去，只留下荆轲的故事让人感动着，始终洋溢着说不完的壮烈情怀。

多年以后，在经历过许多的坎坷和挫折后，我才觉察到柳深藏在心的性格，不奢望，不显露，这大概是柳的本色所在吧？

不是么？柳不喜欢叹息，它只是默默等待，等过春天又等过秋天……

时光更替，声名显赫的那拉氏为躲避京城战乱，仓皇中率领一众人来到长安，只是长安城的古色古香，并没有抚慰她不休止的权术之心，最终还是行过灞桥，远远消失在柳丛之中。长安折柳送别的习俗，不知她是否知晓，送行的官员们应该深谙这个典故，就看前来围观的老百姓们如何表现了。

送别的人总希望这柔柔的树枝，能寄托起内心深处的思念。所以，灞桥周围自古就笼罩着太多的离别。凝望着流水远去，一棵棵树淡然着，是期待，还是相守？水上，一团团绿白糅杂的绒团，随意点缀着横竖交错的树枝；水下则是晃动的树影，就那么蛇形地动着，犹如太后进出长安时的特殊心境。国破山河在，谁都知道她此行绝无心情赏水玩山。

历史就是这样，时刻等待着人去探寻深究。因了这些柳树，便陆续散逸出另种味道。水对于树，是从容自然的相依；柳对于我，是友朋的揖别相送，是沧桑过后的宁静。虬枝倒垂在水面上，纤然细绿中夹杂着几绺嫩黄，河水流过，又有谁能说柳条孱弱呢？因为它不经意中牵系起了整个的情感世界。

于静处听静，是美；于喧嚣处听静，是趣。离开河边时，我带回了一截春天里抽枝的柳条，冬天特有的悲伤迷离，正以令人心碎的绵延低语远去着，将淡淡的哀伤化为简约的表达。

柳条折尽花飞尽，借问行人归不归？真不明白岁月会演绎出何样的多情？不过，这注定要成为最值得回味的地方。树下，一曲幽怨的琴、一曲断肠的箫、一缕袅袅的烟、一双相牵的手，无不让人去怀想、去感触。

此情此景，无不是在深刻阐述着人与人之间的牵挂是，那么深，又是那么的真。

六

"一片青青君见否？转眼春去冬又至，只有行人不回首"。柳虽柔弱，却有其风骨，至少它懂得以绿来回馈大地，用绿来感恩春天。

世人多爱竹之气节、爱梅之不屈，鲜少听说爱柳之人。在灞桥，人们却喜欢用柳条来编织各种器具，有笼有篮有筐有篓，这些器物大小不尽相同，形状憨厚可爱，深得庄户人家的青睐。农闲时节，家家户户都会聚集在庭院、门廊下，惬意地聊着天，把枝枝绦绦的爱细密地结合起来。其实，这样的习俗早在南北朝时就有文字记载，那时的人们就喜欢在春天里插柳戴柳，常常能见到插在门户上的柳条，意在辟邪和祝福。到了唐时，这习俗就更为平常，以至诗人们都心疼地吟道："莫把青青都折尽，明朝更有出城人"。让人称奇的还有人在街巷叫卖柳条，惹得男女老少驻足围观，相互评品，这样的乡间景象，无不充满着太多的人情味道。

如果真能回到过去，我们又该留下些什么呢？是宛城柳的依旧青青为谁好？还是沈园柳的梦断香销四十年？或是章台柳的昔日青春今在否？真的是不置可否。骑驴的诗人留下的是意境，和蕃的公主留下的是心绪，西周的经书留下的是民生，义气的荆轲留下的是传说。岁月更替，河堤的柳絮翻飞过一个个季节，无论是左公柳的春意还是隋堤柳的怀故，却都抵不过灞桥柳的肃杀和落寞。

不曾想到关乎柳的诗词、典故，都是这般的曲肠百回。扬子江头杨柳春，杨花愁杀渡江人。纵然灞水再无情，可遍天飞舞的愁绪中，感触之深莫过于别离。若不是有着君愁我亦愁的无比伤感，也不至于连柳丝长，玉骢难系的离情别绪，都能细致地加以点化出来。

依然是和柳有关的故事。话说晋代的谢安给子侄们讲论文义时，天上飘起大片的雪花，性情的他见此情景欣然发问："白雪纷纷何所似？"座上的侄女谢道韫答道："未若柳絮因风起。"一问一答，便完美透露出洒脱心境，可以看出，不论是风花雪月，还是冰霜严寒，柳都表达着不喜世俗浮华的微妙情感。这过去的许多年里，柳从不在乎自己是否强壮，只是用骨子里的越发坚强，传承着千古不衰的传唱。当清晨的阳光透过密织的柳丛，光斑便会由小变大，由细变粗，在氤氲的水汽中把最为纯粹、自然、率真的一面表现出来，袅袅出特有的缥缈意境。无论如何，经历过太多的灞桥柳，始终保持着本真的颜色，不做作，不娇媚，用鲜嫩的色泽中始终包含着忧伤和淡然。不难想象，那片沧桑之下，或许是一对恩爱的情侣，或许是情谊厚重的知己，他们把身影掩映在丛林深处，用手指缠绕着曲美的柳枝，任一片片绿叶缓缓落下。

原来，爱柳的人竟如此众多。陶渊明爱柳之甚众所周知。他在房前檐后遍植柳树，更因堂前有五株大柳树，自谓为五柳先生。文人逸士浪漫的性格着实与众不同，虽仕途不顺，大半生都在田园生活中度过，却不会影响他的兴致。既是如此，那"榆柳荫后檐，桃李罗堂前"的田园生活，便不能简单理解为诗句的艺术，它更是超逸之士所向往的理想壮志。陶渊明归隐南山，是对世事的洞明，也是对久在樊笼生活的厌恶，之所以会成为文人逸士遁世思想之宗，相信不仅仅是因为"种豆南山下"的闲散，不仅仅是因为"夕露沾我衣"的情趣，恰恰相反，是他情衷于柳，不失自我，不愿同世俗同流合污的志向。

娴静少言，不慕荣利。这不正是柳的性格么？

古人曾说："夫木槿杨柳，断殖之更生，倒之亦生，横之亦生。生之易者，莫过斯木也。"正如陶渊明在《五柳先生传》中述写的那样，房舍周围多为柳，每到春日四处飘絮，繁华胜雪。如此意境之下，"猛志逸四海"的心胸，"性本爱丘山"的志趣，都得以在天地间逐渐博大宽容。想想，这与众不同的修行，绝非普通人能够做到，因为这其间有爱，有大度，有格局，更有着说不清道不明的情绪。

柳泉居士也是痴柳之人。平日里，他置烟、茶、酒水于盛密的柳树下，热心邀约天南海北的行人驻足聊天，聊到兴致处便一起捧腹大笑，听到灵狐怪异时又做惊恐状态，极尽幸福时光。人散后，便将这些收集到的传闻，一一手书笔录分类整理，从而成就了撰写《聊斋志异》的蒲松龄。相传，先生所在的蒲家庄东侧约百米的山谷中，有口长年不断的泉，清泉向外涌流为溪，逢干旱之年也不会干涸。泉眼不大，泉边植有翠柳上百株，盛夏时节遮天蔽日，不知是因柳还是因了泉，当地人都呼此为柳泉。在这样轻爽的境界中，蒲松龄六境非有，来去自由，视柳林为天地书斋，任凭花开花落，风从耳过，从而才能执着于孤馆寒窗，写出了旷世今古的奇书。多少年过去了，那片柳林大概已不在了吧？可从眼前这低垂的拂柳中，我读出的是一副得大自在的心态。

纵然有人言说轻浮若柳，娇媚柳态，但总归风雨之后不失其志。面壁的高僧不正是这样么？识得五蕴和六境的空性，以内心的清净，把人世间的别离幻化放下，从此不再有任何的挂碍。其实，牵挂从来不是以外在形式来表现的，只有不愿示众的深沉，才会明白柳的自在。

蒲先生明心见性，与柳的平常心属同一意境。那种隐逸，专注，无我的情绪，把静虚的感觉与禅的精神融合交错。从此，在柳树丛中自觉自悟，在柳树下体味禅意，终将一切都归于简淡平凡，从而也让内心充满意境的和谐。

曾在柳州执政的柳刺史柳宗元，对柳的爱好不如诗文盛名，可爱柳之情，却是以心怀天下苍生为己任的。当年，他因永贞革新失败被贬永州十年，正当无望之际不想又被重新委任，柳刺史心怀喜悦，意欲为朝廷一展宏图，不料刚到京城又遭流放。悲喜交集的心情，让他无言以对，从此对朝廷大业不再抱有任何幻想，加之一路上说不尽的坎坷，更是不知如何从永州到达更荒凉的柳州，大起大落的人生际遇后，柳宗元不再顾影自怜，而是以文人的包容心怀，带领百姓在柳江边广种柳树。一个偏僻荒芜的边陲地域，每年都有人会种植大量的柳树，春来柳绿遍城隅，很快让柳州成为远离大唐的世外桃源。

佛有云："佛即是心，心外更无别佛。"如此看来，人生唯一的途径就是回归我心。也是，柳虽平凡却遍绿大地，虽然千年植柳在今日柳州已无迹可循，但柳刺史的风骨却是传诵至今，每逢清明时节，总有好多人会去柳宗元庙前点燃香烛，这样的祭奠是何等尊贵，只有被老百姓记住的人，才会真正地活在传唱中。

从未想过，灞桥柳和西湖柳是否相同？在人们的心中，柳平凡如同春天里的一瓣花色，或许正因如此，无处话凄凉的苏东坡也喜欢上了柳，他的仕途也是大为逊色于诗文，可胸中牵系着的却是天下百姓。或许是自古文人都性情吧？屡遭贬谪的心情自是无法消解，闲暇无事，便开始在湖边植柳，用柳抒发着人生太多的不如意，不知道他行过灞桥时有没有停驻脚步，对柳有过感怀和留恋，但生长在西湖边的一棵棵柳，着实是对思念长安的无奈，是面对荣辱得失时的无所畏惧，更是承载着一代文人苏东坡旷达人生的真实写照。

人生中有太多未知，如果说柳是情绪的寄托、化身，那么柳也能视为一枚浓得化不开的情结。爱柳如命的欧阳修虽无遭贬际遇，可他每到一处也是喜欢栽柳，任扬州太守时，在平山堂掘土种柳的事，还有诗话为证："手种堂前垂柳，别来几度春风。"享受着绿意的清新，又该是如何轻松明快的呢？当他赴杭州任知府时，仍不失爱柳情趣，又在苏堤上遍植杨柳，同是在杭州，苏东坡和欧阳修的心情却截然不同，他们都喜欢这柔弱的柳，但树后面却有着太多仕途宦海的起伏。

　　"大将筹边尚未还，湖湘子弟满天山。新栽杨柳三千里，引得春风度玉关。"也不知是谁赋予了柳太多情感，每每读到此诗时，就会从柳中感到不同的气概，这是一种征服天下的豪气，想来左宗棠也该是爱柳的人吧？身处新疆那片广袤的戈壁滩上，动员军民广植柳树的胆魄让人叹服，这算不算征服和震撼天下的孤独呢？

七

　　柳阴直，烟里丝丝弄碧。隋堤上，曾见几番。拂水飘绵送行色，登临望故国，谁识京华倦客。长亭路，年去岁来，应折柔条过千尺。

　　短短的词曲，听出的是笛声悠扬绵长。真没想到，一曲《折杨柳》竟有着如此淳浓的情绪在其中。

　　柳乃清虚之物，它能使人心静、益思，不乱不烦而有节制。喜欢柳，是因弱不禁风中蕴含风骨气质，而这是一种即使贫困，挫折，死亡都永远无法剥夺的骄傲，现在看来，灞桥柳之所以能引人入胜，是因为它活得真切活得自在，每片叶子上都写着久久不能抹去的深情，从中让人感受到不凡的精神气息。

　　如果说灞桥柳诠释了伤别的距离，这样的情绪还有着另种可贵，那就是柔弱不堪的柳，用离别系住了人世间相扶相携相守的灵魂境界，刻骨铭心在无数次的别离后，留下了难以释怀的精灵气质。沿着柳岸行走，人生似乎也是这样，也在为某种目的前行着。数千年来，灞桥柳不正是这样么？始终以恒久而旺盛的生命力，见证着秦汉雄风的更替，见证着大唐盛世的崛起，让一个又一个不可替代的文明，在唤醒着心底最为真挚的憧憬。

水汽弥漫着，上升着，从远处已无法看到雄宏的灞桥了。年仅27岁的玄奘和尚身负行李，手持禅杖，义无反顾从桥上走了过去，踏上了通向天竺的必经之路。不知他是否会留恋灞堤上的柳林？但最终还是以越丛林、过沙漠的方式，震撼了纷纭不绝的目光。鉴真和尚六次东渡大海，虽然在路途上双目失明，可当他踏上日本国土时，内心想到的依然是大唐的开放、创新、包容。弘扬佛法之心，更多是心系苍生，这其中有多少与柳有着联系呢？我不知道。如果说，出家人对这些草木毫无眷顾之心，可当我们面对一幅幅佛教壁画时，那菩萨手中的净瓶不知能否引起人的注意，只需将弱柳轻轻一扬，佛的大慈大悲便融化苦难，泽惠人间，才知道，柳象征着慈悲救苦救难的柔肠，象征着普度众生之意。如此看来，柳树虽不入出家人法眼，可从骨子里透出的却是不凡气度。

柳融报春、融别离、融刻骨铭心于一身，每每在风中摇曳时，都会觉着那就是身形若梦，可爱宜人的女子，在沉思中祝福着，等待着，真不忍心去惊醒她。那种原始的美，幽怨的爱，都逐渐幻化为了慈悯朴素的情感，在春风交织的枝叶间摇荡着，任凭时光从身边静静流走，感觉如同遥远而富有色彩的传奇，也让弱柳中的刚强，在拉近着人们对柳的亲近，让灞桥柳也不再是简单的名词，渐渐成为从容恬淡的感情。必须要承认，灞桥柳是富有诗意的生命，在经受过文化气息的熏陶后，仅凭满眼的绿意，就能让所有烦恼归于平静，那如醉如痴的感觉，难道不是天地间凝聚的宁静，不是人与人相互依存的信任？

致虚极，守静笃。看柳实与品茶无二，都为守住内心的信念，从而于静中品味人生，在深悟中寄情山水，让精神超然于物外。你说这柳算不算树中的隐者？无论是心灵上的超越，还是精神深处的探求，散逸出的都是闲云野鹤般的意境，怪不得每每抚那褐色的灞桥柳时，心绪总会起伏不定，也许只有这样的面对和叩问，才会真正明白生命的意义所在。有时候，活着就是对生命的尊重，虽然有着太多离别，可眼前这水似乎从未迷失，它在体验心灵破碎的过程，无疑就是在体验美，体验不同的人生。而那些流传的故事与传说，其实就是灵魂深处的坚守和虔诚，让人在纷繁的都市生活中感受到另种质朴，尤其在历经了数千年的积淀后，渐然葳蕤出这片让人闻之伤感、亲往落泪的灞桥柳。

没错，是高原赋予了我太多的情绪，让我喜欢起貌似风骚的灞桥柳来，殊不知这以月光为诗，以流水为友的柳，正渐渐衍化为记忆中的精神家园。有人说，了解过去的一千年，是为了更好地建设今后的五百年，其实想想，一座城市还是不能丢失自己的根与魂魄的。

灞桥柳，不正是长安的魂魄吗？

无论如何，灞桥柳已与长安休戚共鸣，在生生不息中衍生和见证着这座城市的精神。"半篙新涨木兰舟，蓑笠渔翁得自由。烟淡雨疏杨柳岸，此乡风景倍消愁。"还是诗的意境最美，面对着簇新的柳时，我们知道，它赋予人的更是心灵上的归属，情感上的认同。想想，能和灞桥柳一样身处繁乱俗世，却依然向往陶然身心的世外之所，又何尝不是一种理想？或许只有这样，真挚的情感才不会因时光的更替而逝远。

访寺记

一切三昧皆自在，本来妙德尽周圆。

近些时日，总喜欢闲来无事去寺里走走，在佛经和钟声的余音中享受清静。人行其中，鸟语花香拂面，顿觉烦忧疲惫全无，似乎沾染上了佛的气息，连灵魂也变得淡然温和，不由得要在超脱中陶醉起来。其实来寺庙，不为礼佛，不减俗心，只希望能在红尘中守得一份幸福。遂记之。

尘缘兴教寺

早就听终南山下有兴教寺，自古以来就是旅游观瞻的胜地，于是便一腔虔诚地前去拜谒。人还未至，已远远地听到了寺院里传出的钟声，云雾般环绕着樊川北塬，那木头撞击铸铁的余音，像是心灵与心灵的碰撞，每一下都那么地强烈而悠远，在清澄凝重中充满着禅意，一任幽然的颤音穿透宁静天籁。细细聆听，似冥冥之中的有力召唤，很快就让人忘却诸多烦忧，仿佛只为等待这一刻的到来。

佛说，五百年的一次回眸，才能换来今生的一次擦肩。一千次的回眸，换来今生的一次相见。真的要见面了，却想停下匆匆好奇的脚步，想当年，兴教寺绕着玄奘大师的舍利灵塔兴建，凡殿堂、经院等建筑一应依塬就势绵延开来，场面蔚为壮观，一度成为樊川以至长安的标志。寺庙虽说不大，树木却郁郁葱葱，经受过风雨的侵蚀，看起来十分沧桑，让宇宙洪荒的古意从香火中弥漫开来，只觉要在沉寂肃穆中"照见五蕴皆空，度一切苦厄"了。

　　"一切三昧皆自在，本来妙德尽周圆。"行走在静谧的时光中，一切都仿佛已睡去，就连长满着苔藓的石阶上，也将天地间的气息与灵性浓缩，其间浸淫着神秘与华贵，透出与众不同的味道，突然间就生出了穿越的感觉。周围遍是树木，虬枝横生者有，老态龙钟者有，密密斜斜地倚靠着古旧的建筑，风轻云淡的何止是静，而是让天地都要在这里定格下来。周围鲜有人迹，无论是大殿的外廊，还是残垣断壁的色泽，都让人心头为之一动。山门外，有位老人倚着红墙晒着太阳，任袅袅的烟飘散风中，他一身褴褛却不在意，嘴上斜叼着个油光锃亮的烟杆，仔细一看，内心的惬意都表现在粗犷的脸庞上，光影照在老人身上，似乎要把所有都融入佛的世界。

　　都说凡物皆可来，凡物皆可去。悠扬的诵经声中，这里不再出入皇亲国戚喧哗的仪仗，不再有初建时的法相庄严，而是在时空中幻化成为大山的景致，尤其那由心而起的从容自得，犹如用佛法在感化着生命，从中彰显出万事随缘的心态，经历过人生的种种荣华世相，将自己置身于大千山水中，置身于内心深处的清净中。"何期自性，本自清净。"现在看来，寺庙的清静其实不是静，尘世的清静在于无欲无求。

　　静能开悟，静能明道，此时此刻，浓郁荫翳的绿，密密地包围着寺院，分明就是红尘中的净土，就是香烟缭绕的圣地，与扫地的僧人交谈，淡然一如眼前这花开花谢，他不渴望名利，不羁绊世俗，有的只是潜在心底的纯澈。这样明心见性的交谈，有着太多的回味，感觉人生其实就是回荡在心头的钟声，起起落落中有着无穷变化。一声佛号一声心，声声佛号都在冲击着内心最柔软的部分。

正因为这样的青灯佛号，才有了不同凡响的千年传承，也让兴教寺拥有了自在与超脱，容纳着人间诸多的精神祈求。风轻轻吹来，从山门进入大殿，从佛堂到僧院，无论走过多少回的尘缘，相信不变的都是执着。再置身苍翠云海，斑斑点点的碎光在绿色间隙中流淌着，更是把整座寺庙装扮得神采奕奕。无比的虔诚下，痛苦并非青灯布衣下的悠长背影，而是双手合十下的微笑。这笑是独特的，从观光的行人，从敬香的信徒脸上都能看到，恍若优雅而风趣的景致。停驻脚步细思，那远离繁华尘世的一见钟情，那静寂下油然而生的相见恨晚，触动的又何尝不是人之间的情愫？瞬间明白了，人生渐行渐远的不是距离，不是生死，而是有没有一颗虔敬的心。

身处寺庙，身心泰然清明，情绪如清泉一样透彻起来，仿佛来到了另个尘世间。古色古香的寺庙独处大山一隅，掩映在森森松柏下，陡然间吸纳了太多繁华中的宁静，让静成为了幽，让幽成为了玄。时光之美，在于积淀，如那宽阔高大的殿堂，金色的琉璃瓦上泛着光彩，与朱色柱子相映成辉。青瓦红墙，白玉浮雕，凸显出的是干练明净；亭台楼阁，飞檐灵动，散发着余味不绝的轮廓。各类建筑皆依山而建，精巧的手法设计，却似三两笔勾勒出的素描，让明快的布局看上去赏心悦目，在灵动和神性中表达着情感，始终裹挟着终南的风韵。那一畦畦茁壮拔节的菜地、一簇簇枝繁叶盛的花丛、一丛丛碧绿苍翠的青竹，更让这里既有着生活的情趣，又满含着别样的素雅，多了沉醉和释怀，以至处处都是古今融合的宜人氛围，无法不去放松身心。这样的古朴气息，总是会扑面而来，只要来到这里，种种欲望都会逃遁而去，让人片刻间就会忘掉世间烦忧。是啊，懂得无需多言，一任闲遥和敬重在生命中穿梭。

与天地自然相合，与岁月时光相伴。看来打动人心的原来不是风景和建筑，而是寺院闲淡的生活情趣和灵魂，青灯，佛像，彩旗，经幡，是如此和谐而又沉浸，在不同的向往中慢慢根植于心。"日落山水静，为君起松声。"突然远离了城市的压抑，可以近距离与大山接近，在聆听内心的同时，很快沉醉于声声钟磬，回归到一种纯粹的简单中。据史料记载，兴教寺曾几度荒废坍塌，又多次历经战火灾难，但让人称奇的是，唯有玄奘和两个弟子的舍利塔一直幸存着，三座灵塔呈山字形状排开，似乎在述说着，又似在守望着。塔的坚实，山的粗犷，很容易让人想起玄奘取经路途的艰辛，留给我们的绝非山高水长、冒险犯难，而是不取真经誓不还的信念，"行善积德乃修学妙法，不要一进九退，要有狠心才能成功。"从一脸青涩到风尘仆仆，从潜心译经到伏案圆寂，这些又何尝不是纪念和拜谒的本意呢？

　　因循这样的足迹来到终南，早已被空灵婉约、含滋蕴彩的出神入化所迷恋，才发现大山以其大度，在高高低低中孕育了众多寺院，而兴业寺也是在这环境中，让香火得以旺盛，若说不同之处，在于它始终沉浸在自己的大千世界里，也无所谓是否会被喜欢、会被理解。人生不就是这样么？如流水，如风吹，如清茶。"七碗受至味，一壶得真趣。空持百千偈，不如吃茶去"。在寺院，一杯清茶品出的是佛，是禅，是悟。当年，玄奘和尚跋山涉水，冒着生命危险从西竺取经，哪里会有心思惬意地喝茶呢？再当他逐字逐句译出《般若波罗蜜多心经》时，想必喜悦中也没了心思去喝茶，而是面对佛像反复推敲，以显出宇宙的真相。"色不异空，空不异色；色即是空，空即是色；受想行识，亦复如是。"尽得禅宗精髓的字句，为那博大精深所陶醉，也让内心越发得大自在起来。

　　这难道不是自我超越的精神，有着让世人感叹的敬仰？玄奘和尚历经万难，从印度带回了657部经卷，这些传世2500多年的贝叶真经，更是一位信徒对佛学的执着和挚爱。当时，印度人还未掌握造纸技术，只能将经文刻在贝多罗树叶上保存，也正是以这样的方式，使得佛经在全世界传诵，虽然现今留存的真迹不足百片，但片片价值连城，为人瞩目。千里迢迢带回已实属不易，能够完好地加以保存，难道不是精神的弘法？贞观七年，玄奘大师没有留恋长安繁华，而是在宽容和敬畏中，带着高徒前往坊州的玉华宫倾心译经。后受唐高宗邀请至大慈恩寺，他十数年间几乎没有睡过个好觉，把全部心思都投入到玄秘无边的佛经中。当皇皇大典《般若经》译完那刻，玄奘没有在意佛学界的强烈反响，而是面对着苍苍终南闭目诵颂，这样难得的轻松是禅定，然而就在当夜，他倍感身体不适，积劳成疾继而圆寂。众弟子举行完佛事活动后，含泪将他的遗体运回长安城中，唐高宗敬重玄奘，一直将其奉为国宝，听此噩耗后也是连连落泪，连连哀叹："朕痛失国宝矣。"玄奘去世，举朝致哀，随后敕令安葬在长安东郊的白鹿原上。白鹿原地势高坦，绵延不绝，风和日丽时，从皇城的含元大殿，能看到原上玄奘的坟墓。唐高宗屡看屡次伤心落泪，于是又诏令将玄奘遗骨，迁葬至长安樊川的凤栖原上，并修建了五层灵塔以供世人拜谒。塔为方形五层砖结构，面南辟龛室，内置玄奘实心塑像壁，唐肃宗又为玄奘塔题写了"兴教"二字，意思是要后人继承玄奘事业，大兴佛教。传说玄奘塔建好后，附近百姓发现塔尖上有佛光环绕，认为是佛祖显圣，便在塔旁兴建起庞大的寺院，即唐代樊川八大寺院之首的大唐护国兴教寺"。

之后的千余年间，寺院又是几度枯荣，让人闻之感慨不尽，等走出寺院，时光恍若过了千年。

回首远望，脑海中又浮现出大唐时的盛景，就像是从指缝间滑落的金石残片，就像是逐渐消散的波纹，很快延伸至远方，仿佛一切都不曾存在过。意象中，兴教寺是信仰开始的地方，纵然只是匆匆一眼，仍不失梵音入耳入心，想想，外面的世界如此之大，而这吃斋念佛的经堂让人留恋，不能说是回归，至少也是尘缘中的修行与缘分吧？！

佛曰：一花一世界，一草一天堂，一叶一如来，一砂一极乐，一方一净土，一笑一尘缘，一食一清静。这一切，无疑都是心境的参悟。

仙游寺

如果不是淡然而起的雾，我定然不会对终南山有着如此深刻的印象，感觉如一帧帧飞快翻转的画面，将细细微微的景致，错落有序地点染在开阔大气的山水画卷上。于是，心就在好奇中慢慢延展开来。

这是北方初秋的清晨。车行驶在高速路上，两旁萧瑟的树木依次往后退着，少了往日的葳蕤，只有枝叶星星点点点缀着，越发展现出生命的坚强。渐然而至的严寒无畏无惧，在洗却了生命的一身铅华后，肆意践踏着满地的苍翠和金黄，又在悄无声息中化为生命中最为激越的音符，地上的落叶也在涅槃著，开始朝着另个生命转化。

雾越发大了起来，犹如四处奔腾的浪花，漫向山峦群岭间，瞬间工夫，便在天地间松松散散遍布开来。透过湿润的雾气，才发现通向山腰的路是湿的，就连枯黄的草木上也沾染了朝露，阳光从云层中露出些许光辉，整个山峦上便金灿灿地活泛起来，于是，仙游寺便在佛光间若隐若现着。

庙不大，紧凑不失布局。钟磬声响，越发让人觉着森严肃穆。拾步前行，见一尊精美巨石横亘院落中央，问及导游后才知人称"虎斗牛"，左观右看，始终没有悟透禅意，同行的人也是胡乱打听，僧人们却笑而不语，径直端了水朝石头泼洒过去。水迹缓缓流下，石头上竟显出强壮的虎头与不屈的牛形来。天地间的如此有趣，竟全融于这方奇形的山石中，细想，这或许是后世来者的杜撰，一传十，十传百，便成了久传不衰的神奇，要不就是有仙人指点，才得以让这故事在人间流传开？凝望许久，这才穿过奇石，透过浓雾，隐约中向一座佛塔走去，几只鲜活的生命从空中匆匆掠过，在迷茫天际划出长长的顶礼膜拜。

寺是塔的根基和牵挂，塔是寺的灵魂和精神。因了这寺这塔，方圆百里的人都慕名前往，名流诸公更是驱车前往，乐此不疲，香火之盛甚嚣尘上。相传当年白居易被贬，告别长安来这里当通判，没了声色货利，只能寄情于山水间，其实，吟文作诗广交朋友也颇为自在。有日，他沿着黑水河行走，无意中来到了这广结善缘的仙游寺，一时兴起写下了人世间至真至诚的爱情诗："在天愿作比翼鸟，在地愿为连理枝。"时至今日，只要吟诵，就会对纯真的爱情心生向往。颇有仙风道骨的画圣吴道子，来到这里后也是忍不住笔下带风，留下六块精美绝伦的石碑，此后，大家闻讯纷纷过来观瞻、临摹、拓片，寺里僧人怎能忍受了这喧嚣，烦不胜烦后，忍痛割爱将其中五块沉入寺前的黑龙潭中，剩下一块干脆也埋进了塔底的地宫中，直到后人迁塔时才算重见天日，让人一睹"吴带当风"之潇洒秀逸。这块独碑在全国为数不多，由此可见其艺术价值不菲，而"山不在高，有仙则灵"的感叹也油然而起。如果说感叹只因了这些名人众生，那也不算落寞，毕竟千百年来口口相传的都是这些话题，足以抚慰内心的欲望。俗话说，缘因前世五百年的修行，才换得回头一望，可佛却将这缘演绎为拈花微笑、以心传心的旷世智慧，如此看来，这寺也是大山的慧眼所在了。

"冥冥翠微下，高殿映杉柳。滴滴洞穴中，悬泉响相扣。"既然敢称为仙游寺，不是有仙者来过，便是来者可以为仙了。其实，不论是仙还是人，都是为了这人间最为难求的因缘罢了。是啊，这个不同寻常的"仙"字，世间又有谁能担当呢？仙游寺起于隋，兴于唐，没落后无人问津，任庭前花开花落，任流经而过的黑河水慢慢侵蚀。数年后，这里又因蓄水建库，寺庙只得从水草丰腴、地势风水颇佳处迁走。佛曰："人生在世如身处荆棘中，心不动，人不妄动，不动则不伤。"想必这寺注定要在时间的造化中有所动迁了，一生一梦，梦里梦外皆如烟，而所有的美丽不过如此虚无。

如此说来，千年古刹仙游寺确实有些不同凡响。佛钟声中的无意，让人无意发现了塔基下的地洞，随即见到了锈蚀斑斑的锦盒。面对举重若轻的匣盒，不同的人会有不同的猜想，到底是什么宝物，要如此浓重地盛放此处呢？自是无人知晓，就连寺中胡须飘飘的住持，也是一脸期盼与疑惑，当一层层的锈迹除掉后，雕刻精美的八面玲珑图案逐渐凸显，每一处的镂刻让人心跳不已，更心生敬仰，随着宝匣轻轻打开，里面盛放的竟然是舍利子，一颗，一颗，一共有十数颗之多，其状小如米粒，晶莹剔透，隐隐约约闪烁着光芒。作为佛门供奉圣物，仙游寺因此名扬四海，至于是因舍利子建塔，还是因塔而建寺，或者因塔才纳舍利子，或因寺而建塔都不得而知。隋文皇开皇十八年（公元598年），杨坚路过周至，被这里的青山绿水吸引，即安排工匠在黑水河旁兴建行宫，将其称为"仙游宫"。宫内有黑水潭，两侧修有两寺，北寺为中兴寺，南寺为仙游寺。仙游寺除景色秀丽为历代文人墨客喜爱外，还因寺内安置佛舍利的法王塔出名，王塔只有七层，却常年为云雾所缭绕，只能听檐角悦耳的铃声。话说隋文帝在即位前，突遇天竺云游的高僧赠其舍利子，他一直珍藏未敢示人，等登上帝位后，才将舍利子分送30州建塔供奉，法王塔因此而生。

抬眼望塔，完全找不到昔日那种饱含沧桑的厚重，读不出雄宏昂然的身姿，有的只是扑面而来的雾气，在湿润至极中轻轻淡淡直扑人面，似乎要将这人这塔这寺隐形其中。绕塔而行，恍若行在天际，只怕稍有不慎就会从缥缈中落入凡间，步入正室，缭绕的香火中供奉着佛骨舍利子，顿时有股暖意，让人觉着观瞻不仅仅是惊诧，更是沉湎于心的一种敬爱。自古以来，佛求的是禅悟，佛祖为弘扬佛光，传播佛音，涅槃后只留下了这小小的舍利，有时想，"满眼是佛，看谁都是佛"实不是谶语，至少在这小小的寺庙中，我完全与佛相视而对，一盏青灯，三炷长香，把那种俗子的虔诚与向往都化为了真挚。再透过窗棂，一轮红日从雾中渐渐升起，与塔相依偎，真可谓佛光普照。当年，王勃来此赏景，卢纶来此写诗，吴道子来此作画，留下了许多脍炙人口的书画作品。黄巢的起义军来过，明末的起义军来过，太平天国的起义军来过，也都是匆匆而来仓促而去，他们根本没时间去赏险峻山势，没心思看那些烟雾环绕的风光，又哪里明白这寂寞经声竹阴暮的人间仙境？

　　山野之中，黑河水经年不歇地流淌着，为寂静的仙游寺送来了悦耳和空灵，一轮红日很快升起，悬于天际，粉粉的，红红的，恍如枝头上霜染的火晶柿子。贾平凹喜欢称家乡柿子树为"树佛"，因其形象朴实，内心无忧，看后立即能让人心绪平和，看来这红日也有着抚慰人心的功能，转眼工夫，阳光又陷于蔓延而至的雾色中，连高耸云霄的宝塔也未幸免，一切都那么让人叹奇不已。依稀中可以看到，一群僧人在钟声中礼佛诵经，就连野惯了的鸟雀，也结束了以往的叽叽喳喳，静卧枝头一动不动，还有那些深谙佛音的小猫、小松鼠，也在悠然自得中享受着时光。突然明白了白居易的感叹："仙游寺，仙游寺，名不虚传，名副其实，人若游仙，快哉乐哉。"

　　时光荏苒，往事已被滚滚黑河水掩于雾中，雾起云涌，恍若一种淡然弥散天际，在这老子骑牛讲《道德经》的首善之地，似乎都因了这雾开始变得朦胧，也仿佛多了生机的渲染和营造，从而把"江南董源僧巨然，淡墨轻岚为一体"的图画涂染得如兼五彩，水晕墨章，远近错落，颇有些大的造化下的皴法造型，寺庙很快就被掩住了，而莽莽终南也在尘世中隐去。

兴国塔

江阴城南，有座兴国园。

园内以插入云霄的兴国塔而出名，塔为砖石结构，飞檐曲栏，虽风蚀斑驳，却不失消瘦挺拔，于古朴雄浑中透着千古难群的气势。距塔不远处有曲水假山，流水潺潺，残垣断壁，粗犷中饱含着内在的感性，优雅中映着花红柳绿，给人以形态自若的美，妙趣横生的静，这之中自有着说不出的美。人行其中，可潜心论道，可修心参禅，可在禅定中证悟人心。

见塔如见佛，塔的神奇在于极具威力的法门。在中国的佛教文化中，像建有兴国塔这样的寺院建筑实在普遍，如尉氏县兴国寺塔，博野县兴国寺塔等，同名同姓的竟有七八处，唯有江阴的兴国塔让人敬重。虽说护佑它的寺院，常常因各种原因常常被毁，而塔却始终执守一片荒凉，独观一方苍生，至今仍显得富有朝气，在千年风雨侵蚀中傲然屹立。作为塔，它是孤独的，也是超越的。世尊说："任何一个能够看到佛塔的人，都将会获得解脱。"是不是眼前这佛塔，也可以为我等众生带来降伏恶魔的力量呢？从这个意义上说，残存的塔是一种坚定、一种淡然、一种经历、一种眼光、一种向上的不屈、一种无畏的表情、一种静默的愿望、一种等待了千年的灵魂……塔是普通的，可它的存在使人迷恋，同时也给予人太多的想象空间，如千年不倒的胡杨，即便死也要生存于自然的幻灭中。

春水轻拂着杨柳，丝丝涟漪中漾出一段悲怆的历史。这才知道，往事悠远，塔以灵魂的深刻在铭记历史，以不屈的精神护佑着百姓苍生。来来往往的人，也都为这漫漶难辨的残梦忠魂在探寻着。不是么？三百年的明朝也没有想到，它很快就会残喘到了历史尽头，天下州县尽数剪发归心，只有这江阴小城的百姓，还在眷念着旧情舍身抗清。据《江阴城守记》中记载，江阴城在阎应元、陈明显等人的指挥下，同仇敌忾竟然坚持了八十余日，终不敌清军200门大炮的轮番轰击。城刚沦陷，清军便乘势攻入城中烧杀掠夺，以泄数日里积聚内心的愤慨。战事虽败，但守军依然奋起还击，只见到处都是尸体，横七竖八地交错躺着。血雨腥风很快浸染每条街巷，也染红了漫远厚重的史书。城虽小，可城里的每个人，都是顶天立地的英雄，面对着血光四溅中的身首分离，也无人苟且献上降表。死去的人脸无悔容，幸存者不愿受辱，先后选择了投井、上吊、自焚，全城仅剩下的53名老少身藏塔中，却没想到躲过了人间的劫难。时光凄然，古塔在见证了乙酉江阴之变的残忍后，又重新回归了平静。生命中有着诸多的机缘，原以为兴国寺的七级浮屠，是佛家乐善好施的通用语，不料想这塔却同战争杀戮联系在一起。现在想来，这塔是否在修建时，已被赋予了拯救苍生的重任？

天下攘攘，人来人往，到底有几人能读懂这破旧苍色的古塔？又不远千里来拜谒这古塔？到了民国，直奉两派军阀对垒江阴，又开始了乙丑围城。奉系的毕庶澄占山炮击，直系的陈孝思死守不出，残酷的一攻一守，又是数月相持不下，战争在新年期间还在继续，爆竹和着炮声此起彼伏，正月初七，江阴绅士们迫不得已出面调解，两军这才愿意停战，而直系撤出的条件，是要向城中发射50枚炮弹。不堪重负的江阴，如何再经受起这样的攻击呢？危急关头，指挥官孟牧之拍胸而出，并当即锁定城中地标兴国塔开炮，塔尖随着炮声瞬间坍塌，主帅陈孝思大喜，命孟牧之速射，只见炮弹如流星般飞向城内，奇怪的是却无一人伤亡。原来心善的指挥官，也不愿过多戕杀百姓，早已派人将弹中的炸药偷偷取出，才让一众人幸免于难。兴国塔以普世之心，换取了江阴城的安全，也让这些故事至今为人所津津乐道。

杀戮与灾难的化解，都与塔有着紧密关联，这也许缘于小城和古塔的特殊情缘。在通往兴国园的路上，陆续遇见一些前来祭塔的人，或是怀念先祖，或是祈祷平安，或是缅怀旧事，可以看出他们是真心爱这塔的，仿佛已与塔有了生命般的关系。跟随他们的步伐，静观他们的作为，感受他们的举动，发现神性笼罩下的兴国塔，其实就像面容安详的佛，时时施以慈祥、圣洁和乐善好施的眼光，来看着生活在这里的每一个人。那自得其乐的心性，心态自如的坦然，无不内含着人生清净的智慧，于是，我忍不住又把目光投向兴国塔，发现掩映在夕阳下的残缺，竟是如此壮美，在夜色中辉映着佛家的慈行慈爱。

追寻，不仅是怀想厚重和震撼，而是要从灵魂里去寻找，从历史中去解读，这也是我对普世文化的生命认知。抚摸着渐然湮没在喧闹中的古塔，内心有着说不出的感觉，于是，一座城市如梦如幻的成长史，就这么层层叠叠长满在古塔荒台上。天色暗了下来，塔以无比强大的内在耸立着，观略着柔弱的江南民风，或许只有这江阴的风，才能够读懂塔的苍茫，让充满吴软文化的风息与悲壮相碰撞，去彰显生命中坚持不懈的道义与充满人格的力量。如果说，乙酉屠城体现了塔的善缘普度大众，那么乙丑围城则是对宇宙人生观的肯定，总之，它们都是塔在用涅槃重生化解着无谓的流血。

清净遥城外，萧疏古塔前。走出兴国园时，远远地传来了苍凉的钟声，蓦然回首，那塔仿佛是为纪念逝者竖起的纪念碑，用自身残缺记忆着灵魂的高贵。再回想着那些逝去的尘封往事，兴国塔已与江阴城的历史拼接了起来，而它岁月的皱褶中，满是关于江阴最强劲的底蕴，好多年后的今天，就像我此时研读着手中的一张张照片，用静态的方式欣赏着古塔的古朴唯美。此时，声息全无，水波不漾，任泛起的思绪将塔的灵魂一点一滴放大，慢慢揭开着这塔中隐藏的所有秘史。

禅悟普陀山

普陀山，位于浩浩的东海之中。确切地说，四面环水的它更应该属于一座岛。

其实，在每位虔诚者的眼中，山与岛的称谓并不重要，对于喜欢四处旅行的人来说，不同的环境中有着别样的生活方式，如果只是为形式上的要求做选择，找寻人生答案的快意和好奇就会消失殆尽，从而在无形中成为拖累。

从海上乘轮渡，需要在黑暗的波浪中行驶一夜，上船那刻，一个人的朝圣路便开始了，孤独感油然而生，只觉着用时光打开了漫漫的长夜，而海就是一座城，在执着中无法走出，海风拂面而过，染尽自甘虔诚的灵魂。

一轮明月挂在上空，那样圆又那样近，越发心驰神往起这海天佛国，只觉此行不为悠悠中的旅游观光，而是要用阅尽沉浮的心，求得一世安暖的幸福。家乡人攀爬华山时，多会选择在夜色中行进，为了消除掉白天生出的恐惧，从深层意义上讲，这应该是对险峻华山的一种敬意，也得以在亲近大山的过程中，逐渐获得心灵上的慰藉。

一道天光亮起，已是东方欲晓，远远就望到了雄峙烟波浩渺中的那片苍色，周围弥漫的都是烟雾，如同诗般写满浪漫、如同诗般写满孤独、如同诗般写满流动，让暮色的岛屿和这灰白交融在一起，仿佛莲花倒映在水的世界。船前进着，烟雾却渐渐被冲淡，一会儿工夫，就再也看不到千奇百怪的形状，让所有的奇幻都消隐在千里宁静中。

山能生水，水能养山。眼前这山在水的撞击下，不断地裂开又不断地复合，把湿润和晶莹四处飞溅，涌起的泡沫敦厚而激情，在缥缈中充满着太多神奇，似乎要把整座山都要给摇醉了。浪涛是大海的灵魂，也是大山的气息，在震耳欲聋中幻化着绚丽多彩，如诗如画中绽放着郁郁葱葱，似烟又似雾，就那么缭绕着、美丽着、璀璨着、绽放着，于美不胜收中变得鲜活精灵。不敢说一生像烟花灿烂，至少它们可以像祈福的转经筒，在耀眼的光芒中不停地旋着旋着，顿时就让人眼花缭乱起来，如同甘霖般醍醐灌顶。真正走近了，发现浪没有了先前的凶猛，有的是柔情，有的是暖意，咸咸的、清清的，在恬然的晶莹中一如止水，正是这样的情怀，普陀山才会悠悠地浮在水面上，和着一波又一波的浪涛开心荡漾。

大概南方寺院多为黄色基调，与北方的红截然不同。涛声中，亮丽温暖的黄与青山碧海融为一体，不失尘世中的谐趣，因了这些黄色，蜿蜒的山路反倒有趣起来。上得山来，苍柏翠竹交相辉映，彼此在绝美的虚幻中渐成世外桃源，隐匿于婆娑绿树中的诵经声，伴着一路香火一路祈祷，就仿佛置身在神圣的梦里，顿时没了疲惫。天有五行，地有五岳，此时的普陀山，不正是清晨枝叶上的甘露么？充满着虚幻，充满着想象，一颗一颗地悄然滚动着，那些楼阁、门楣上悬挂的风铃，都成了朝山者无尽想象中的天堂、宫殿。

沿路上行，另得风景。满腹虔诚步出普济寺，再从法雨寺径直上到最高处的佛顶山，迫不及待从山顶上远眺，一座座大小不一的岛似浮在海面上，任点点白帆穿梭其中，再旁顾左右这些岛屿，却像随手而置的佛珠，经海水巧妙地一穿，顿时就变得熠熠生辉起来。抬眼望去，云缝中隐约可见一缕缕的光线，甚为壮观。

山上佛教道场，三千世界；山下物华宝地，人间天堂。不远处的菩提树下，一群鸽子自由自在着，或在地上踱步啄食，或在半空中盘旋，或干脆停留在高耸入云的佛像上。它们是在互诉心声么？是在虔诚地聆听冥冥佛音么？那天，还见到一位年轻僧人手托白鸽，在芸芸众生中亲切地与人交流着，那种随性的神情，祥和而又安慰。这时，他肩上又倏地落下来一只鸽子，不停地点着头，突然举起相机想定格这美好一瞬，鸽子随处可见，那"咕咕"的声音似乎在诵着六字真言，难道真是秉承了佛的旨意，应了"和谐世界，由心而生"那句话。

从史料中得知，这座海天佛国也未能逃脱人间厄运，先后多次受到人祸天灾的重创，如此看来，每个辉煌都不会轻而易举成就，其实都藏着看不见的苦难，都有着咬紧牙关的灵魂，都有着沉默时光中的修为。

葳蕤的丛林中，阳光像细沙一样散落下来，金黄如繁星闪烁，我用心读，用心悟，享受着自然奇景的沐浴，真愿陶醉在这飘香的梦幻中，而眼前的普陀山，却以自己的方式存在着，不卑不亢，不媚不俗，做着神奇而单纯的梦。也许，这座已被世人神化的普陀山，在岁月的风雨中不仅仅是迷人和心醉了，它更似莲花宝座上勾勒出的花瓣，花开花落全映在了水中，似暗淡天空中出现的一缕霞光，把最玄秘、最色彩的景致都呈现在平静中，营造出一种安详动态的美。人世间，最美不过相遇，当"半抱琵琶欲遮面"的海上观音出现时，恍若坐在祥云环绕的云端上，连周围草木都沐浴在金灿灿的色泽中，连枝叶也神奇地披上了光晕，海水顿时化为了碧波万顷，银光闪耀，一切都是如此的平和，又如此优雅着。

面朝大海，春暖花开。若能游海，便可以享受到久违的天真，找回久远的童心，听说在夏夜，海面上涛声不绝，一排排的波浪在暗夜中闪闪发光，像点燃了无数盏天灯。而白天，波涛则涌上海滩，将细细的沙平展开来，犹如数不清的明珠在地上飞滚，令人眼花缭乱，只可惜季节不适，只能望而却步，望海兴叹了。

天地者万物之逆旅，光阴者百代之过客。回来的路上我一直在思索，游众之所以会对普陀山心生崇拜，皆因万物有灵的原始信仰，当虔诚与神秘融为一体时，便有了丰富的文化内涵。山下是起伏不定的浪潮，山上绵延的是蜿蜒的人流，抬眼过去，香火缭绕中全是人，穿梭和重叠着无比虔诚的祈福。此时此刻，人是这般的渺小，把牵系终生的生老病死，把相随一世的幸福健康，全都寄托在有形无形的神灵身上。

天是蓝的，海是蓝的，蓝色的背景下，高耸云天的菩萨塑像越发高大，于是想到了《昙花一现》的故事。传说昙花原为花神，每日开放，四季灿烂，不料爱上了为她浇灌培土的少年，佛祖知道后，便遣少年到普陀山出家修行，并赐名韦陀，意思让他忘记曾经的过去，怀春的昙花此后也被罚一年开放一次，不想少年终修成正果，而花神仍然无法忘记，在韦陀为佛祖采集朝露时默然开放，把集聚了一年的精气绽放在瞬间。佛云："拈花微笑，以心传心。"她只希望韦陀能回头看她一眼，而我也只是为这一眼。

人生，不是一个要解决的问题，而是一个要活着的谜团。那些络绎不绝的香客，长久地跪拜着，求身体健康，求升官发财，求财源广进，求泽荫子女，太多的"求"让心近乎浮躁，太多的"求"也让心远离平淡。海水不厌其烦地拍打着海岸，那种发于内心的自然，让我始终无法明白，究竟是沙砾阻挡了水的前行，还是水减速了沙砾的蔓延？谁也不会知道，滚滚红尘中的扑朔迷离，人世间的诸多折磨，原本都是易舍处舍，难舍处亦得舍的智慧。不是么？得与舍，本就包含着人生的生存法则、处世的态度，就像一道社会化的哲学命题，时时在考量着每个从佛像前走过的人，无论你是信徒，还是行者。

独坐寺院，听着悠扬的钟声，看着一群群的游客聚了又散去，夕阳如水，缓然流动着，悄然漫披在远去的背影上，喧闹了一天的圣地，逐渐恢复了沉寂肃穆，让所有的一切又重新回归于平静。

我想，这才是真正的普陀吧？

太白云雾

一

通常意义上，一座山的出现需要用时间来衡量，只有经过了沧海桑田的蜕变，才会从不起眼成长为高峰入天，而眼前这座汇聚了南北景致的山脉主峰，某种程度上已超越了大山名川的雄宏气魄。与静穆中透着神奇的泰山相比，它雄冠秦岭，俯瞰五岳；与高挺中有着奇险的华山相比，它耸峙关中，照临西土。所有这些，都足以为这座大山投射上玄秘的灵光，尤其是那原始丛林的诸多神秘，更是写满着一座山的前世今生。

无论如何，太白山水自是不同的。喜欢幻想神游的李太白，就曾把人生梦想、现实愤慨都寄托在这红尘之中，从而得以让生命空灵为禅境，成为了一种面对生活的方式。无人知晓太白山中蕴藏着什么，也不懂得李太白内心又有着何样抱负，但在感受了太白的灵秀雄峻后，他还是饱含千古传唱的诗情，写出了口口相传的绝妙诗文。

山的静默，是为等待更多的人来，在这群散漫行走的人当中，有一个无为而无不为的人，他就是老子。当年骑青牛路经西汤峪口前往函谷关，只顾着赏玩山水，享受山水灵气，不想喜欢上这处洞天福地，当晚就栖身在一孔弃窑中，结果还意外避过了劫匪。后人为纪念老子之行，将其坐骑塑像供奉，也可能是羡慕他水一样不争的性格吧？步入洞中，里面烟火缭绕，似交织着道生万物的思想，又如轻风细雨滋润着善男信女的心灵，虽说与行走有关，可眼前这满是神圣的青牛洞，已在风吹日晒中积淀了许多为人处世的学问，让一起一伏的揖拜，都带有着浓郁的哲学味道。从青牛观烟熏火燎的窑洞中穿越而出，山还是那山，但老子的故事，早已在来往的游人间演绎，才渐然明白，无论是登山还是赏景，更多的是要精神上放松。关卡没有挡住五千言的《道德经》，莫不是老子在山水气象中，早已明白了理想化的精神归隐？一代代的国人无法抵御一部书的诱惑，莫不是远离了城市的心灵，在静思中找到了难得的栖息之处？人生本就如此，注定了多大的心就有多大的舞台，只有步步上行，才会感受到更宽阔的空间。

　　如果说，且行且停是一种大自在，老子借助大自然来思考人生、命运和社会，就绝非单纯地行走了，而是自我心灵的呵护与放飞。当下的都市里，遍是孤独的灵魂，细细回味老子之行，读出更多的是远离尘嚣，是无可替代，生命虽苦短，可这样孤寂的行走，不失人生的豁达，不失心灵的感动，自有着难得糊涂时的省悟在其中。

　　为更好地认识太白山，我从眉县汤峪口探寻过，从太白县城的山道上涉足过，每次都带着不同的新鲜，每次都有着异样的感觉，一次次地走近，为的是让山风吹拂心灵，为的是感受荆棘划破身体的滋味。绿意葱郁苍翠，犹如浩瀚无际的大海，带着古老的神秘从生命深处扑面而来。山是云家乡，云是山衣裳。缥缈的云雾缭绕着百啭千声，闪烁着诗意迷离，在空旷中弥着的不同凡响，根本分不清眼前到底是湿气还是灵魂，细细的，朦朦的，恍若轻纱，让人不断地领略着春的绿，夏的翠，秋的黄，冬的苍。缠绵反复的色彩变幻，难道只是心情的外在表现？我也不知道，毕竟一眼过去根本无法看透，但山崖的古寺经声，采药的汉子，茅屋中的修禅者，飞在高空的鹰隼，正是这一个个不起眼的生命，不断丰富着太白云天的曼妙，让想象生出了许多新鲜的话题。于是，这美就成了柔软中呈现出的刚毅，自由中映照出的恬静，坚忍中灵魂的焦渴，神奇中未知的秘密。

二

景致自然天成，山水诠释本真，这就是太白山的魅力所在，以接近生命本质的高贵，吸引着一批批的旅行者。从古至今，有太多人来这里探险，原始面前，无法清楚他们内心的喜悦，也不会知晓途中的生死未卜，只是在前行的步履中坚持着人生行程。他们眼中的太白山水，分明就是时光中的意象符号，在不断等待着人去猜测和探索，行走在大山中，不管是流年中的怀想，还是苍茫中的想象，其实都是对太白山的敬仰。

小时候，家距太白山只隔一条渭水，每每天高气爽之际，隔窗就能看到山巅积雪，霞光映染着雪峰，闪烁着耀眼的白光，在半隐半现中显着俊俏超逸，感觉就像悬浮在半空。一时半会不知是雪是云，常常在凝望中发呆出神，总想着去看个究竟，亲眼目睹奇丽多姿的大美。

如果说太白山是一幅画，近看则氤氲着生命的形质，远观则是借助天道的意象山水，这画涵盖着自然和人文的诉说，在赞美中呈现出勃勃生机。那常年不散的云雾，犹如白纱在随风飞舞着，等到置身其中，顿时就倾听到天籁的召唤，就可以屏观内心的启示。通往山上的路，在翠绿中延伸着，起伏着，在若即若离中连接起山里山外两个世界，那忽远忽近的心旷神怡，如同魂牵梦萦中的精神家园；那诗意吟诵下的鬼斧神工，仿佛是精工雕琢的艺术品，时时在闪烁着千万般的色泽，映照着灵魂的深度，在太白云天中的神秘中繁衍着美不胜收，繁衍着独特的文化，繁衍着雪色盈盈的壮观，繁衍着温情脉脉的热情。"千峰笋石千株玉，万树松萝万朵银。"不同的意境，有着令人惊叹的深刻，有着古朴温厚的灵性，也始终让人向往不已，历尽万般辛苦，总算登临了拔仙台，只见周围群石遍布，风呼呼从耳边而过，惹得衣襟四处翻飞，人在碧天蓝幕下似乎穿越到另个世界。"武功太白，去天三百。"当凉意成为寒气逼人，反而有种得道成仙的感觉，不由心驰神往起这苍青的山来。俯观远眺，群山矗立，空旷高远，再细看，山如冈阜，凹凸有致，水如银带，弯曲随性，便想起从飞机上看蜿蜒的秦岭山系，山山相连，如梦如幻，苍苍茫茫，气势雄壮。有人说："人来自然，复看见自身的自然。"确实，作为物象和精神之美的大山，这美是山水色彩的变幻，从而让季节拥有了太多的感觉。不是么？苍翠层叠的绿，满眼镏金的黄，甚至连那凋落的苍茫中，也饱含生命的炽热与眷恋。原来，所有对于好奇的探寻，都幻化为眼中的千种风景，只是无法用言语来表达这自然之象。

自然要可观，文化应可感，太白山的惊人之美在于天地造化。好多时候，我们在面对荒凉的空寂时，总是无法觉到隐匿其中的文化，其实，大自然所演绎的永远都是岁月历程，沿袭着这历程走下去，就会感受到无比的震撼。寺庙依山势而建，大小不一，形式各异，高矮不同，布局有致，远远近近散落在深山丛林之中，营造着别具一格的壮观，秀丽，峻峭，幽深，也形成了一个山环水抱、藏风聚气、绿树掩映的建筑群来。这些形色色的建筑群落，在历史的悠久中已成为不老传说，也让山中的星月，花树，云海风雨，成为迷离变幻中的心相世界。一座连着一座的建筑，某种意义上传递着人的温情，表达着人与环境的有机融合，它可以是色彩的渲染，声音的天籁，空寂的透彻；可以是瞬间的变幻、静默的期待、永恒的久远。面对这些寺庙，你无法不静下心来思考、聆听、观瞻，毕竟这是大自然对于人类的启悟，是人类对于未知感的拜谒，是人与寺庙进行的心灵交流，云雾依旧弥漫，一如朝拜者执着的生命。星云大师曾说："云水，不是景色，而是襟怀。"确实，情寄云烟，潇洒山水时，水灵可通慧，云秀可淡心。听，草木悄然拔节的声音就是生命的萌芽；看，草木上下翻飞的舞动就是生命的激情。大自然以水清云淡的散淡笔触，正在自然中徐徐展现出山脉的雄浑。

以山水造化来类比人的情怀，以风雨沧桑来感怀生命的纯粹，这些都是对于大山的敬重。若真要说诗意，这成形于第四纪冰川的大爷海，盛满的又何止是震撼？有人说，太白山是秦岭山脉的灵魂，其实这些高山湖泊才值得欣赏，就像是太白山的心脏，平静中有着野性，碧蓝中蕴藏生机。从拔仙台望去，水面碧澈，银波闪闪，有着远离人烟的虚无，有着诗意栖息的呈现，有着云水飘绕的写意。

有山有水，有云有雾，确实已经很完美了，但周围无草无树的大爷海，又该怎么度过岁月中的漫长呢？也是无意中见到，水面常有小鸟急急掠过，那鸟头顶雪白腰腹栗色，来来往往只是将漂浮在水面上的杂物不断衔走，原以为是鸟儿垒巢，结果从旁人的言说中才得知，这种鸟叫白顶溪鸲，当地人喜欢称为"净水童子"。它们生生世世生活在这片水域中，以捕食水中的浮游生物生活，鸟儿们很辛苦，每天都在水面上飞来飞去，及时将水中的浮物衔去，如果有一只鸟衔不动，同伴们就会纷拥着飞去相助。种种神奇，实在让人叹为观止，一个是纤尘不染硕大无朋的湖泊，一个是不足挂齿，微不足道的鸟儿，它们在岁月中不断走近，相邻相依，让彼此成为依靠。

三

人行在山中，才发现其中有谷有湖有石有瀑有泉有潭，真可谓包罗万象。

　　如果说，绿水青山只是审美的表象，而生命的真情实感，却流淌为生命的感悟。阳光下，绿得耀眼的植被，粗犷裸露的石崖，气定神闲的积雪，无不蕴含着摄人心魄的魔力，吸引着人们去探索最为原始的自然风光，震撼的冰蚀地貌。而流淌在石间的溪流，飞越而下的瀑布，晶莹在枝叶上的露珠，也时时处处透露出独特的人文风情，如果让时光回溯到荒蛮的上亿万年前，这里实际上是一片烟波浩渺的汪洋，阳光的照耀下，海风和畅地吹着，海岸边的植物和动物，享受着潮起潮落的节奏繁衍生息，只是秦岭山系此时还未在地球上形成，但有一种强大的力量在悄然酝酿着。古人说："天一生水，水生万物。"谁又会想到它是以这样的方式衍生而出呢？经过漫长而激烈的地壳变动，沉积的泥沙逐渐变为坚实的石岩，火山也开始剧烈而又频繁地活动起来，漫天遍野的烟尘很快笼罩着一切。在经历了数亿年光阴的沧海桑田后，就连那些高达几十米的蕨类植物都成了深土中的煤炭，慢慢地，大海不见了，它带走了水中的远古生物，而海底却隆起了阿尔卑斯山、喜马拉雅山等巨大的山脉群落。莽莽苍苍的太白山，也正是在这时期形成，开始朝着云天深处崛起。

　　生命就是这样，总有着太多的不可思议。有时候想，真是水养育了大山么？从而让人既觉着生命的坚韧，也感到精神的强大。时至今日，褶皱成山的太白仍独处为峰，像个习惯了孤独的人，时代在更迭，它却在草木的陪伴下延展着生命高度，接受着人们仰俯的臣服，见证着天地旷野的融合、山水的融合、人与神灵的融合，就如那些来自亿万年前的蕨类植物，在经历了中生代物种的空前灭绝后，又在时空轮回中悄无声息地出现，以不起眼的形象扎根在阴暗角落，孤独地绽放在深山之中。气候逐渐温润变暖，它们也早已忘记了曾在地球历史上的辉煌时代，那可是用种群繁荣，支持着不可一世的恐龙时代啊！确实，用亿万年来计算的生长和融合，又该是何样的漫远？或许世间的万物就是这样吧，始终因循着轮回在变化，大山中的四季不也是如此么，在古老的山水云雾中滋生着万物，用性情养育着绝尘的神仙、隐士，以及李白这样的狂人，让性情的他们和山岩说话，和流水生情，和云月举杯。从此，这清净无为的伊甸园里，就聚集起属于神性的放达与包容。

天地之间，瞬息万变，变幻莫测中又是云海滚翻。或许，你看过泰山云雾的梦幻缠绵，看过峨眉山云雾的恍若仙境，看过庐山云雾的神秘朦胧，但真正要身处太白，相信在众峰簇拥下如临仙境，脱逸的云雾含着羞意，像是缀在山间的花纹，时远时近中就变得神奇起来，尤其是那被大自然巧妙镶嵌于山巅的海子，常年就这般云雾笼罩着，一想起就忍不住心醉神往，湖面上依然云雾交错着，时而盘旋倾注时而薄纱环绕，映着亘古时光中的荒凉与静谧。每逢阴雨时节，水波荡漾，势如奔雷，撼动着万山群峰，似乎要把生命的刺骨全融于旷野中。

细腻的云雾，总让泪湿眼眶，动情的美丽，渐然感动内心。忍不住只想对着无穷山峦，发出由衷的苍凉一叹，原来这世上所有的坚强，其实都在于那颗柔软的心。大海反复拍打着山岩，波澜壮阔中有着温存；大山缠缠绵绵着云雾，蜿蜒中有着风情，才明白了这温情脉脉的云雾，是想以缥缈来掩藏内心的柔情，不愿让人知道它还深藏海洋的泪水，爱不就是这样，并不需要山盟海誓的约定，与其耗费一生让自己伤痕累累，还不如在时光中守着内心的平和与安宁。

第二辑　花及火焰

飘风自南

一

艳阳的午后，我沿着《诗经》中所指引的美轮美奂，一个人朝着岐山县城西北方向走去，地势在渐渐变高，陡然发现自己来到了美丽的凤凰山下，一下子走得那么近，近得让人有些无所适从。抬眼望去，没有巍峨高耸的起伏气势，没有突兀石骨的层峦叠峰，漫山遍野却缭绕着淡淡的闲散，野花看起来那么妖艳，涤荡着疲惫的心，淹没着岁月的流逝，不时地让人眼前为之一亮。

山下有周公庙，藻饰华丽，苍劲古老，琼楼玉宇高低错落，全然沉浸在如烟的香火中。雕栏玉砌的建筑，就那么巧妙地镶嵌在山麓下，一时竟让人分不清到底是山还是庙了，犹如山的标志或某种玄妙的按钮，一千多年来在值守着与凤凰山有关的种种天机。周公庙始建于唐武德元年，是唐高祖李渊为纪念制礼作乐、天下大合，万民归心的周公而建的，这些年，我一直以远瞻的方式，来表达对这方地域的爱与敬重，寻找着与岐山有关的种种传说。

现在，终于在冥冥中走近了。

二

走近凤凰山，我不是山，山亦不是我。却让人在柔软的风息中，感受着别样的山川风光，领略着来自内心的震撼，也在神秘的情趣中越发觉着一个人的存在。

他就是周公。

仰望周公的汉白玉雕像，手执折扇，神态悠然自得，心怀伟业的目光中，时时透出着人格的高贵。一个人内心的强大，自然注定他不会太在乎身外之物，而事实也证明，生命意识的张扬、文化精神的传承，要远比任何建筑的生命都要持久。

元祖周公，是周文王的儿子，武王的弟弟，因其采邑在周，人称周公。元，就是开始的意思，在中国传统的儒学思想中，周公有着举足轻重的地位，就连孔圣人也要谦虚地尊其为元祖，当年他在《论语》中十分虔诚地写道："甚矣，吾衰也！久矣吾不复梦见周公……"曾经意气风发、不可一世的曹孟德，也提笔有感写下了千古名句："周公吐哺，天下归心。"

大儒源自周礼，正道沐浴岐风。从步入山门开始，便可以见到沿途的树木上，系满了长长短短的红头绳、红布条。那红似乎到了这里，就越发红得耀眼，红得灿然，红得喜庆，红得玄妙，就那么高高低低、深深浅浅一溜烟延展开来，让人忍不住就想停下脚步细看。有的低垂着眉脸，有的缠绕着树叶，有的在风中招摇，有的已失去色泽，从一丝红到一片红，从一片红到一山红，红得似乎就要燃烧起来。这红，作为西府岐山的传统习俗，牵挂的是对于生活的希望和梦想，逢年过节，人们总喜欢去庙里求平安，于是，这红又成为民众们最真挚的期望。如果时光可以流转，在我的印象深处，每逢古历三月庙会，四周的人都会过来赶会。周公庙前定然有剧团唱大戏助兴，台上的旦角撕心裂肺地在唱，台下的听众也在跟着哼，台上台下互动着，戏是彻夜不停，若是碰到收成好的年份，还会请来两台戏班子较着劲唱。戏的好坏，与庙会的热闹与否有着直接关系。所以，至今一说起周公庙，好多上了年岁的人仍是对戏念念不忘。

戏是生活的演绎。《史记》记载，周成王三十三年游于此。年轻的周成王率一众人宴游，浩浩荡荡来到了古卷阿的周公庙。傍山临泉，风徐徐吹拂，文武百官顿时没了庙堂上的种种烦忧，大家载歌载舞，把酒言欢，任心情放飞在凤凰山下。成王叔父召康也是性情中人，酒到酣处，起身面见侄子，要为他的文治武功赋诗一首。

彼此都有兴致，于是召康沉思半刻后吟唱道："有卷阿者，飘风自南。岂弟君子，来游来歌，以矢其音。"一首现场即兴发挥而就的诗，却从那天开始成为了家喻户晓，老人家自己也没料到，毕竟这只是酒场上的说辞，时至今日，虽不知他的面容相貌，但唯美的诗歌却时时让人想起岐山。

卷阿三面环山，唯有南面地势缓和，似农村里常用的簸箕一样，蓄满着绝佳风水，一直以来，这里都被视为周王朝的后花园，以至迁都丰镐以后，祖先的祠堂仍供奉这里，以延续周家宗族的香火，经过历朝历代的修葺，这里始终透着古朴、沧桑和悠远。自这首诗从卷阿传唱开后，周公听后也是为之击掌叫好，此前，他对这里非常熟悉，应该是在辅佐成王摄政期间，曾为躲避管叔和蔡叔的流言攻击，一度在这里静心隐居。人或许就是这样，对熟悉的往事都会心生记忆，至少在长期的征战厮杀之后，那绿荫蔽日，清泉潺潺的美妙让人牵挂，以至到了晚年，又干脆放弃了丰京的优越条件，独自回到周原的慢时光中息马放牧，潜心制礼作乐。一时间天下大治、万民归心，也让这里成为了儒家处理家国事情所遵循的源头，中国礼乐文明的发祥地，成为了有史记载最早开发的旅游胜地。

三

从豳县到岐山，直线距离不足三百公里。虽然如此，还是为这支队伍的迁移捏着把汗，莫名担心他们会遭到狄戎队伍的围追堵截。三千乘的队伍中，有老有少，有牲口、有行李，还有着对豳国这地方的无限回望。周的先祖们也不知从何处来到这深山，不知不觉已有了三百多年的历史，虽然条件艰苦，毕竟已习惯了这里的环境，若不是外来的狄戎屡屡侵犯，谁又愿意选择背井离乡呢？

历史，其实就是昨天和今天的延展。当姬姓族长手拄着拐杖，站在高台上对他的子民讲话时，心中实际上是千万般不舍，他在心里反复琢磨着迁移的事，始终无法让自己定下决心。现在可能又说到了激动处，便以盘曲着的拐杖重重击地，满眼老泪纵横，凝噎之际，不由仰头望天，众人见此很快安静下来。

周太公的正确决定，让周族与狄戎间的战争暂告一个段落。烟云散去后就是长途跋涉，年迈的老人坚持走在队伍最前面，至于去哪里，他也不清楚，只是顺着河流方向前进。这一路的艰苦可想而知，不仅仅是翻山越岭，时时还要面临着生死，谁都有一肚子的苦要诉，但迁移的步伐，依然在泪流满面中行进着。

一支不起眼的部落，为了躲避追杀，就这样开始了浩浩荡荡的出发，恶劣的自然环境面前有人跌倒，又有人在不断创造着生命的奇迹，无论如何，都和草一样抓紧着泥土，让活下去的希望努力向上。在那个年代，这样的迁徙在每个部落都很平常，为避免战乱，为生存发展，但每一次离开都是向命运挑战。这个部落又一次选择了离开，当水草肥美，适合居住的岐山远远出现时，疲劳至极的队伍一下子乱了，大家忘记了身上的酸痛和疲劳，像渴极了的人见到水源，像饥饿的人见到佳肴。

"周原膴膴，堇荼如饴。爰始爰谋，爰契我龟。曰止曰时，筑室于兹。"远离了喧闹，才能感受到静谧，才可以不断接近信仰的内心，才可以变得更加纯粹。有时不得不佩服周太公的决断，好多年后，我们再回看岐山，南接秦岭，北枕千山，尤其是"两山夹一川，两水分三塬"的独特地貌，无形中契合了当时择水而居的观念。长时间的战乱纷争，能安逸地繁衍生息，早已成了这群人最大的梦想，于是，这位首领远望着双峰对峙的箭括岭，将手中的拐杖深深地插入泥土之中。从此，周原大地上的田园风光逐渐有了灵魂，就连那些树木也因此变得灵动而沉稳，始终在不屈中传递着绿意。

青山横斜，绿树环绕。好多年之后，经过历代增修的周公庙风景更为优美，与繁华的市井相比，这里的雅致清静中，更多了超然尘外的感觉。山门前有两株参天古柏，以细密的麻花状扭曲着身躯刺向天际，在苍翠雄伟中生出遮天蔽日的枝叶，看上去就状如傲骨峥嵘的士兵，一左一右守卫着庙宇，彰显着顽强的生命力。苍翠的生命让这里有着灵气，就仿佛置身于香火的缭绕之中，柏树的相貌是威严的，枝条遒劲的国槐始终很倔强，用浑身的翠然欲滴傲然屹立。国槐树形高大，花香低调沉迷，在不经意中透着神秘，光是听这名字就让人有着迫切见到的冲动。也是，这些高低不尽的树木中，能够冠以"国"字的又有哪些呢？从这个角度看，这些槐树自然有着许多耐听的故事了。

依据沿袭已久的传统，身形俊美，枝叶繁茂的国槐，是古时宫廷必栽之树。"青青高槐叶，采掇付中厨。"可见其既有生活用途，象征意义也是举足轻重。周代时，朝廷就种下三槐九棘，身为国家人员的公卿大夫，必须按职务高低分坐其下，流传到后世便以槐棘之树喻三公九卿。到了汉朝，皇帝居住的宫殿也美其名曰"槐宸"，那种对槐树的喜好，完全已到了无以复加的程度，这种传统一直延续到了唐宋，就连韩愈、苏轼、康海等人前往周公庙拜谒时也要观瞻。后来，道路两旁的行道树也成了槐树，成列的槐树相互交错，散出香馨的气息，直到现在，庙宇内见到的古槐，都多为那个年代所植。

其实，自从见到国槐的那一眼，一股熟悉油然而生，像多年未见的朋友。当兵时，我曾无意中在拉萨罗布林卡见过一株槐树，虬枝在天地间张扬着，用坚守高原诠释着内心，抚摸树身，独特的呼吸与心跳，一下子就勾起了我对故乡的怀念。

树的生命力是出乎意料的，以至无论在哪里，我总会想起周太公的那根拐杖来，一直在想，它是不是根植泥土之后长成了参天大树？它的子子孙孙们是不是因此生根繁衍？

古人已去，一抔青冢幻化为永久记忆。站在古公亶父的墓前，郁郁碧草立刻将人感化，清酒、香烛，在袅袅中升腾起周王朝的雏形。

四

《诗经》有云："凤凰鸣矣，于彼高岗。梧桐生矣，于彼朝阳。"从高处看去，县城并不大，但布局紧凑，如同流淌在《诗经》中的诗句，处处能嗅出先前遗留的周风。确实，这座小城至今还在延续着周仪礼节，从孩子出生到老人过世，从垒土盖房到乔迁大喜，从孩子满月到嫁女娶媳，都离不开完整而浓重的仪式。曾读过穆涛先生的《先前的风气》一书，那种亲近感更是油然而起，他笔下所倡导的老传统、老文化，老风气，更多与周王朝制礼作乐一脉相承，都是面对着一种久远的缺失，不由自主发出的慨叹。

周文王元年，岐山之巅突然飞来一只凤凰引颈长鸣，吸引着周围的人赶来围观，平静很快打破，吉兆天象引起了朝廷重视，文王闻讯亲率百官急急赶到山脚下。凤凰为祥瑞之物，非梧树不栖，非竹食不遑，非明誓不出，非俦矢不降，只见身形修长的凤凰且鸣且舞着，丝毫不惧人的到来，虹映下展露着绚丽的五彩羽毛，完美的体态翱翔于半空，顿时让众人惊讶不已，纷纷俯身叩拜。从此，"凤鸣岐山，兴周八百年"便成为吉祥之典。《礼记·礼运》中记载："周将兴，凤鸣于岐山，百姓以为瑞，争图其形。"自那以后，羽冠飘逸的凤凰图案便成了青铜器上的专有纹饰，凤凰之后，与凤凰有关的地名也在岐山随处可见，更彰显着岐山的古老与神秘。即便是在现在，无论是凤凰山、凤鸣岗、凤山楼，凤鸣镇，只要说起都会有诸多故事即便是现在也让人百听不厌，其实，早在远古时代，姬姓周族人们就认为，凤凰这样的神鸟在天空出现，一定会带来祥瑞，凤凰显于岐山，无疑是顺天应人的天象。

从此，岐山因凤鸣而出名。

有时候想，当年的凤凰到底带来了什么样的祥瑞，让一座庙和兴盛了八百年的王朝联系起来。我把最深情的目光投向了周公庙，透过那千年的名声和香火，去探寻隐映在山下的悠远和苍凉，红日初升在地平线上，一支姬姓周族长途跋涉来到了岐山，居住在这个水草丰盛的地域，没有了狄戎的侵犯和骚扰，很快就从风雨飘摇中迎来了灿烂辉煌，从此，一个王朝的祥瑞就充满着灵光。

灵光如水，最终是小溪流汇聚成滔天波浪，以"小邦周"的迅猛灭了"大邑商"。周公庙有圣水润德泉，所谓润德，据说是唐宣宗时，干涸许久的泉水突然喷涌，凤翔府官员视其为祥瑞上书朝廷，一向润德于民的宣宗李忱闻之大喜，遂赐名"润德泉"。仅"润德"二字，很形象地刻画出周公的坦荡一生，而那宏大背影，却滋养了华夏民族的胸怀、境界和大气。

泉水一波波地涌出来，如欢喜的跃动，如幸福的欢呼，又渐然汇聚成溪水流向岐水县城，这感觉像周族当年迁移一样，悄无声息中以文化与道德的方式，慢慢渗入到民众的内心，也让一个部落从荒凉走向繁华。故乡的人，大都喜欢来这里取水，以求得身体无恙，四季平安，人们单纯得祈福，很快就幻化为四周静寂，以至泉涌的声音都如此清晰，似乎在传递着最为地气的信息。因为水，我又想到村后坡的那条小河，小时候，河水清澈见底，几乎和泉水的颜色无异，却不知道这河上游与"润德泉"息息相关。水就这样让陌生和熟悉连接起来，所以每次来这里尤为亲近，仿佛见到了故人。

一簇簇，一串串的晶莹水花，从青石铺就的池底汹涌着，水中有鱼追逐，恍然间有着如临仙境的感觉，凝望这阗然的泉，有着深厚的期望，有着纯朴的情谊，有着最本质的向往，有着蓬勃向上的理想。也许，这水蕴含着太多的内涵，以至于明代诗人赵忠咏在诗中写道："一泉长与世安危，今日无波涨碧池。"就像许多典故一样，这泉便成为了道德和政治的符号。伫立泉前，七月流火，水花翻涌，泛起无尽遐想，因了这泉的灵性，庙也有了善男信女和数之不尽的香火。香火是寺庙的精神，泉是大山的灵魂，灵魂和精神的结合，自然也是人和佛的内心反映。

其实，周公本可以在西周政治舞台上一展身手，身为世家子弟，拥有着得天独厚的政治资源，完全可以高为人君，可这个权重位高的人却选择到古卷阿静心修养，摄政辅佐年幼的成王，尽心尽力经营着周朝大业。《尚书·大传》记载："周公摄政，一年救乱，二年克殷，三年践奄，四年建侯卫，五年营成周，六年制作礼乐，七年致政成王。"我一直认为，周公的名望应与岐山有关，岐山历来民风淳朴，像周公这样一个对权力地位不看重的人，自然要赢得万众的敬仰，正是在这种得人心的境况下，周公才潜心制礼作乐，规范了各种礼仪礼节。

柔水至善，"礼"从此成为生活中最有仪式感的行为，在传承了当时社会风貌的同时，也再现了政治舞台的风云变幻，在今天的日本岐阜，这个远隔千里的地方，依然还流传着与岐山相关的话题，1567 年，日本战国三杰之一的织田信长率兵攻下稻叶山城后，为达到文化一统天下的目的，听取了泽彦大和尚的建议，以"见凤鸣，岐山而有天下"之意，从"岐山、岐阳、岐阜"三个命名中选中岐阜，欲仿效周文王起于岐山八百年的太平基业。更为有趣的是，到了 20 世纪 80 年代中期，岐山、岐阜又结为了友好城市，这些都是冥冥之中的注定。

五

钟鼎彝器甲天下，金甲陶文冠古今。

说到岐山，不得不说青铜器。青铜器对岐山来说，何止是熟悉，它更是一种无法舍弃的存在，这些年中出土数量多不胜数，仅在西汉时就出土过名扬四海的尸臣鼎。如果说，一件青铜器的出现，让青幽蓝光中多了供人凭吊的空间，那么这些出土的青铜器，又何止见证了古老岐山的繁华，更是丰富和还原了一个时代。而我在这里的所见所闻，于无形中穿越时空，尤其是面对散发着温度的器皿时，都要带着崇敬、带着熟悉、带着一腔激动，因为我读懂的是活泛的历史、是带着画面的故事。

在岐山，关于青铜器的故事实在太多，可以说是俯身可拾也不过分，在土下长时间埋藏，那泛绿的物体对传统中国而言，绝对已成为了无法抹杀的历史痕迹。可以说，一件青铜器就有着一个故事，而一个个的故事，又真实记录着一个王朝的兴衰。

车刚从蔡家坡坡口驶出，远远就看到了三层巨塔的牌坊，高高耸立在岐蔡路两旁，上面悍然书写着大大的"周"字，其势恢宏，透着大气，也寓意着从此处踏入招贤之门。近观，却是磻溪请贤，岐邑拜师，夜梦飞熊等耳熟能详的西周故事，故事古色古香，不断从中传递着生活的浓厚味道。一路走过，还有一组组的西周神驹、羊尊神兽，牛尊神兽，以及象征着权力和财富的西周方鼎等青铜雕塑竖立路旁，浓郁的西周文化顿时扑面而来，这对一座城市来说，无疑别具一格。

如果说，这些沿途的景观是一道古朴风景，那么耸立在岐山周原广场上的大盂鼎，则给人一种顶天立地的感觉，大盂鼎出土于眉县，后被倒卖到岐山，经历过诸多劫难后，最终落户中国博物馆。大盂鼎以云雷纹为底，颈部饰带状饕餮纹，雄伟凝重，器上铭文反映了西周的社会现状，具有极高的历史价值也因制造者为康王时的大臣盂，从而让这个人也名扬天下。

毛公鼎，是台北博物馆的镇馆之宝。口大腹圆，两耳三足，纹饰一改先前的神秘氛围，制造时更多了简洁典雅，融入了浓厚的生活气息，鼎腹内还铸有完整的金铭文辞，虽古奥艰深，却颇具艺术的审美。1843年的某一天，岐山董家村的村民董春生吃饱喝足后，扛着农具下地劳作，本就是很平淡的一天，他一边翻地一边胡思乱想着，无意中觉着自己挖到了什么硬东西。下午的田地里空无一人，他很无聊地蹲下来，嘴里一边胡乱骂着什么，一边用手一点点扒开浮土，没想到幽亮的青铜露了出来。地下藏了千年之后，一股寒气顺着指尖传遍全身，只觉着后背冷汗淋漓，却又忍不住惊恐下的兴奋，在空旷的田地里放声大笑起来。自己撞了大运，估计挖到值钱的宝贝了，心思颇多的他似乎又想到了什么，赶紧朝四下里看了看，立即又用土把器物原封不动埋起来，这才怀揣着激动朝家走去，一路上还忍不住三步一回头地眺望。

当天夜里，董春生和兄弟将大鼎挖了出来，就开始联系人想出手换钱回来。对他来说，有钱就可以解决好多迫在眉睫的问题；对大鼎而言，一股无形的力量开始主宰着它的命运，也注定这鼎与人之间的生死劫难。反正一系列想不到的事情开始发生了，因为这鼎，有人为此入牢，有人为此家破人亡，直到抗战胜利，毛公鼎才由收藏人捐给国民政府，最终被运到台湾。不管怎么说，万幸的国宝并未因金钱而遭致流落海外的悲惨命运。

有时候想，古人的冶金技术实在让人佩服。青铜通常由铜和锡合成，在殷、周统治下的大小都城，甚至乡野中，到处都是依靠制造铜器生存的人，他们每天要面对着烈烈火焰和各种器物，把美好思绪填在各种厚重的纹路中，把命运的风骨辗转在痴心中，让挥洒汗水成为多情的诗行，成为跨越千年的记忆，成为一段无法忘记的历史。于是，这一个个的器皿以另种方式获得新生，重新有了岁月的声音和气质。"壮士亦何为，素丝悲青铜。"于是，那绿中便有了冷漠的精美，有了富丽堂皇的厚重，青铜文化的出现，在很短的时间内就占领了社会各个阶层，它的产品也是包罗万象，如炊器、食器、酒器，乐器以及各种装饰品。青铜器的层出不穷，彰显青铜时代发展的鼎盛，也反映出当时"子子孙孙永宝用"的不朽意识，这可能就是古人的世界观吧？！

行走在博物馆中，陈列其中的青铜闪烁着黯然光芒。游人如织，动静交织中任历史如烟尘般散开，灯光直直照在各种纹饰上，让人不由得放缓脚步，那些玄妙的纹饰，如饕餮，如虺蛇，以阴森的气象附着在青铜器上，显露出最为原始的神秘。可以想象当一群人，一个部落漫长迁徙的艰辛，他们走过繁荣的周原大地，走过庄重典美，走过凝重肃穆，在我眼前出现的是距今三千多年的西周王朝。而今，这些仍留存在世的牛尊、大盂鼎，毛公鼎等器物，不仅记录了时代的发展，浓缩了太多悲欢荣辱的往事，让这些象征权力与地位的器皿，如同遥远的回响，在厚重的历史面前退而却步。

当然，我们必须要承认，这样的器皿当初只是为庆典和祭祀，可惜那时的喧闹距现今太为久远，只能从碎片的历史中逐渐去复原。

在远古周原的土地上，各种青铜器依然存在着，不经意间就让人步入到想象中，或许是经历了太久的地下时光，这些器物总是迸发着隐忍的美，这美是一种状态，一种不可替代的记忆，也是尽情展现青铜文化的盛宴。"有卷阿者，飘风自南。"表现在唯美的诗词中时，它就成了一段美妙的传奇，一段关于生命意志与文化性格的阐释。

沣河苍茫

一

初升的朝阳，还来不及变幻惺忪的面容，沙燕却已经感受到了晨曦的来临，陆续从各自的洞穴中飞了出来，一只、两只、三只，片刻工夫就聚集了成千上万只，像阵风一样盘旋在宽阔的河面上，以最为质朴的姿势低声吟哦着，向这条古老的河流致意。

风吹过花香，百啭千声，随意而为的啼鸣让人神迷目眩。毫不夸张地说，这些沙燕的基因中沾染着沣河的气息，以至成百上千年都过去了，它们还是不失初心守护着这条河，在寂寞的时光中从不肯离去。

沣河边，又是柳绿花红的季节，甚至连叫不上名字的花花草草，也一股脑地恣意盛放开来，远处是一望无际的翠绿，绿得让人有些迷茫，就像是大自然锦织的地毯，漫无边际铺陈着。

一切美好的事物，都透着温润的气息，都用快乐感染着生活。今天，人们已无法从这泛白的河水中，感受以往的那种悠远，感受风月如烟的情怀，感受水波涌动的情怀。作为一条经见过往事的河流，我宁愿相信它在强大中独守着宁静，在静好的时光中独守着清欢，在岁月的诗意中独守着洒脱。毕竟，流淌才是真实的痕迹，在脉脉深情中记录下辗转千年的眷恋。沿着河岸行走，风拂水，水涤心，绿映景，心间陡然涌起一股漂泊的意味，温暖的阳光下，我不经意间将自己融入到这条河流的往事中。

二

春日迟迟，
卉木萋萋。
仓庚喈喈，
采蘩祁祁。

没错，我是吟诵着《诗经》一路走来的。从古老的周原出发，追寻当年周族先辈的足迹，作为《诗经》的发源地，礼乐文化早在三千多年前，就已在沣河畔开始了繁衍推广，让这条河流在流淌的时光中，逐渐孕育出周文明，在独自芬芳中又迎来汉唐文明。如果说，与沣河的相遇完全是偶然，那此后我着迷般的常来常往，为的是用心感受它的冷漠，热烈和缠绕，我只想在河水中冲淡以往浅薄的认知，在浩浩荡荡的河流面前，还原出内心深处的惶恐。

从过往的悲欢中流经，我以为沣河是柔软的。站在蓬松的芦苇丛前，悠然翻开《诗经》，就看到了它以清澈唯美的溪水，以涓涓诗意的婉约，承载起了两座不凡的都城，这是中国最早意义上的都城，不单纯是养育了数以万众的子民，更是从这里要营造出一方繁华的天空。沣河虽然生性暴戾，可它淡泊的心性中有着信仰，当悠远的钟声响起，陆续有人开始劳作，店铺也一一开门经营，晨起的鸟儿把身影陆续投向河面上，在寂寞中勾勒出各种如画的美妙。晨雾徐徐升起，是那样的明澈透明，是那样的朦胧缭绕，很快就把城池悄无声息地笼罩，恍然让人活在了梦中，又像沉浸在流动不息的水中。

这些雾，仿佛有着生命，很快贴在水面上流动起来，轻盈如羽衣，神秘而绮丽。每一次有雾的日子，人们总会表现出忐忑不安，因为它摸不着，扯不开，行在其中又无法看清远方，河流就这样披上了一层闪烁的迷离，缥缈得好像飘浮在空中。缭绕的雾气，天鹅绒一般四处飘散着，吞没着一切的同时，似乎也要掩饰这条河流中的神秘，透过淡淡的雾气，才知道沣河是视域中的有形，也是内心中的无形，它集聚着足够多的能量，最终从终南山深处一路破云而下，把生命中的偾张和澎湃淋漓尽显。而这一腔激情，是对远方的渴望和好奇，是对生命的感知和探寻，也是对心灵荡涤的彻悟和感受。

待到雾气散去，花草成了遍地怒放，相互交织缠绕在一起，用生命的怒放掩映着河岸，那情形像极了许久没有修剪过的胡须。几只羊走了过来，大胆地伸出头来咀嚼那些鲜嫩，铃铛在风中清脆着，让人越发看不到河的尽头。时明时暗的流淌，让独处的时光越发优雅，感觉要穿越到数千年前去，而河流和大地不时地起着冲突，彼此又要表现得亲密胶着，不由得为这种可伸可屈的性格感到欣慰。这些都是与沣河相关的生活缩影，现在被如此逼真地还原着，就像自己曾经生活在其中。

荒野中的低吟，在时时触及着心灵，虽无"行到水穷处，坐看云起时"的深刻，至少有着人类社会对郊野的思考，此时的人与自然，是碰撞，是交融，是美感。巴勒斯在哈德逊河边尽情享受，贝斯顿在科德角海滩的悠然自得，都为迎合这一派水景优美的景色，为满足这缓然流动的涟漪，阳光下的水流在翻腾着、跳跃着，我明白，之所以一次次来到这蜿蜒曲折的沣河，不为看波光粼粼，不为赏美丽的倒影，只想融入到水流的舞动中，于历史的钩沉中去聆听。

两岸长满树木，寂静而冷清，透着河流的回音，像是大山渴望河流，像是大地渴望草木。对这些生命来说，看起来永远单纯质朴，却不乏自然纯净的独特个性，尤其是那些高高矮矮排列着的树，更是在这样的环境中无求无欲。风缓缓地吹过来，叶子便欣喜地飞舞，有树枝没入到水中，却依然性灵；有的虬枝弯弯曲曲，婀娜多姿着，进而呈现出万千的柔美。感触最深的，还是那株风烛残年的柳树，就似一个久远的记忆，在枝叶间布满着岁月沧桑，那一道道闪烁的苍苍茫茫，仿佛被刀斧砍过一样，中间至今还留存着火烧的痕迹。走近才发现，这株老树已经被时光蚀空身体，仅靠着残存的树皮簇生绿意。《孔子家语·好生》中记载："周自后稷，积行累功，以有爵土。公刘重之以仁，及至大王宣甫敦以德让，其树根置本，备豫远矣。"唐王李世民曾写过《探得李》："盘根直盈渚，交干横倚天。舒华光四海，卷叶荫三川。"现在才知道，生命的感知不是成熟，也不是冷漠，而是用生命如影相随的守望。对眼前这古树来说，守望让它更像一位博大与宽容的老者，在黄绿相间的苍劲中凝望红尘阡陌。它知道，痛只是身体上的创伤，而矢志不移地守望这条河流，其实就是在守望着远方，守望着归宿。

春天，无疑是对生命的约定，那是一种全新的感觉，正如河流中的浪花，或许一个无意的翻身，就将细沙般的梦想植入到流淌中。古树的往事无人知晓，不知是风，是沙燕，或者是什么人，无意中在那腐朽的身躯上播撒下种子，春风祥和的日子里，几簇新绿陆续吐芽，嫩绿点染着残破黝黑的外观，风吹过时再细看，绿中已映着成熟的黄，预示着丰收的气象，也让河流成为浓得化不开的乡愁。河岸边有几个光身子的孩子在玩耍，听到有脚步声在靠近，青蛙一样跳入杂乱的水波中，树上的鸟儿顿时飞开来，飘落的水花便陶醉在笑声中。当年，周部落迁徙至沣河边时，他们一定被这丰腴的河水所迷恋，不难想象，人群驻足草木面前的喜悦，那神情应该和这群孩子一样，在水的滋润中悠然自得。

这群调皮的孩子，很快又陆续爬上岸，浑身湿漉漉的也不在乎。他们变着法子掏空着古树的躯体，做成可供玩耍的"巢居"。至于火痕，如果不是人为，极可能就是天火，反正就那么突兀地燃了起来，让柳树从此变得面目全非。再后来，大风又施淫威折断了不少树枝，轻而易举扼杀了向天际延展的梦想，逆风中的古树，逐渐失去了再生的能力，也没有眼泪去回望悲哀，其实它只想过安稳的生活，但无情的现实，一次次地将它置于死地，只有河水不离不弃，不求回报地滋润着一川秋意，两岸蛙鸣很少停歇，从不去掩饰生命中太多失落和慨叹，此时，也只能大度地默望、祝福和安慰，让树在牵系中明白苦难的意义，明白好好活着胜过那些无谓的奢求。

无论是恬然还是翻腾，沣河日夜不歇地奔赴着，这是当初生命的承诺，也是渴望中的不懈使命。风还是喜欢轻快着脚步，淡然中带着闲散的况味，昆虫依然用啁啾声点缀着田野，让季节的气息在清香中流动。也不知是河陪伴着树，还是树在守护着河，亲密无间的温情虽不敢说相濡以沫，至少在时光荏苒中风月同天。周边村庄里的几位老人，逢年过节时总会相约着过来，在树下点燃香烛，然后虔诚地拜祭着，空旷的田野里，他们是在回望逝去的历史，还是祈求当下的风调雨顺？是在敬仰河流的不息，还是在渴盼土地的肥沃？是在缅怀一个崇礼的时代，还是以这样的方式爱着休养生息立命的家园？

同样是树，澎湖列岛上有株300多岁的通梁大榕树，大手一样的树根裸露在外，紧紧地抓住大地，在坚韧中不断扎着根，这震撼注定它经受过太多磨难，也在无形中打开了我的记忆。久负盛名的卡帕多奇亚山谷，不也是这样的令人惊叹么？一大片的石柱森林让人眼界洞开，神奇之处是这片巨石被人从中凿空，设计成了难以忘怀的星级宾馆。在乱石堆中推陈出新，相信这令人叹为观止的做法不仅是猎奇，应该还有着对消逝往事牵挂的情怀。

三

只有听到水声，才能懂得河流的意义。

沣河知道，它从不是属于任何一个人的风景，虽然孤独着，却时刻涌动着激情，为荒野带来一辈子的幸福，不在乎名利，也不刻意取悦谁，只是带着一片片水面上的光斑欢快流淌。或许只有这样的从容，才能清楚流淌的含义，只有这样入诗入画的清澈，才能感受到历史的沉淀，诠释阳光下的浪漫。

3000 年前，这片杂草丛生的荒野上，先后出现了两座都城，随即而来的辉煌，很快就湮没了往日的宁静，巍峨高大也替代了辽阔旷远，高低错落的建筑依着河道扩建开来，丰京在河东岸，镐京在河西岸，东西有桥连接着，桥上绿叶红花，桥下星汉灿烂，隔河相望，是美好时光里的喷薄欲出。随着熟悉的打更声响起，城里的商铺都逐渐苏醒过来，各种声音交汇在一起，河里的船只也动起来，满载着货物，看来昨晚是临时在这里停靠。船头上依次有了炊烟，一缕一缕地飘着，桥上也陆续有了人，算命的，相携着聊天的，还有匆匆忙忙赶路的，新的一天就这样来到了，大家都开始为生计忙碌起来。不远处，有一群群人出出进进着，有坐轿的，有骑马的，还有背篓子的，顿时让厚实的城门洞也沾染了温情。再从这里往城里看过去，各种高楼、茶肆、酒店、肉铺应有尽有，花花绿绿的商品吸引着顾客，门前的人越来越多，有独自而行的僧人，有身着绸缎的官人，有卷着袖子穿行而过的屠夫，也有列队而过的官兵，只是不知道这些人从哪里来的，就仿佛这沣河水里蹦出来的鱼虾，很快就打破了清晨的宁静。

中国第一座真正意义上的城市出现了。

色彩斑斓的草木茁壮着，馨香的气息沾染着润湿，就连氤氲的水汽，也如一曲古老美妙的音乐，瞬间就把生命融合在了一起，注定着丰、镐两城要成为众人膜拜的荣耀源头。新城洋溢着活力，也让秦始皇的咸阳城、汉武大帝的汉城、隋炀帝的大兴城、唐高祖的长安城开始沿着这条水流，在后世陆续建立了起来。这些都城的出现，其实是在另座都城衰败的基础上建立的，时至今日，从残留于世的遗址前走过，抚摸着古老沧桑的城墙时，心中不知会涌起何样的感慨。这已不是一个人的疼痛，而是一代代人的孤独了，那田地中随处可见的红色陶瓦片，那博物馆中见到的青铜器皿，就仿佛是往事的索引、注解，引领着人们从依稀可见的绳纹中，断断续续读出当时的气象。

有时候会想，那些常年在沣河边垂钓的人，他们哪里是在钓鱼，分明是以一种借口和方式在观望，在陪伴。他们独处一隅，成天里也说不上一句话，就像把自己关在了划定的圈子里，只有那长长的渔线，在传递着内心的信息。当渔线甩向水面，人和水就有了关联，有了记忆，有了情感，有了亲密接触。所以，还是奥尔森感叹得好："我时常猜想与其说他喜爱钓鱼，倒不如说他更钟情于池塘里的倒影及阳光和阴影投在池面上的情景……我知道那天他真正想捕获到的东西：池塘中的倒影、色彩、声音和孤寂，而鳟鱼只不过是所有这一切的象征。"也是，一个人的垂钓，更应该是迷恋、是情感、是无法抹去的童年。时光如果能倒退，这条沣河就如蛟龙一般，无拘无束地横行在关中平原，让河两边的树也在疯长着，茂密得根本就望不到天空。一层层的树叶枯萎着，一层层的新绿又在催生，从岐山而来的周族人，离开了生存相依的渭水，又开始跋涉，朝着树木遮蔽的沣河而来，他们内心深处满是焦灼，还有着对以往生活的思念。这情形和钓鱼的人别无两样，有寻觅，有等待，有希望，有坚持，有刚强，就和顽强生长的树一样，无视风雨，不在乎艰难，时刻充满着对荒原的渴望。

好吧，既然来了，那就是沣河边的沙燕。

清脆的韵律打破着宁静，冲散着沉寂，沙燕把河流带入新的一天。沙燕的巢不怎么讲究，丝毫不如家燕、麻雀生活细致，它们的可贵之处在于执着，常年依恋着这片河流，从不会为了过冬而去追随迁徙。到了冬天，它们的鸟鸣中也没有任何哀怨，歌声虽不完美，却唱出了内心的爱，就北部气候而言，沣河边似乎并不冷，通常未到初春，厚厚的冰层就已融化。沙燕有时也是多情的，放弃了遥远的迁徙后，只能在一棵棵枯荒憔悴的树枝上来回穿越，留下一连串魂不守舍的踪影，把鸣叫清脆地叫响在春的气息中。其实，河流是粗心的，它根本没在意过什么鸟儿从南方回来，什么鸟儿又一直伴随在它身边，比如说沙燕，就不愿舍弃一直陪伴的河流，世世代代守护着初心，黑色的身影快活地飞着，时而落脚于沙崖，时而划过水面，相比其他鸟儿，它们算不得当地土生土长的种类，也没有高贵血统和气质，但用心坚守却足以说明一切。通常情况下，数十只沙燕会蜗居一起，巢穴也是一个紧挨一个，在河岸陡壁上分散着，就像旬邑大山中纵横交错的神秘石窟，在高低错落中让人生出惊讶。从石窟到巢穴，功能是相同的，也和周部落有着千丝万缕的联系，《三水县志》记载："绵亘数里，栈道连云，石梯落霞，网户万启。"现在虽然无法去探寻，但这场景依然动人，洞穴中筑巢的沙燕，以吃河岸边的小虫子为生，穿梭水面时尤为敏捷，它们边飞边叫，神态中满是对河流和大地的吟唱。周的后人们虽遍布大江南北，但依然对水心生留恋之意。

沣河从不会厌烦这些精灵，相反更享受它们盘旋带来的喜悦，有好几次，我静坐在河岸边听这些沙燕的声音，就仿佛早春盛放的野花，在清风拂面中展翅，我知道，这些生命在以自己的方式，欢迎着每位来到沣河的人，它们早已将这里视为了故土，早已习惯了将喜怒哀乐鸣叫于沣河。当年的沣河边，远途而来的周族人突然就陶醉了，这片茂盛的水

067

草充满着诱惑，一路平坦的关中平原充满着诱惑，现在这条河的出现也充满着诱惑，还不待人群停住脚步，河崖边的沙燕忽地飞舞起来，庞大的鸟群如硕大无比的华盖，就铺天盖地盘旋过来，带着无比惊喜的叫声。大家何尝见过这阵势，顿时俯首在地不敢作声，也是奇怪，沙燕们见此情况后便变换了队形，开始绕着周文王盘旋着、鸣叫着，久久不愿散去，还有的沙燕干脆落在人群中间，出奇地安静。距离人近了，大家才敢偷偷抬起头来，偷偷看这浑身黑色的鸟，这样的神奇自是少见，也只有贵人才会享有这荣耀。据介绍，沙燕是一种罕见的迁徙鸟，已被列入世界自然保护联盟最为关注的一个物种，怪不得有种风筝也叫沙燕，神形酷似，原来是被赋予了人的情感在其中。

如风的沙燕不断地盘旋着，很快就唤醒了这片土地，流淌着农神后稷的血脉，自然都是劳作的行家里手，这群人出现在这里后，荒野与人文便紧密地结合在一起。时间久了，人们便乐意将这些沙燕，视为沣河的守护神，在鸣叫声中感受着沣河的不同。

四

商朝末年，西部地区各诸侯国逐渐被西伯姬昌征服，眼看着周部落日益强大，贪享奢靡的商纣王自然没忘记威胁，他正思虑着如何收拾周时，发生了一件看似平常而又不平常的事。

原来，纣王对九侯的女儿心生垂涎，夜不能寐。尽管九侯心中十分痛恨，但不敢不从，只能哭丧着脸将爱女送入宫中，喜新厌旧从来都是当权者的爱好，不分朝夕的床笫之欢，自然就冷落了心高气傲的妲己。哪有女人不愿受宠，妲己很快就把各种报复的办法过了一遍，决定以姐妹相称来消除九侯女的设防，同时又施尽媚态靠近纣王，有意无意生谣状告九侯意图谋反。纣王起初并不在意，听多了便想一探虚实，有天刚与九侯女结束欢爱，还不待着衣就和颜悦色地问："爱妃入宫这么久，难道就不想为后吗？"一贯高冷的九侯女听到这话大喜过望，情不自禁地抱着纣王，不经意的举动，似乎证实了妲己的话属实，一怒之下便带着九侯女去酒池，逛肉林，当着众人面要行男女之欢，九侯女自是不愿，无奈之下破口大骂。听惯了奉承阿谀的纣王，一下被伤及帝王权威，拔剑径直将爱妃杀死，然而他并未就此罢手，又命九侯亲自来敛尸，借机将其剁为肉酱，位高权重的顾命大臣，就这样不明不白命丧黄泉。

看到这血腥的场面，妲己偷偷笑了。

九侯、姬昌和鄂侯在帝乙时被称为三公，后又作为重臣来辅佐新王。九侯如此惨死，让同病相怜的鄂侯颇为不满，面见纣王时不断替其喊冤叫屈，纣王着实不快，视其倚老卖老的举动为作秀，大怒一番后把鄂侯也予以处死。狐死兔悲，姬昌见状也只能仰天长叹。不料，"西伯闻之窃叹"的事被崇侯虎知晓，他知道自己斗不过这邻居，却也不想让他坐大，趁机将此事报告给了纣王，残暴无道的纣王顺理成章拿下姬昌，便将其投进了汤阴的羑里监狱。去了心头之患，纣王又可以整日里不思朝政，胡作非为过荒淫的生活。

樊笼中的生活可想而知，姬昌很容易想起沣河边的生活情景，水面闪烁着幽光，各色花儿陆续开放，河水就像缀满着珠宝的飘带，连空气中也弥漫着甜美的气息。此时，心怀抱负的他只能望着流淌羑、汤的两条河水，来抒发自己思念族人的心情，然后就是没日没夜地研究伏羲八卦，他一直想将其推演成为六十四卦和三百八十四爻，然后对每卦进行吉凶注解，在此基础上，结合"刚柔相对，变在其中"的观点著书《周易》，对天地万物进行归类总结。这在当时也不知算不算惊天动地的大事，只是纣王没有时间来关注。"易"通常指变易，通过占卜便可知晓一个人、一个国家或大自然的变化，这也是《周易》被列为五经之首、被誉为"大道之源"的缘故。反正，从此以后，这部沾染了国人智慧的书，就成了古代帝王的必修之术。

　　身陷囹圄七年之后，姬昌终于按捺不住喜悦之情，他将有机会离开这暗无天日的地方了。监狱外，属下闳夭等人绞尽脑汁，总算想到一个出狱的好办法，即广搜美女珠宝不断进贡。喜欢美女的纣王见状，龙颜大悦顿时就要放人，崇侯虎欲除姬昌，见状后自是心中不甘，几番谗言又说得纣王心动，考虑到江山霸业的延续，便派人杀了姬昌长子伯邑考，煮熟后端给他食用。听到儿子杀后被煮，姬昌侯连死的心都有了，颤颤巍巍端着碗，不敢去看这眼前冒着热气的肉，毕竟脑海里全是儿子的身影，怎么能下得了口呢？回想这几年的坚守，他忍受了太多生死别离，只为了筹划建国大业，现在，还得咬着牙负重前行，忍着痛楚把这碗肉囫囵咽尽，那一刻的感受真是无法言说，泪水不住地掉落着，一滴一滴在提醒着自己要咽下这口气，一定要为儿子报仇。智者善忍，人这一生，不可能事事皆如人意，而成大事者往往都能忍常人所不能忍。而这样的举动，很快就打消了纣王的疑虑，姬昌这才须发俱白回到了岐下。

　　面对民众的热情和欢呼，姬昌站在箭括岭下指天盟誓：灭掉崇国，在有生之年推翻商朝。一番精心准备之后，亲率精兵强将从岐下出发，不费吹灰之力就攻下崇国，并砍了崇侯虎的首级祭天。"文王受命，有此武功，既伐于崇，作邑于丰。文王烝哉。"经受了长时间的磨难，这时的姬昌像出牢笼的猛虎，心中的火焰越燃越烈，尤其是尝到了血的滋味后，开始靠征伐周边小国来扩大地盘，很快与商形成了"三分天下有其二"的态势。正当一切顺风顺水之际，没想到他又决定迁移，那日无事卜卦，显示沣河有接天地之灵气，沿岸有许多池沼，契合天地结合、阴阳自得的说辞，便决定从岐下搬到今户县附近的沣河边去。虽有人反对，可他还是耐心说服，最终启动了这场浩浩荡荡的全民行动，整个部落的人都被动员了起来，拖家带口依依不舍离开西岐一路向东。《史记·周本纪》记载：丰在京兆户县东，有灵台。灵台不仅能进行天文观察、教化民众，还能发动战争动员、占卜国之大事。周族来到水美地肥的丰水中游，很快就将这里取名丰邑，象征周决心崛起，而今留存于世的灵台遗址虽已物是人非，但从中依然可见其宏大规模，领略当年一呼百应的盛大气象。据说在垒土建造灵台时，有人挖出了一具先民遗骨，闻讯而来的姬昌亲自起冢而葬，被后世盛赞为"德及枯骨"。由此可见，他对臣民们是如何地关爱。

来到新的地域后，周人便开始在这块土地上修筑房屋、城堡，开辟田地，天寒地冻的荒野从封冻中活泛起来，像人为注射了激情，甚至连石头都充满了活力，从厚实的土中散布出的潮湿气味，给人无比的期盼。沙燕飞来了，四周盘旋着，田鼠从深洞中也探出头来，野兔依附在树后面，就连花草也弥漫着浓郁多情的芳香，腐烂都被埋进了地下，被唯美的国风替代。

沣河边的沙燕又传唱起歌声，努力唤醒着沉睡的一切，也提示着姬昌时刻准备攻打商朝。

我喜欢看沣河。是不是每条河流都是这样，不在乎太多浩瀚气势的渲染，却用沉稳画出了一道生动流淌的曲线。沣河毕竟有些不同，它也没想到，自己身边会流出了中国历史上的第一座城市，走过灵台遗迹上的平等寺，有悠然洪亮的钟磬声传出，更多是无法言说的怀念在散布。远望那一片苍茫的沣河湿地，传唱了数千年的《蒹葭》诗篇，顿时就回响在耳畔：蒹葭苍苍，白露为霜。所谓伊人，在水一方……

于是，浸润百物的沣河，就成了周人生活或生命的一部分，这样的联系，注定着彼此要生死依存。确实，这条有着魔力的河流，始终在创造着丰硕的生命力，它带给丰镐城的不仅仅是壮丽崛起，更有着对待生活的态度。

天地俱生，万物以荣。

这是当年周人所熟悉的沣河么？这是周人当年所敬重的沣河么？

树被砍倒了，根被挖出来了，荒草烧掉了，一块块平整的田地出现在眼前，肥硕得发黑的泥土，散发着醇厚的油性，从飞蛾乱扑的土地上，人们看到了丰收时节的希望。

水面开阔，听不到流淌中的激越，只有风在吹拂着鲜活的林木，在守望着河流行走的姿态，从中感受到生命的厚重。不得不承认，坚毅的沣河中有着诸多细腻，流淌着源源不断的感悟和思考。有几次我都在想，这是怎样的心路历程，又有着何样的美好蓝图？"暮山衔落日，野色动高秋。鸟下空林外，人来古渡头。"沙燕停歇在枝头，在银波碎影的景致中，看着轻舟远行，临风晚渡。

这又是何样的胜景？

河面上，各式小船辉映着余晖，四处来往的游人，在天水一色中抒怀咏物，传唱着唯美的《诗经》。河水左冲右突着，时而像云朵，时而逶迤如蛇，信马由缰地一路向北，在天长地久的碰撞中，汇集起独特的美感。有水便有绿，各种绿沿着河岸攀高爬低，一望无际的田畴上，庄稼用绿色织就着风景，似乎要把人的视线引向不为人知的悠远，而所有的期待，在绿色中更像是散落人间的碎片。

五

如果说，古树用坚强在述说岁月沧桑，那么远处的这棵柳树，无疑是用生命的姿态在写就着光阴心语。

远远望去，它独自屹立在阳光下，像一座满身弹痕的关隘，走近了，才从树身上依稀看出了岁月留下的印痕。这是怎样的一棵树？怎么会孤零零地生长在这里？就如同一粒不经意撒落的种子，在俯瞰大地的同时，又无助地守望着远方。"连林人不觉，独树众乃奇。"树周围是一望无际的田野，田野越发空阔辽远，仿佛在执守着一个世界，沿河前行，很容易在沣河西岸找寻到一处叫郿坞岭的地方，那里至今还留存着许多历史古迹，尤其是村口残存的城楼门楣上，赫然刻着"遥望岐阳"四个大字。细细品读，点滴至深的情感中，让人逐渐读懂着在沣河边建都的周族人，时刻告诫着自己不要忘记先祖及故乡。20世纪六七十年代，从西安去宝鸡的官道必经马王村，相信周的后代们看到，对故土的思念之情更会油然而生。

故乡，是游子的魂牵梦萦。它的乡音、它的熟悉、它的颜色、它的气息，都足以让远行的游子回望泪流。这是一种无法厘清的思绪，等姬昌年迈之际，除了回忆那些鲜血淋漓的厮杀征战外，相信梦中时刻都想着能回到亲切而又疏远、陌生而又熟悉的岐阳。不管时光如何流逝，这根植于心的乡愁永远温馨而快乐，都会完整地存活在儿时的记忆里。一年后，姬昌带着无限遗憾撒手人寰，留下了未能破商的遗憾，也留下了黯然神伤的牵挂。

河水静静流淌，滋润着沿岸的土地。捡起一块碎石朝河面上扔过去，顿时泛起了一连串的水晕来，圈圈波纹由小到大相互叠加，暂时打破了这里的宁静，遽然发现这景致纯真难忘，在乡村的慢节奏中是如此迷人。这难道就是日夜思念的时光，就是浓得无法化开的情愫？飘逸灵秀的水蜿蜒着，深深地牵系着每个人心，才知道无论你走多么远，都走不出对水的思念。

时间到了公元前11世纪，由于战争连年不断，商的子民们在"如蜩如螗，如沸如羹"的重负下痛苦不堪，也在水生火热中流离失所，接替父业的武王姬发现天赐良机，立即派人联合卢、彭、蜀等小国，率戎车三百乘、虎贲三千、甲士四万五千人向商政权发起挑战。得悉周军来袭，纣王惊慌失措从酒色中缓过神情，迫不得已武装大批奴隶到莽莽苍苍的牧野。

牧野，距离都城朝歌南七十里。《尔雅》云："邑外谓之郊，郊外谓之牧，牧外谓之野，野外谓之林。"也就是在这处荒凉之地，历史用刀光剑影上演了周与商的生死决战，正义似乎来得太迟，却并不影响两军悬殊的差别，在这种令人窒息的气息中，周的勇士挥剑扬戈划向沉沉的天际，让血色流过那片散发着浮靡的废墟。士兵们不断地倒下，又坚持着从地上爬起来，天昏地暗，谁也分不出是谁，只有绝望和幻灭。武王最终替父报仇雪耻，推翻了商纣王荒淫无耻的统治，一仗夺得了天下。

也许，这一切都要从天命说起。

皇天无亲，唯德是辅。按照周人信奉天命的观念，上天是根据人的德行好坏，赋予其管理天下人群的使命，原来天命是可以改变的，如同商灭夏是殷革夏的命一样，周人克商自然又属于周革殷命，可以说都是合法的正当行为。商朝灭，周朝当立，武王在丰邑对面又修建都城，名曰镐京。两城隔河相望，其间有桥勾连东西。1976年，临潼出土了一件叫"簋"的青铜器，它腹底上刻着一行文字："斌征商，唯甲子朝，岁鼎，克昏夙有商。辛未，王在阑师，赐有事利金，用作檀公宝尊彝。"文物证实了这场战争，也记载着周从此开始的礼乐盛世。

沣河古称丰水，意喻水量丰沛，庄稼浇灌后物产丰富，穿城而过的丰水，看似划破了丰、镐二城，实际上却是完美地将它们糅合，营造出了"流水人家"的诗意。水是城市的灵魂，因水成市，因水成街，因水成景，因水浓缩了这三千年前的壮阔，依水而建的城市，依水而建的桥梁，繁华宛若眼前，与河边的草木相映成趣。如果没有这穿城而过的水，又如何滋生周王朝的灵秀与大气呢？"泽国鱼盐一万家，从来人物盛繁华。"这样的韵味，唤起更多的是对逝去往事的怀想和展望。

"涟漪丰水户山来，湛湛澄波一鉴开。"历史上，这条以生命的形式流淌的沣河，平日里看似温顺无虞，实际上却因多水汇集，河道不畅等原因，经常形成淤塞，导致水灾频发，每每到了秋雨时节，急湍的水流四处漫溢，严重影响着沿岸百姓的生活，当地人为了平安，只能去祭拜龙王。客省庄村位于今天长安的马王、斗门、高桥三地交会处，大堰上的龙王老庙，经年累月弥散着烟火，虔诚的男女老少，都不辞辛苦来这里祈福许愿。若说这是一处人山人海的奇特景观，那么村北岔地的老河口，就得让人刮目相看了，据说这是大禹治水时开凿的渠口。《诗经·大雅·文王有声》记载："丰水东注，维禹之绩。"在古代的农业社会，水患绝对不可小觑，治理不好就会引发大规模的动乱和民族迁徙，甚至影响到国家的兴衰、政权的更迭。为能更好地解决水灾，尧帝从全国范围选拔鲧负责疏通河道，经过九年努力，丰水依然时好时坏，并未达到治理的效果。鲧是大禹的父亲，他特别理解父亲的所有付出，也很心疼一天天老去的父亲，等到他去治水时，率先在老河口处下功夫，将河道分为两支：一条改为东流入渭，河水大泄；另一条继续西流，从而解决了渭水倒灌入沣的隐患，让此处成为一道奇特的水文景观。时间过去许久，沣河边至今还有个三过村，依然流传着大禹"三过家门而不入"的公而忘私精神。可以想象，姬昌初见这流淌的沣水时，又会想起什么呢？如此说来，这分明是等待，是高天流云下的等待，是精神深处的归依。

好多次，我站在横亘于沣河的大桥上，远望自云端而来的那条河流，任风华点染着水草丰盛的气息，听那一路蜿蜒流淌的历史。这河闪烁着关中地域风情，虽看不出丝毫的绿烟水墨，却始终充盈着《诗经》般的诗情画意，让人不时在脑海里浮现出童年的痕迹，水流冲击着两岸，散发着野草的香味，也让这里成为一处安静的所在。啁啾的鸟鸣萦绕着河面，浓烈如溢出的情感，让这些居住在沙洞中的燕子忽聚忽散、忽急忽缓，精灵一样快乐着。

河水的声音，好似梦中的呓语，难道是在念念不忘丰镐都城的多情吗？倒映水中的，不是那萧索无趣的芦苇，而是几只优雅高洁的白鹤，在升腾的水汽中静静立着，若不是亲眼所见，我竟然不敢相信，这些见识过高山大海的生命会在这里出现，久久注视着它们，用心体味着这独特中的灵动。

同样是体味，造化却往往很会捉弄人，即便贵为天子。"集万民爱戴于一身，上应天命，下顺祖德"的武王只须衣袖轻挥，即刻就有"八百诸侯不期而至，与姬发会师盟津"，可等到周的最后一任天子赧王即位时，却无端分出个东周、西周来，两个本为兄弟的国家时常争战，这时的周王室已是一落千丈，落魄得连生计都成了问题，只能和一群遗老遗少独守着空城。后来，东周干脆不再供养王室，胆小的周赧王只能放弃尊严，无可奈何地寄居西周，离开前，他带众人去祖庙伏地痛哭。

虽然没有亡国，但这样的流涕依然被视为作秀，哭有什么用呢？现实就是这般无情，哪里还容得你去后悔呢？为讨活口，他只能用先祖的城池，去换得苟延残喘的机会，早知道人生中会有这般苟且，还不如平日里勤于朝政心怀天下。历史到了这个地步，我们已看清了人性的无能和残酷，虽然天子在西周享受着豪华待遇，毕竟只能低眉垂首，还不敢摆出怨天尤人的模样。

从先祖打天下创基业开始，宏大的气象到周赧王时已近尾声，就在一个时代将要落幕之际，上天竟然又眷顾了周赧王，如果能利用好这次机会，打败迅速崛起中的西戎霸主秦国，他或许可以重新书写中国的历史。可遗憾的是，这个糟糕透顶的周赧王，此时已是有心无力。

公元前 256 年，国力日益壮大的秦昭襄王，陆续攻占了韩、魏、赵三国许多地盘，凯旋归来后，开始要称帝取代周。姬延忧心度日，不想楚国又突然派来使者，希望姬延能以天子名义，号令各国群起讨伐秦。姬延听后自是大喜，立即任命西周公速速整编军队五千，约定好时间和六国在伊阙会合。凭一时兴起，天真的周赧王开始向城内富人发行债券筹措粮饷，承诺班师回朝后用战利品来偿还。原以为胜券在握，然而到了集合那天，只有楚、燕两国派兵来响应，吃过秦国苦头的其他四国都按兵不动，又能说些什么呢？自周赧王登基那天起，秦用实力几乎取代了周天子的地位，本就是悲剧人物，无权无兵的也就不在乎什么天子的颜面，又硬着头皮在伊阙等了三个月，直至没有粮草供给才悻悻而返。那情形就像一场万人共同参与的游戏，谈笑声中弥漫着无比陈腐的气息。

本很风光的征讨，结果被周赧王演绎成了闹剧，这样的举动，自然也在加快着周的灭亡进程。面对各诸侯国先后被吞并，他只能"尽献其邑三十六城、民三万"，将延续了800年的江山拱手交给秦昭襄王，原本还想继续苟活，不料在梁城蜗居一月余后病故。

公元前256年，西周灭亡。

喧闹的沣河两岸又重新平静起来，河面上也看不到舟楫往来。

那些宏大的建筑，不再为人所钟情，就连遗迹最终也让水和尘土淹没，至于什么原因无人能说清，可能就像庞贝古城、古格王朝、唐蕃古道一样，只能留待后人探寻。现在看来，老子生在周朝是幸福的，作为国家图书馆的馆长，每天的工作就是面对浩瀚如海的竹简、木简、绢书、麻布书，然后又投入精力进行整理、编辑。没办法，诸侯国的人每天都会来进献各类书籍，以讨得天子的欢颜和器重，书确实是好东西，一个个王朝都消亡了，各种各样的书却得以留存下来。有时，生命和生命并不相同，记得有次在沣河边见到一群小鱼，都朝着水流的方向溯流而上，一次次被水冲得晕头转向，一次次坚定不移。这样的挣扎让人费解，它们完全可以在残花败叶里随波逐流啊。

然而并没有。

穷怕了的周赧王，绝对少了先祖叱咤风云的气概，他的软弱使他治国理政的能力太差，虚张声势和自以为是，更促就着那个时代的危机四伏，和先祖武王相比，他显然缺乏置之死地而后生的自信。试想，那分明就是看在眼里的迷茫，又怎么会有诸侯的追随呢？道理显而易见，再去回望发迹之地的岐阳时，纠缠于心的只能是扼腕叹息和顿足流涕。

细细品读"遥望岐阳"四个字，无非是要人学会纯粹内心的向往，世代传承周的仁爱礼义，呵护这份难得的初心。正如星云大师说："人生经历这么多挫折，始终不忘记，最初为什么要出家。生活很辛苦，只要你不忘记最初为什么开始，就心甘情愿。不忘初心，就是力量。"周赧王还是有负众望，没有将姬家天下很好地延续，到头来只能"赧"颜愧对先祖。《说文解字》中解释：赧，即最不好意思。这位历史上最不好意思的天子，却暗合天意成了人们的笑柄。

　　究竟是什么原因，会让一条黯然了时光的河流，吸引众多人来这里感受《诗经》的唯美？来追寻散落一地的诗情画意？一想起悬挂在门楼上"遥望岐阳"的牌匾，还是会不由自主把这条河视为放倒在地上的碑，用独特方式在遥望着逝去的梦想。一个国家虽然在烽火血战中灭亡了，可血脉里涌动的依然还是这条河，一条河流，两座都城，八百年历史。沣河无疑是游牧文明与农耕文明的分水岭，它亲眼见证了一个王朝从小到大的崛起，也见证了周王朝从强到弱的没落，记录下了八百年宏基伟业的时代变迁。

　　随波漾起的波纹，恍若生长在山间的险峰断崖，在风雨云雪的变幻中释放着动人心魄，在灵魂深处彰显着沣河的神秘莫测。好多时候，它完全是以内在的原始，勾魂摄魄地召唤着自生自灭的芦苇，流畅着彷徨心底的情结，这样的纷纷扬扬，把沣河点缀成素白一片，展示出水的强大与柔韧。尤其是在冬日，那喷涌而起的薄雾如烂漫山花，缓缓地沿着河道盛放开来，在荒野的吟哦中弥漫着唯美与和谐，那情形颇像河流神秘裸露的胴体，始终闪烁着令人着迷的光芒。转眼再看时，又像深入峡谷没入水中的长城飘忽不定，时过境迁，谁会想到中国第一座城市的雏形，就出现在这条河岸呢？今天来看，这样的残破已读不出往昔，也无法还原出与河流相关的内蕴所在。

　　静静站立河岸，望着蒹葭苍苍的悠远，不禁为时代的变迁点赞，为这片土地上生活的人们慨叹。

烟火陈炉

一

　　天下之美，尽于一肩。

　　初见青釉刻花莱菔尊的那刻，它正陈列于柔和的灯光下，顿时有种熟悉由心而起，它从肩部所呈现出的丰满和圆润，一如优柔曲线慢慢地从高处向低处，从窄处向宽处细腻而又温顺滑去，闪烁着淡然而又从容的光泽，就像婀娜少女自信耸立着的裸肩。四周是暗暗的黑，静谧环绕在周围，瞬时就以高高在上的优势征服了内心。

　　这是水与泥土糅合而成的瓷器么?

　　这是焰火熔铸生命而成的瓷器么?

　　没错，我曾见过不少华美的瓷器，若鲜若暗的红、色泽略淡的彩、青如翠羽的碧、类冰类雪的白，幽如墨光的黑……只是眼前这款米黄彩釉下的暖色，饱含着生命的张力和质感，始终以其素雅清新来掩藏不易觉察的美，怎么看都透着湿润绵长的美感，足以让人悸动不已。不论是融在简洁中的沉稳，还是伏在明快中的流畅，其实都有着陈炉的性格与风度，灯光的晕彩投射过去，轻轻微微地附着在器物身上，淡彩飘逸，重彩雍容，无形中多了难得的柔美，细密的花纹，让人把思绪一点一点渗入到遥远的古老中，从静寂中一下就嗅到了清凉。独特的观瞻，在不断唤醒着记忆，不由得想问，这是瓷器的心性么？这是瓷器的本源么？

悠远了多少叹息，积淀了多少智慧，时光逝去，依稀中又让人看到了曾经的繁华，看到了行云流水般的深刻缠绵。昏黄的窑洞中，齐齐地盛放着即将入窑的泥坯，横看成行，竖看成列，一如出征的士兵，无惧眼前燃烧的烈火。四周静极，只能听到火光交错，恍若千年的岁月在低语，恍若翻滚的泥土在呢喃，柔情的水在流淌，让人要从中感受到温润的金属声来。

青釉刻花莱菔尊产于耀州窑，大致可分为红釉、五彩荷塘鹭鸶纹、粉彩绘大吉图、犀角莱菔尊等品种，最奇特之处在于雅致的外形，晶莹如玉的色泽，尤其是肩部悠然而起的纹路，美得像一曲天地间的旋律，让人久久难以忘怀。这件现存于国家博物馆的莱菔尊，之所以被人称为瓷尊，是因为它曾被置于康熙大帝的案头，作为御用器皿磨墨用水的，宋人赵希鹄在《洞天清录集》中注："晨起则磨墨，汁盈砚池，以供一日之用，墨尽复磨，故有水盂。"可别小看这盛水不过数滴的尊，它有着赏心悦目、助文思泉涌、积水成渊的雅趣，更重要的是见证了皇帝夙夜在公批阅奏折时的辛劳。

所以，走进陈炉的那一刻，便陶醉于这美丽的相遇了。

虽然，它看上去有些苍凉，但有着深刻诗意的陈炉不失庄重，那绚丽下湮没着的自在，恍若烟火中的灵魂，在灰色、白色、青色等缤纷夺目的色泽中，不经意给陈炉缠绕上一层轻纱，用唯美和诗意营造着不凡和鲜活，梦一样惊艳着徐徐流淌的时光。

陈炉的要义，在于一个"陈"字，地以炉名，炉以陈兴。史料记载：陈炉鼎盛时期是"陶场南北三里，东西绵延五里，炉火杂陈，彻夜明朗"。其实，又何止是炉火的简单陈列呢？作为有着千年历史的官窑，自有着至臻完美的匠人，所以无论是陈炉的壮观景象，还是陈炉的匠心守魂，或者是陈炉的醉心逐梦，它都是某种形式在书写着属于自己的历史。或许只有这样的独特，才真正值得去品味，才会在咀嚼中带给人久违的感动。

炉，自然是令人欲醉的过往；烟火，是热情激烈的现在。这样的烟火陈炉，更像是动人心弦的长短句，既透着风尘，又有着静谧，在岁月流淌中，浸润着观瞻者的内心。如果说自然就是诗意，那么陈炉不仅出产瓷器，也能在缭绕中苏醒诗情，今天，当人们流连于陈炉烟火时，又怎么会想到这曾经的荒原上，有人千年前就开始了制陶工艺，家家瓷音不绝，户户炉火不熄，慢工细作中传承着不屈的精神。不同的是这陶炉，始终有着"郁郁千家烟火迷"的时代风流，有着"不知秋思落谁家"的绵绵乡愁，有着"凭君点出琉霞盏"的豪迈气度，有着"壶兮壶兮出谁手"的传奇不朽。静心回望，就连眼前那残破成堆的瓷片，也能衍化成久远的漫漶，努力发掘出一个与文化底蕴相关的话题。

陈炉"自麓到巅，皆为陶场。土人烧火烧器弥夜皆明。每值春夜，远眺之，荧荧然一鳌山也"。微风吹过，树影婆娑，遍地的陶炉将古老陈炉与外界分割开来，时而像堆叠而成的城墙，时而像汹涌而来的波浪，无论如何，它依然是风尘中难得的风景，这其中有着历史的延续，有着人生的思考，有着悠远的传承，有着文化的韵味和独特，像童谣、像记忆，在烟火的渲染中，为历史涂上了一层光灿灿的色釉。这是上天赋予陈炉得天独厚的灵韵，灵是灵性，韵是韵味，一丝一丝燃烧着，一点一滴变化着，让梦幻在纹路中携着穿透窑火的温暖，于是流水纹、叶脉纹、冰裂纹、蟹爪纹、菟丝纹，如水光、如倒影、如氤氲、如泪染、如云魄、如音韵般依次出现。

烟火更像喜欢幻想的孩子，在湛蓝的天空映照下，慢慢地和陈炉兜起了圈子，她似乎要在风中撒下一年的美好祝福，又要在天际舞动着无与伦比的身姿。烟火未必多情，随风而舞中的交织碰撞，分明就是浅唱低吟，柔柔地舒展着水波一样的身姿，不带走一片痕迹，却留下了无尽回忆。

古色古香的陈炉小镇，位于铜川市区东南 15 公里处。有野风吹来，草木拂动，连空气中也沾染上了十足的烟火气息，莽莽苍苍的丘陵地貌上，如浪起伏的山峁中，布满着大大小小的窑炉，全然被层叠的瓦罐瓷片堆砌，整个陈炉就是一面闪烁光彩的大墙，一件才出窑的精致瓷器，一个横卧群山的大窑炉。不由想，足下的这土地蕴藏了多少悲欢荣辱的记忆，又模糊了多少血汗交织的劳作，从而让陈炉陷于"西、北、南、永兴四堡"中间，就那么高高低低穿插着，让独特而又古朴的地形自然天成，让荒烟茂草激湍奔腾，从而以生命的执着，进行着人与自然的对决。是的，这陈炉从来就不曾安静过，水倒进土里，泥巴放在火中，于是一切都在义无反顾中毁灭着、完美着、吟唱着、满足着。突然明白了，这遍地的陶炉的气势并非一日之功，并非转眼而成。

驻足凝思，这难道就是那有着千年"炉山不夜"传唱的渭北瓷都吗？

有什么样的窑场，就有什么样的传承，从中看到的是一个开放包容的世界，一个宏大的唐、宋、明、清的人文景观。七月流火的陈炉，那"陶覆陶穴"的壮观确实不可思议，以至要在心中生出团团火焰来，随着这上百座错落有致的窑炉，一起烈烈燃烧。火焰中的燃烧，似乎是一场约定，一朵凄美的花朵，把瓷器一生的绝唱，以其自我的方式在演绎，单纯中有着繁复，素净中有着传世，热情中有着守望，古朴中有着雅致。

我知道，陈炉不单纯是山间错落有致的火炉，还应该有座泥心涅槃的碑，一座将厚重记忆燃烧成历史的碑，那无形的碑，收敛了太多的光彩和张扬，又在无形中藏匿着悠远、风尘……

二

一场悄无声息的桃花雨后，满山遍野的花儿被早春的烟火催开了，灿灿的像落了一地的雪，粉粉的，艳艳的，把陈炉的心境全部映在其中。熟悉的乡土味扑面而来，在绿意中触发着与久远相关的记忆，像梦一样布满内心。

郁郁翠绿中，是星罗棋布的各色窑洞，透过绿意丛生的树木望去，错落有致的窑洞有深有浅，有大有小，有高有低，蜂巢一样丝毫看不出凌乱，又如同摆放着瓷器的架子井井有条，真说不出是陈炉人的标新立异，还是沿袭了久远的风俗传承，让依地而筑的窑洞，在梁峁沟坎层层铺陈开来。虽已无法考证，陈炉燃起的第一炉窑洞始于何时，但这些作为居所和作坊的窑洞，始终充满着太多的神奇，不是么？窑上面叠着窑，窑背后对着窑，从低处陆续向高处蔓延过去，让司空见惯的泥土以新的生命绽放。

轻轻走过一座座窑院，生怕任何不经意的响动，会惊扰了这些瓷器的烧制，对从小就长在窑洞的陈炉人来说，窑无疑融合着爱恨的精神寄托，也早已将子孙后代视为了瓷器的精神符号。是啊，窑洞虽小，包容的却是博大内心，如果说住窑洞只是为了生活，那陈炉的窑洞更多了一重审美，即便到了今天，陈炉人有钱了也不愿搬到城市，而是在家里盖起宽敞明亮的楼房，似乎还愿意蜗居大地的内心。可以说，窑洞更像是难以释怀的情结，始终萦绕在心灵的深处。在陈炉，遍地是用泥土织就的世界，一任爱恨飘散在岁月的风尘里；在陈炉，遍地是火光作响的境界，绵延出诗人吟咏的风景；在陈炉，遍地是熠熠生辉的梦想，弥漫着高贵素洁的情调；在陈炉，遍地是蜿蜒向前的执着，持久出着灿烂的民族自信。

在陈炉，最神奇的要数那一孔孔朴实无华的窑了，怎么也不敢相信，这些不起眼的土窑中，竟然还能烧制出"巧如范金，精比琢玉"的瓷器。透过泛光的瓷器，让人从极致中编织出一个王朝的气象，在吟咏中将目光伸向远方。如果以唐宋的眼光来看，这热火朝天的劳作场景，把飞洒着的汗水和智慧，都揉进了厚实有力的泥坯中；如果以今天的眼光来看，这非凡独特的灿然夜景，把白昼的辛劳和付出都盛放成精美绝伦的青瓷。我不止一次去博物馆，去看从陈炉出土的珍世瓷器，那元青花梅瓶造型上的萧何月下追韩信，稳重中彰显着别样的光泽；那吉庆有余转心瓶的大气超凡，富丽堂皇；那元青花谷子下山罐，用料浓淡相宜，人物逼真流畅。渐渐地，眼前便出现了人来人往的大唐西市，酒肆旗飘，商贾临街，从中亚、西亚等地辗转而来的胡人，正在大宗采购着丝绸、瓷器。君饮清茶一杯醉，客来明月几梦寒。好客的肆主别有风趣，带着生硬的西域语言，在讨价还价中沏好清茶一杯，转后手持陈炉出窑的玉盏细述起来，一股闲情逸致顿生。民间如此，宫廷亦然，一曲《霓裳羽衣曲》自然又少不了觥筹交错推杯换盏，洁白湿润、干净素雅的瓷器自是不可或缺。骨质丰满的标壁上点缀着花红柳绿，描绘着有故事的山水、人物，让这些瓷器更为灵动、形象。手中不停地摩挲、端详着，浓浓酒色或茶香携着万千山水的内敛、安静，都融于淡淡的古意中，看着看着，这些图景便复活了，月影下的神秘，山岳中的虫鸣，一去不回的流水，都在波澜不惊的芳香中陶醉。是啊，谁又会想到这些"图必有意，意必吉祥"的图案，如二龙戏珠、龙凤呈祥、龟鹤齐龄、马上封侯等，有着传统意义上的儒、释、道的丰富元素，有着包罗万象的生活气息，有着一种安身立命的人生境界。这些取材生动多样的纹饰，从此以这样的方式在瓷器上走过了百年、千年，行走在这样的时光中，你就会发现，陶窑不但盛满着陈炉人的梦想，丰富着古老的陶瓷发展历史，还真实记录下了陈炉时代的过去。可以说，从出窑那刻，瓷器就不折不扣地具备了诗意、有了远行的内涵。

千年之前的大海上，一艘商船扬帆行进在印度尼西亚的苏门答腊岛附近。远望过去，海风轻拂，海鸟优雅，就连疲惫的船帆也想在劳累奔波中休息。长久在海上辗转，大家都被这平静的景致陶醉了，有人干脆用精美的瓷器，盛上滚烫的茶来欣赏天水一色。船上装满着销往西亚各国的瓷器，忽然间起风了，海面上的银光像煮沸了一般翻腾起来，硕大的泡沫被海浪裹挟着流过甲板，疯狂地朝着水手扑去，还不待人反应过来，生硬的腥味又紧接再次拍打，让人腹内早已是翻江倒海。天上的白云也不知流向了哪里，或许也怯怕这样的阵势，雨点不失时机浇下来，水手们大声传递着船长的指挥信息，谁也不敢怠慢。这恐怖的风暴，让海面上什么都无法看清，风声、雨声、浪声、呐喊声胡乱交织着，让此时此刻的船如同无助的落叶，随时都可能被卷入巨浪中，至于舱内一件件精美的器物，早已在无所适从中被颠得东倒西歪。

当曙光重新来临，夜色中的可怕经历也戛然而止，一切都结束了，再也没有人会见到这艘商船，它已在风雨中被葬入海底，而那些瓷器，也在相互碰撞中被定格为往事。命是如此，不承想瓷器也会如此。

烧窑是个精细活，除了体力上要能忍受外，还要能常年如一日地耐着熊熊烈火，通常情况下，泥坯晾干后就可进窑，用火烧一段时间再焖上一天，等窑中热气全部散去后才算大功告成。那天，我在朋友的带领下，第一次透过窑眼，有幸领略了烈火下的壮美，只见泥坯在逐渐变红、变紫、变白，恍若盛放的花，一层一层在火中怒放着。那淡定、那从容、那灿烂，始终以一副生而无憾的气概在面对，让人开始觉着周身发热，坯一样身处灼灼不息的火焰中。剧痛的涅槃，是为了配合耀眼夺目的火光，只有经受了黑暗与高温的淬炼，才能实现从土到瓷的窑变，最终成为人们手中把玩的器物。确实，当灰色的土质，闪烁出通体透明的光泽时，陆续传出的是瓷的脉动、气质、韵律和美轮美奂。

烧制，永远是陈炉的主题。若是可以将瓷人性化，无论是曼妙的情感，还是浪漫的逢面，它丰盈的灵魂无疑是纯洁的，自然也一尘不染。女娲用泥和水造出了人类，瓷匠用水和泥烧制出瓷器，谁又能说瓷器不是瓷匠的生命呢？确实，在"手随泥走，泥随手变"的巧妙中，分明包含着太多人生哲学。要烧好瓷，土质是首选。在那个年代，烧瓷主要靠肩扛马驮来运输坩子土，随着烧制规模的扩大，落后的运输手段自然无法满足生产需求，于是人们又在古井、古寺两座古窑址之间发现了陈炉，陈炉似乎早已注定要成为最佳的窑场，在唐中叶时，它的周围就发现有适宜烧瓷的高岭土。

岁月的那一抹嫣红，点缀了一世春秋；烟火的那一束流光，破碎了刹那芳华。此时的火，却是如此浪漫多情，在温暖中激发着情感，也于不经意间，让人陶醉在时光的美好中。

从此，整个陈炉便开始燃烧起来。

其实，这么多年过去了，今天的陈炉还沿袭着古老的技法，从掘进的巷道里采掘优质的高岭土，等土风化好后筛去其中的石渣，然后经水沉淀后直接起出，明朝宋应星在《天工开物》中对制瓷这样说："共计一坯工力，过手七十二，方克成器。"制作若真要细分开来，绘、刻或划、印、堆、贴、塑、镂、镶等工序繁杂不说，要讲究色彩、对称、和谐、审美等，还要包容进水的柔韧，泥土的博大，木质的纯正，火焰的热情。满身泥浆的瓷匠从不会厌烦，他们在繁杂中追求陶铸功能的同时，更是不断强调着艺术的精美。精益求精是传承、是耐心、是毅力，也是无尽的兴趣和追求，匠人们严格按照拉坯、印坯、修坯、捺水、画坯、上釉、烧窑等工序有条不紊地进行，在淡定自若中透着气质，在轻巧妙捷中饱含着淡定，我知道，这样的从容是心性的磨炼，是快乐的辛酸，也是源于对烧瓷的钟爱，瓷在他们的手中是满足，在心里却沉潜为了念想。这不也是瓷器的品性么？从它们身上，散溢出的无不是质朴、自然和心静。

再反观世人修行，平和是对文化的崇尚，之所以能流韵千古，根本还在于这瓷器"集香木自焚，复从死灰中更生"的精神。这是何样的无畏，又是何样的安心之道？又有谁能从这脆响的瓷音中，去在意烟火缭绕中的煎熬？又有谁能从质朴无华的观瞻中，去坚守这份不离不弃的期盼？那分明就是一场生死别离的旷世诺言，是的，当人们全然陶醉在瓷器的精美绝伦中，享受着艺术的自由自在时，这些匠人们没有简单地进行复制，而是用让人肃然起敬的高雅，在完成着生命的又一次创造。

盛世有良器，厚德以载物。瓷器虽是物质材料的发明，但始终蕴含着从周、秦、汉、唐、宋等朝代以来的文化传承和匠心智慧，清末民初的瓷匠张高岳，一生情钟烧陶，将手中的瓷器送给蒋介石做生日礼物，最终被收藏进台北故宫博物馆，现在想想，这种小众而温情的面对，这种反复而细致的手工制作，何尝不是匠心，不是灵魂？工匠精神的极致就是"治大国如烹小鲜"，这难道不是一种回归，一种时代的要义？纵观往昔，不论是铁匠、石匠，还是铜匠、木匠，他们都用超群的技艺，在展现着传统文化的特定图像，如果说窑是一面镜子，匠心注定了是一面有着情怀的镜子，它不但融入自我的精心雕琢，也让人生的意义变得精益求精，更重要的是，能让人在烟火缭绕中，重新审视和记录复杂社会生态中的人性。所以，匠心塑造的不仅是瓷，更是中华民族源远流长的自信和精神。

"耀州烧瓷朴不巧，狮子座中莲叶绕。乱余得此镇山灵，莫恨当时赐田少。"站在高高的山上，站在这已持续燃烧了千年炉火的古镇，我贪婪地呼吸着烟火的气息，风吹过，雨淋过，鸟飞过，花开过，从高处望过去，火光中的烧窑人生，恍若是山乡野风吹过的民俗画，幻化出的却是智慧、执着和沧桑。山外遥看长不夜，星流奔月互参差。突然觉得这炉火中映出的是瓷器的身影，陈炉人的身影。

也是，当柔弱的水与朴实的土糅在一起时，就有了神奇的泥；当粗糙的手与独到的泥糅在一起时，就有了各样的坯。经过浓重的烟火气息后，声如磬、薄如纸、白如玉、明如镜的瓷器，便和人一样有了不凡的生命，以真实情感融入日常的生活中，成为数千年来经久不衰的文化象征。一件瓷器，自是一段心声和历史，当精美的瓷和各色的脸映衬在一起时，便有了中国。砺剑征伐尘茫茫，月伴驼铃马蹄响。瓷器的诱惑并不只是闪耀在外的光华，不是么？当光滑如玉的瓷器随着商队走出长安，在丝绸之路上征服世界时，人们看到了数量巨大的瓷器散落在了世界各地，就赋予其一个新名字——CHINA。这时，人们才从封闭中看到了瓷器的光华，感受到汉唐的气度，即不过分去追求耀眼夺目，不过度去向往无力清幽，只是默默无闻地去面对。

不得不说，陈炉确实是烧瓷的福地，在积淀了岁月的气韵后，陶瓷工艺便处于巅峰，在这儿，水和泥交融着，血和汗刚烈着，力和美浇铸着，火和瓷碰撞着，烟火气息中始终充满着开阔，负载着太多情感和想象，让陈炉更像一座光芒之城，吸引着四面八方的人来这里，然后又从这里走向天南海北，在车辚辚马萧萧的尘土飞扬中，在悠扬动听的驼铃声中，瓷器从这里汇成了一条来来往往的河流，有时候想，烧制瓷器更似青海流传的花儿，以简洁优美的姿势竞相开放，像微澜腾空的泉水，在混沌而澄澈的境界中悠然远去，用孤独不断抚平着城市的喧闹。

细细端详，从中可以看到它们在和高人悟道，听到它们在松风中唱歌，还有泥土的呢喃，火焰的舞蹈，水流的笑逐。"纵有家财万贯，不如汝瓷一片。"都是瓷，那随手渲染的狼毫勾勒，在瓷胎上不断游走着，或浓或淡、于墨痕中泛起着无限意蕴。心若安宁，便是归处，面对着这些独具匠心的艺人，才发现这粗糙大手，舞动的是细腻，是灵秀，是深藏于心的渴盼，是生如夏花的绚烂。作为一种生活态度，于每一处细节的打磨，于每一个技艺的完善，都延续着传统工匠"治之已精，而益求其精也"的内涵。张小娴说:"当一切都结束,在远方不再有想念,我是那样想念曾经那么想念一个人的甜蜜和苦涩、辛酸与孤独。虽然那时候不知道那样的想念有没有归途,能够想念一个人也被人想念,生命的这张地图终究是漂亮的。"可以说,在如此浮躁的社会中,这些人可以清贫淡泊,却从不失真挚的内心,以心无一物,气清品正的执着复活着技艺,在独特的生命中展示着灵魂,在精雕细琢中融入着时代的精神,现在才明白,这样的严格制作是理解下的觉察,也是进入人性世界的捷径,就如唐代的瓷器好用冷色调,看上去清雅而不浮华,某种意义上也反映出当时思想的清淡无为,不与世争的人文精神本质。说白了,就是凡事不喜其华丽,而喜其清洁如冰,而宋代的瓷器,之所以能代表华夏文化的审美,完全是因为那个时期高度融合了儒、道、释等思想在其中。的确,在商人精神横行的今天,陈炉人依然传承千年的手工制作,以匠心精神追求着快乐和极致,追求着难以超越的梦想,在这气壮山河的陈炉,梦想自然也让人神往不已。不由得想起公元 703 年的那次宴会,在大明宫的麟德殿,3500 人举杯同饮,这是如何宏大的场面啊?想想那清脆的碰杯声,就能感受到一个社会的发达程度。其实,这也不算什么,汉时的未央宫、唐时的大明宫,甚至包括寺庙建筑上的琉璃瓦当,均离不开窑场的炼制,可想而知,"温温如也"的陶瓷不仅纹饰丰富动人,更是以文来化人。可以说,陈炉已成为一种精神的源泉,悄悄地渗入生命和历史当中,你只要轻轻呼吸,便会感动在这样的烟火之中。

三

一缕清音的铮鸣,一段壮美的风华。

都说那人文情怀的陈炉更适合想象,可真正站立在壮美的火光前,还是被这火光中的千变万化怔住了,这里既有着先祖生活过的场景,又渗透着现代人的动感，我开始怀疑起眼前悲壮的美来，虽然斑驳沧桑，却有着山水赋予的性灵和古意，从另个层面来说，当每件器物都被融入了历史的因子时，瓷器的浪漫也就为时代所品味。

四处是恬静田园，鸡鸣狗吠，我在曲折上行的瓷片路上读着历史，在丰厚的瓷堆旁体悟着文明，在红褐色的窑洞前感怀着乡情，在流光溢彩的往事中回想着古老。陈炉的瓷器啊，你分明就是心动、就是温情、就是情趣、就是意境、就是沉醉、就是诱惑，在瓷的大千世界里，烟火会深入你的身体、燃烧你的灵魂，将你所有的兴趣盎然全部交织在水、木、金、火、土中。在这里，除了觉着自己像瓷，更多时候是面对这群忙碌的生命时，突然参透了人生的真谛，看清了烟火中的悲欢，这样的生活有苦有累，自然也有诗意的浪漫，风花雪月的缥缈，岁月沉重的无奈。

如果说，瓷是一种文化、一种人生、一种追求、一种诗意，那么此时的陈炉，更需像瓷器一样来端详，从中品味浓郁的乡土气息，就会发现其中富含着的底蕴。又一年初春，我来到了陈炉，正值麦子起身，油油麦浪汹涌着，带着熟悉的"哗哗"声响，就像从烟雾缭绕中才苏醒过来。那好吧！暂且先让它们伸伸腰，也让滋养万物的神秘土地，感受一下生命的拔节，毕竟这千年流淌的时光，一如思念般深沉而悠远。

在窑场，周围的孩子们从不会在乎那些规矩，三五成群在一起，常常趁人不备时偷跑进来，在水缸边躲猫猫，在刷釉的泥坯中追逐，有时人还在这头，那边却传来怒吼，声音便径直通过摆放齐整的瓷器传来，回音绵延悠长不说，还在时空中不断放大着。孩子们害怕，但绝然不去理会，除了回应其带有奚落的嬉笑外，还会蹑手蹑脚找隐蔽地方躲起来。劳累了一天的瓷匠才没心思去费神，自顾自地朝窑洞走过去，一边从腰间掏出长长的烟杆，一边满足地喷着连串烟雾，或许是近段时间连轴赶活，或许是最近彻夜未眠，只等一屁股坐在瓷实的大瓮沿上时，身子骨已软得想要躺下去了，伸展身体后才长长地出了口气，开始和旁人拉起家长里短，说些与瓷器有关的话。这样的生活已经成为习惯，悠然自得，清新闲适。

不是说，尘世间最牵挂的莫过于等待，最幸福的莫过于相守吗？那么，从普通泥土到修得如玉的瓷，不去经历刻骨铭心的痛苦，完成生命的燃烧，注定不会读懂瓷匠的前世约定。四处静寂，烈烈的焰始终内敛着，看不出丝毫的张扬，这或许才是陈炉的性格和秉性所在。

如果说，是大山孕育了这些陶窑，那么精美瓷器就是窑洞的杰作，就是生命的延续。透过烟火往事，让目光不断穿越陈炉，从曲折的路径中就可以发现，陈炉渐然成为了这方土地上的地标，成为了见证古朴和匠心的地处，像传诵了千年的绝唱，始终有着唱不尽的辉煌。面对陈炉，这气度，质韫珠光；这色泽，满盘琥珀；这精巧，纹缕花鸟；这工艺，亮釉传色。在历史的长河中，陈炉就是一件出窑的瓷器，在荒草烟尘中保持着本色，在神采奕奕中展现着不同的烟火景象。

也许，只有土才是瓷的内涵，才是陈炉最大的景致，正是这些土，使陈炉以瓷器的形式延续着历史，光大着传承，有了人气和诗意的交汇。成百上千的陶窑堆叠中，不同的视角中有着不同的久远，曾去过济南大明湖，似乎和这情形相同，放眼望去，片片荷叶下映出了一户户人家，而陈炉的不同之处，是缺少了湖水的丝丝涟漪，有的只是沾染厚重黄土的诗意。突然才明白，这"陈"并非陈旧，还有着花草及人为设计的意境，此景如同湖水和荷叶，高山和苍松。

或许只有经历过火的砺炼，才会收敛太多的粗犷和桀骜，从而让生长万物的黄土，变成登上大雅之堂的器物。原以为，陈炉只炼制雅致之物，没想到也烧适合庄户人家用的土瓷，"金娃娃，银娃娃，顶不住咱这泥娃娃；金棍棍，粮食囤，顶不住咱这搅轮子棍。烧瓮瓮来烧坛坛，又烧碗碗又烧盆，盆盆大得能坐人，碗碗能盛几桶水……"造型笨拙，不失风韵的青花瓷大老碗，厚重得也只剩下了美，这些碗之所以看上去熟

091

悉，是因为在关中各地农村十分常见，碗的四周寥寥几笔写意，眼前便闪现出一幅惬意的田园画面：肩膀宽阔的汉子端着大碗一溜排布开来，或蹲在房檐，或圪蹴在石碾、碌碡上，一边听着大喇叭中的秦腔，一边说笑着往嘴里扔上半块大蒜，眉头不皱地挑起根长面，面散发着热气，把红得发悚的辣椒油也要化了。日子如此平常，却又充满着情趣，这样的场景伴我走了好多地方，直到陈炉才让心绪平静下来。所以，与其说是到陈炉看瓷，不如说是来感受独特氛围，在柔和明快中领略充满生机的美好。那次也无意中听到了低沉忧郁的埙声，好像从火中努力发出的一样，不受任何污染，有力地穿透着嘈杂俗世，让人觉着那刻如此动心动情。试想，那应该是一位年青的窑匠吧，劳作之余借埙来放松心情，或是来这里的游人，触景生情吹出自我情绪。总之，这样的声音与城市喧嚣截然不同，韵律的高低起伏中，时光从指间游走，让人体验到山野的情趣，不免惊叹，这样的声音更像黑暗中的起舞，让人充满太多好奇与渴望。

是啊，这回响着人类文明先声的什物，这燃烧过千年炉火的地方，该会是怎样的热情坦然呢？

四

陈炉，是陶窑的天下，也是碎瓷的天下。

没有柔媚，才显凝重；没有迷离，才显内敛；没有沉醉，才显桀骜。这是陈炉的性格，也是陈炉人的特质。陈炉窑场始于隋唐，宋元时达到顶峰，炉火至今不熄，被人誉为东方陶瓷的活化石，从那抹淡淡的影子中，至今都能够看出生命与自然、生命与智慧的有力呈示。火光闪烁，如同金属的碰撞，看不出任何惊心动魄，却打造着清新闲适的奢侈，这也是为何高贵玉洁的瓷器代表着时代气象，为何中国人喜欢镂金错彩文化的原因所在。

风息中蔓延着烟火，残阳中怅然着叹息，诗意中浮现着壮阔，想要认识陈炉，我认为最好的办法，莫过于从这碎瓷铺就的路上走过，或者在这样的环境中静处片刻，凹凸不平的感觉，定然会给人以思考，能够从烟火中衍生的生命，必然是用匠心雕琢的传奇。确实，陈炉如人，亲和中让人生畏，愁绝中带着深沉，绝然不同于平常见到的风景。

火无比坚韧，瓷却永远不堪一击。于陈炉而言，这些瓷器应该是多余的，碎如零落在地的花瓣，神游着八极的宁静，从它细密的纹路中，虽然能得到太多感悟，可它更像陈炉凌乱而不失分寸的细节，若要将这些碎片拼凑成一个整体，那么这碎看过去则有滋有味，有情有义，情趣盎然，从而把以往的风情、魅力和过往岁月都视为了久远，当作生活的永恒。同样是破碎，可这样的凄美，总是让人能从残破中，想象出黛玉葬花时的情形，"我一寸芳心谁共鸣，七条琴弦谁知音。我只为惺惺惺怜同命，不教你陷落污泥遭蹂躏……"满地落红，在丛林中徐徐蔓延开来，美得那么脆弱，美得如此伤感，就连雪小禅也说："我初见青花，但觉得是一个男人与一个女人的爱情。那蓝，仿佛是魂，深深揉在了瓷里——要怎么爱你才够深情？把我的骨，我的血全揉进你的身体里吧，那白里，透出了我，透出了蓝。这样的着色，大气，凛然，端静，风日洒然，却又透着十二分的书卷。"刹那间，不由得要为这碎瓷感到惋惜。

碎瓷，或是火候不到，或是本身存在瑕疵，当它们从火热中跃出时，已注定无法成为真正的瓷，只是不影响本身的清新、雅致。如果说，瓷器是修行而来的玉，它们虽未修炼成为瓷，可体内也汹涌着千度以上的热，既不能为瓷，那只能沦为他用，于是出现了瓷罐罐堆垒的围墙，废匣钵砌平的庭院，各式瓷器装饰的门楼，种花养草的花盆。毫无疑问，瓷是陈炉人的精神，而那些碎瓷是带着虔诚的精神归依，它们不乏玉的气度，种子般又重新回归陈炉这片土壤。碎瓷，不仅让人从中看清了人性，也折射出了美妙心境，在岁月轮回中被渲染成一幅幅雅静悠然的岩画。确实，走南闯北还从未见过这样的图景，一堵堵沾满着碎瓷片的墙，完全就是陈炉文化的记忆，纵然碎了，可精神不失，延续起的是不朽，在耀眼和神秘中显现生命的丰富。于是，片片被重新拼接起来的碎瓷，又重新以沉寂的姿势，让人从中再次读出热血沸腾，读出灵魂铮铮，读出静穆旷远，读出悠远情怀。

除了砌墙外，碎瓷还物尽其能被铺设成道路，曲尽其妙的小路，车水马龙的大道，都有着巧妙构思在其中。这些拼凑的花纹，不仅有着诗情画意，而且还充满着风情雅趣，把陈炉人的细腻与豪放，粗犷与精致，都融入歌唱陈炉生活的赞美诗中。这样的铺设，既天造地设处理了废料，又美化了环境；既让人看到了坚韧内敛，又欣赏了风景。更重要的是，在接近烟火的土地上，真真实实地走进了陈炉，人仿佛踩的不是瓷，而是历史和岁月交织的积淀。听当地人说，下雨时水会沿着瓷和瓷的缝隙流过，转眼就会消遁得无影无踪。最有趣的还是夏季，风调皮地顺路四处乱窜，一会儿拂下这家的花草，一会儿又撩那家的树梢，不时还会从幽静中传出清脆的瓷音，勾起每个人心中对乡土的回望和记忆。

遥远的风，送来了拾级而上的芬芳，这香似乎是野生的雏菊或格桑花，从土坳的高处、从坡间的缝隙中慢慢散发出来，一步一步让人走向全新体验，这该是何等的令人神往？墙壁上贴了瓷，台阶上铺了瓷，地面上叠着瓷，水沟中也散乱着瓷，连语言交流中也谈着瓷，看来陈炉人要以瓷为生、以瓷为荣了。满目的瓷器，总算让人领教了什么叫作包罗万象的生活，这般身处瓷中，陈炉人的心思却丝毫不瓷，相反更多了火热的情怀。山陡坡斜出入不便，有人拉来碎瓷片铺路，不仅防路滑、防水冲，还颇有新意地镶嵌进各种图案，人在上面除感受赏心悦目外，更能体悟到陶瓷文化的古朴厚重。

窑是陈炉人的灵魂所系，那路便是陈炉人的精神所在。各种富有情趣的路，无不透着诗情和浪漫，那些个墙头上用陶罐罐种植的辣椒、黄瓜和花草树木，巧妙地将院落内外切割，每每有人路过，忍不住评头论足一番后，再探头多看几眼，仿佛看到了数世纪前窑洞中还透着光亮，看到了匠人赤膊卖力地干活，瓷器遍布四处，就连窑洞到窑洞的间隙，也放着层层叠叠粗犷的老瓮。远观如画壮丽，近看宁静古朴，从下看人在其上，从上看巷中有巷，时间一久，草木们也毫不犹豫从坛坛罐罐中钻出来，在无人问津的凌乱中疯长，有时还会挤碎这些陈旧的器物，裸露出遍布植物根须的泥土，这些分明就是一户户人家的名片，在瓷性中各显神通和个性。真心要服气这些匠人，在用心制坯中审视着生命，在精细雕琢中升华着境界，让这些沾染了文化色调的瓷器，浸润的是精神、是风雅、是情韵、是完美的人生放达。

沿着碎瓷废匣钵铺就的路，走进碎瓷的世界。左边是碎瓷，右边也是碎瓷，前面是，后面也是，才觉着这些送夕阳、迎明月的瓷中还带着温度，信递着守望，在时光流淌的千年身影中，不断地被拉长，又不断地被缩短，不断地飞进鸟的翅膀，又不断地淹进风的声响。各种斑驳纷呈的色彩，像云、像树、像庄稼、像烟火、像生命的根，在黄褐色、褐红色、青绿色、雪白色、深蓝色的世界中努力绽放。有意思的是，这些脆弱的瓷器，在岁月的变迁中生生不息，和大山长河一样存在着，丝毫看不出困惑、无奈和烦忧，这样的情形更似中国的文人，在生命意志和抱负中，敏锐地与一个国家的性格、发展，甚至民众的爱好联结在一起。烟雨茫茫，携带着精美瓷器的驼队，沿着长安驿道西出阳关，在渐行渐远中开始了惊险离奇的远行，一任背影在神秘的灵光中呈现出生命的本质，负载起流韵千古的文化景致。

站在碎瓷冢前，一块块碎片逐渐从地面上隆起，摔碎的又何止是瓷器呢？我更认为是瓷匠的心血和智慧，是它们虚幻着当年的繁华，不规则地记录下时代的变化，许多地方生出了荒草，在风中孤零零着，夹杂在草丛和尘土中的瓷片，掩藏着内心热情的火，可那锐利的光亮中，依然在折射人性的不同。时至今日，再去回顾风情绰约的陈炉，可以从瓷器落地的声音中，想象火光冲天的炙热和压抑，相信在毁灭的那刻，它们也一样有着可歌可泣，一样有着独特张扬，一样有着清新优雅，这清脆声和秦风秦韵契合相随，在高原狂野掀起一层又一层的烟尘，固化着陈旧而又不乏生机的窑。

就是这一座座光彩可鉴的坟冢，在袅袅神韵中挥别着远去的文明，让不同形状的碎瓷，美得只要陷入魔幻色彩中就不能自拔。不由得惊叹，这充溢着热情的生命，在繁复烟火中重新有了神奇，以至在每个角落都散发着瓷的气息。从而让所有的不规则，在意想不到中表现出美的本质，又代表着当地人对于瓷的尊敬，这样的建构有着烟火味、男人味，和着无法遗忘的深刻味，也得以让这样的曲线，不断构成着属于陈炉的性格。

我离开人群，独自来到一处小巷，四周空旷着，似乎有着穿越的感觉，阳光斜斜照下来，洒下一地斑驳的光，让不同颜色铺成的路，看上去是依随着山势的斜，在不经意的盘旋中，又不知不觉朝着高处而去。向上是长河暮烟，向下是皇天后土，人走在上面，更像步入了时光隧道，顷刻间来到一千多年前的大宋王朝，窑前屋后，坡上坡下到处都是人，四面八方都是看不尽的火热。

堆积一旁的瓷器，虽说是残缺不全的次品，但它们无疑又是幸运的，没有目睹过血流厮杀的战乱，没有经历尸骸横陈的惨烈，也没有感受身沉大海的无奈，最多也只是被瓷匠们扔在了地上，经年累月下来，最后竟成了一座座高大的碎瓷堆。对工艺的精益求精，才使得这些有瑕疵的瓷器，就此终结了走出陈炉的梦想，望着这些堆积而起的瓷冢，分明就是时光流逝中的风景，瓷片数量之多、年代之久远，确实让人瞠目结舌，又有谁能知道这岁月流淌中，其中哪片能跻身进贡皇家的物件中呢？瓷和人的命运有着太多相似，无论是皇室还是贫家，得意时吟风弄月，失意时感时伤事，有朝一日落地成为碎片，便不再有人问津。所以，眼前这瓷片完全可以幻化出熙熙攘攘、人来人往的胜景，谁能想到千百年之后的破壁苍苔、杂草丛生呢？

瓷片铺成的是艺术，也是情感，只不过这朴实让人感动。瓷片铺成的是图形，也是心情，只不过这愉悦让人迷恋。倘若陈炉是一座大窑，那纵横交错的曲径，便是瓷片装饰下的神奇；倘若陈炉是一件瓷器，那盘旋而上的通幽，便是精致的云纹。今天，我真真实实走进了瓷器的世界，在烟火缭绕中体验了匠心情怀，与瓷的亲密接触，让陈炉成了一座用瓷片包裹的古镇。不是么？路、桥、墙、屋、护栏、下水，凡是可以用瓷的地方，都理所当然地为瓷所用，在这里，竟然还见到了很少示人的窑神，端端正正被供奉在窑洞深处，火烛静静燃着，以最为原始的光辉辉映着每个人。窑神的作用，就是保护陶业兴旺，作为一种精神的象征和支柱，俨然已被香火熏得满布生活气息，等再走近些，才发现拱顶的砖已变了形状，仅从那钢花一样的火红中，就知道这几千摄氏度高温下的炙烤该是如何难挨？和瓷的光滑比较起来，我仿佛身处泥与火的交鸣之中，从洁雅的瓷中，看到了依然活得有滋有味的老窑，虽然在高楼林立的光彩中已然破落，但从它们的身影中，却清晰看到历史的另个侧面，也就是在这一刻我心生疑惑，这是曾经富有诗意的陈炉吗？这是有着宏阔之美的陈炉吗？

抚摸着一块块拼接起来的碎瓷片，我想，陈炉的瓷器一定是有灵魂的，否则又怎么延续千年不衰的生命力呢？

五

　　也不知道东方的那一抹光亮，是不是因为丁零的瓷音升起？总之，在袅袅缭绕的青烟中，又迎来了陈炉新的一天。

　　开元二十三年十二月二十四日，杨玉环被册封为寿王李瑁的爱妃，大喜那天，唐明皇赐陈炉出窑的公道杯并问其意，聪慧的杨玉环回禀："父皇赐此杯，是教导我们，凡事要适度，不可过贪，否则将一无所得。"唐明皇心中大喜，捻着胡须对众人说："知足者酒存，贪心者酒尽。此公道杯盛酒只可浅平，过满则会漏得一滴不剩。"众人闻之哗然，一件陈炉的公道杯，至今是人人尽知皆知的艺术品，赋予人们的却是凡事须讲公道，不可贪得无厌的千古事理。

　　万法唯心。

　　复杂的道理融入日常生活，会逐渐变得简单，当土烧成瓷，却不愿被尘土掩其光华，即使粉身碎骨，也要绽放出生命的光彩。由此可知，陈炉是一座充满着母性的地处，数千年的战事频仍，只留下了草木葳蕤名声不绝。陈炉又是一座幸运的地处，在那黛青色的山峦中，有着经年不绝的烟火游走。这或许都得益于地母和火神的佑护，在世事变迁中始终自得其乐。

　　当目光投向土色土香的陈炉时，往事在炊烟中历历在目，陈炉更像一枚被岁月遗忘的徽章，悄然静默在空旷环绕的山峦中，更像一朵依崖灿然开放的花，不蔓不枝地面对着一切。那种气韵，让人从中感受到泥土燃烧的馨香，领略到"天光云影共徘徊"的风流。原本想在散落的记忆中，感受匠心白发，感受商贾漫途，在诗意的追寻中面对火光中的温暖，然而青苔斑驳的瓷堆，却在不断拨动着情绪，让人明白瓷匠们的内心是强大的，甚至在某种程度上明悟至极。几许沧桑，让时光流逝掉了岁月，让生命质感下的慷慨，成为了浪漫情怀中的精细，神韵喷薄欲出的神采。没错，只有经过生命的燃烧，才可能发出耀眼的光芒，这既是激情，又是伤感；既是心胸，又是精神。所以，人在陈炉，心境总会变得复杂，毕竟这是为文人所钟情的燕息觞咏之地。

第三辑　何处流年

风中的王陵

一

当满天风沙带着呼哨吹向贺兰山时，蛰伏的草木正努力破土，远处，一支赶着牛羊的部落，正辗转着从青海高原、从四川盆地缓缓走近，或许路途遥远，或者疲于奔命，沙尘中的人群看上去十分地憔悴。这样的迁徙，虽然在他们的记忆中数不胜数，但为了生存下来，似乎也只有这样行走了。

党项民族数千年前迁徙的缩影，就这样被定格在贺兰山脉的岩画中，那些手法夸张的人、动物，以及各种看不懂的符号都扑面而来，风吹过、沙流过，在山石上深深浅浅地刻画着，似乎在诉说着曾经的辉煌。粗犷的线条勾勒着低处的时光，让苍凉中满是与中原迥然不同的风情，也与耸立的西夏王陵形成了鲜明的对比。

不经意的擦肩而过，一个部落就这样与贺兰山结下了缘分，以至于苍茫的王陵，在经过了八百多年的风雨之后，还见证着党项民族的山河岁月和兴亡盛衰。

二

王陵的存在，是用静默来关注贺兰山的变化？

伫立陵前，人是那么渺小，抚摸着被风雨浸淫过的土层，多了风雨凄迷，从中读出的是血脉里的老而弥坚。在这里，王陵各式各样，大小不同，冷峻不乏坚韧，在苍穹中不断传递着悠远。伫立，分明就是让人感受静穆，当所有的梦想都付之一炬时，只有无形的文化在漫漫岁月中传承，就如这远古的岩画。都说江湖如烟，可它始终与沙土相伴，在大山的内心中安放着，载负着党项族人的深邃内涵。

细细品味塞外的朔色天长，这里没有清脆鸟鸣，没有幽雅高深，甚至万里无云时了无人迹，一如安静在春风拂面的午后。剥蚀下的王陵影影绰绰，很容易让人滋生出穿越的感觉，从而想象出自己在猎猎风中骑马挥刀，在广袤的草原上繁衍生殖的景象。风，表达着失落文明的价值所在，也伴随着生命走向遥远，风是一切的见证者。

作为一座城市来说，宁夏无疑是幸运的，当顽性的贺兰山延展到这里时，陡然下切变成滋养万物的平原，等黄河流经九省到了这里，其缓慢水流也惠及了民众。因此，到中国内陆最小的省份寻古访幽，又怎能不去拜谒西夏王陵呢？

夏地安宁，遂成宁夏。

没想到这句话，竟然会成为成吉思汗的遗言。13世纪，赫赫有名的铁木真，在蒙古酋长大会上正式宣布成为成吉思汗，并且很快率部攻打了位于银川的西夏国，不料西夏党项民族早已习惯征战，面对簇拥而来的大军并未退却，而是万众一心还之以牙。连续六次攻打未果，让想要完成中国领土统一、实现亚洲扩张的成吉思汗不由得心力交瘁，忍不住对众首领大怒，毕竟这是他征战以来首次碰到的障碍。又经过数日精心准备，他再次发起攻击，没想到战争依然处于胶着状态，一时间竟持续了半年之久，西夏虽投降，但强悍不可一世的蒙古军队，也因此付出了惨重代价。就是在这次战争中，成吉思汗身受重伤，再也不能在马背上指挥千军万马，为防止战败的西夏国王反悔，他临终前给将领们立下遗嘱："我死之后，秘不发丧。等西夏人出城献图时，尔等务必将其诛杀……屠其兵民，毁其城池、宫殿和陵墓，将西夏从大地上消灭干净！"

字字句句都透着刻骨之恨，同时也有着莫名的敬仰在其中，这应该是高手过招的绝妙之处，为了这一天的到来，成吉思汗的将领们暂时克制了嗜杀本性。沙场从来都有着忽变，翻手为云覆手为雨都为利益，接受完投降者隆重的献城仪式后，他们残忍地开始了亡国灭种的杀戮，屠城场面充满着血腥，那刀落人亡的快意、那血溅八方的淋漓、那满城寂静的恐慌，无不是人与人、种族与种族之间的交锋，到处都是喘气声、呐喊声、哭叫声和绝望声，而每一声都是渴望活下去的向往。等到杀累了，他们又一把火投向了城内，街衢巷道顿时就呼啦啦地燃烧起来，千万处火焰如千万条长蛇，蠕动着、纠缠着、摇摆着、炫耀着，从小到大，从短到长，从低处到高处，从屋里到院外，很快就融通在一起。喷涌而起的火光越燃越烈，很快映红周围的贺兰山缺，让城池从喧闹变为哀号，从凄楚变为沉寂，最终在满目疮痍中烧成了尸首遍野的废墟。大火三月不绝，不仅烧毁了城池，还烧没了亘古荒寂，烧掉了所有的绚丽，只有风哭着从城上空掠过。

湮没，既是文化的灾难，也是文化的重生，以抗争、以强悍、以拼死的姿态来面对，最终还是无法阻止消亡，就像飞扬沙尘铺天盖地漫过。某种意义上，西夏王朝近两个世纪的浮华，似乎只是做了一个遥远而缥缈的梦，如果要以凭吊的方式，来回顾人类的历史进程，这种悲伤无疑与大江中的瓜州一样神奇，和意大利的庞贝古城一样玄秘，和曾经金碧辉煌的亚特兰蒂斯一样莫测，因为它们几乎都在一夜间消逝全无。

如今，城不存，人亦不在，留下的只是任人探寻的无尽神秘。再透过缕缕交错的烟云，西夏王陵以逼魂魄的气势出现了，阳光斜射过来，把风照得空空荡荡，在地上拖曳出长长的影子，尖尖如刀，在黑魆魆中坚守着，回忆着。由于是早春，山巅上还有着朵朵雪色，在洁白中淡然有致地点缀着大山，山下岩石裸露，杂草或曲或直，却彰显着另种狰狞。

三

行到宁夏，自然要去拜谒西夏王陵。而拜王陵，必须要懂李元昊这个人。

风中花香脉脉，夹带着沙尘的坚硬和浑厚，当耳边再次响起"英雄之生，当王霸耳，何锦绮为"的豪言时，不由得要对这位貌不惊人的少年由衷敬佩。这样的年龄，正是跟随家人享受安贫乐道、知足常乐的时节，他却无视富贵，态相老成地潜读兵书，苦练阵法，在马背上体验着指挥千军万马的滋味。周围的人全然无视这些，长年的征战厮杀，早已让习惯了赶着牛羊，不断长途迁徙的民族，更需要在眼下安身立命，安稳生活，只是数年之后的宋宝元年，谁也没有想到心怀壮志的年轻人嵬理，竟然建立起不可一世的大夏帝国。

嵬理就是李元昊，不论叫什么样的名号都不重要，他之所以为族人所传唱，是因为在古老的丝绸之路上成就了雄伟霸业。纵然心中有着沙漠般的豪横气势，他也懂得低调如草样生长，这之中有着家国仇恨，有着源源向上的希望，本来就苟且在大宋和辽的夹缝中，也不知道何年何月才算尽头，就在此前，那条艰难而又神秘的丝绸之路上，已先后消亡了楼兰、婼羌、且末、小宛等西域三十六国。无情的沙漠化进程，阻止着人类走向文明的进程，但李元昊却深循沙漠的运行规律，巧妙借鉴了大自然的无穷力量，努力将版图扩大，实现了"东尽黄河、西界玉门、南接萧关、北控大漠"的规模。这样看来，所有生命的力量，都借鉴了小草破土的向上、努力和不懈，这种最为原始的生命质感，最后都成为了无比壮丽的景致。

"贺兰山下古冢稠，高下有如浮水沤。道逢古老向我告，云是昔年王与侯。"驻足静观无尽苍穹，在与文化的对峙与碰撞中，与文化的杂糅与宽容中，无不是滔滔黄河给这方平原以强悍的生命力，促使着游牧文化与农耕文化不断融合。在那个时代，十分强悍的党项人普遍礼佛，这也让我们无意中看到了潜隐内心的某种柔弱，原来在信仰的背后，并不全是铁血的惊心动魄，还有着语淡味长、深远意旨的禅悟。于是，八百多年的生命修炼，蚀刻成了历史的纹路，无论是王陵还是岩画，都让人从中体验到别样的滋味。这就是生命的细节，对人而言，是生动、是浑厚、是天工称奇、是造化万千、是引人入胜、是时代的久远。

现在看来，一座座王陵之所以别致、神秘、玄妙，能在精神的时空勾连着精巧，自有着不可言说的一面，不是么，当这些残存的王陵密集在一起时，又在绵延中渲染出了野性的苍黄，弥散出分外的伤感、深思和沉重。以致我不得不把这种颜色，视为最终的归宿和永恒，也算是对王陵的一种认识和解读吧？

确实，而今的王陵，只能算作历史的废墟或注脚了。想当年，成吉思汗派兵毁了陵坛中的建筑，甚至连每一块地砖都敲裂了，那又是何样的决绝和霸气。无论如何，这样的废墟却神奇地留存了下来，现在看来，来来往往的游客交流着，拍摄着，用喧闹和热情来回望着，这不就是对王陵最好的祭奠么？

四

沙砾岩已被草木密密覆盖。风生水起中，茂密的草也随之摇摆起来。

即使在水分最充足的时节，也挡不住沙尘向前延伸，它们永远在悄没声息中前进，没有四肢却在征服着。那可以是一种豪气，也是难言的忧伤，而苍云下的王陵，在残破中见证了西夏王朝的步伐，却再也听不到党项民族的征战呐喊。其实，王陵更像每个人的前世，在神游八极中有着某种无法言喻的暗示。

那年，痴迷书法的宋仁宗已满 28 岁，狂爱打猎的辽兴宗 22 岁，而 35 岁的李元昊长年跃马飞骑，在沙场上不断地征服和复原着少时的梦想。可以说，这位无视对手的反叛者，正在茫茫沙漠的风尘中，以冒天下之大不韪的气概，粗犷而又自信地将大宋龙旗淡漠得无比遥远。也就是这年，他率领部族向大宋发起了三川口之战。首战告捷，还未来得及感受胜利的喜悦，又在漫天风沙中展开了好水川之战。这是党项民族立志崛起的爆发，无论是如炬的目光，震天的呐喊，还是凛冽的风吹，都闪烁着倚天仗剑的气魄，尤其是在野性和意志的驱使下，李元昊紧接着又开始了定川寨之战。飞扬的旗帜下，是号呼鼓鸣，是热血如注，是马队的一路狂驰，最终是三战三捷，战争虽然无情，却极其真实地剥蚀着大宋高高在上的颜面，看似名义上的君臣关系，实际上却变相以每年的岁赐，要倒贴雪花白银五万两、绢十三万匹、茶两万斤，这就是现实。

战争精神，书写的又何尝不是民族精神，生生不息的精神品质，让黄河文化的流变与贺兰山的刚毅交错，让金属在碰撞中闪烁出不世之光，让马蹄在击溅中叱咤出无情的杀戮风云。

不屈，让党项大业由此开始。北方荒原上的强大辽国正欣欣向荣，要风有风，要水有水，哪会正视这个新兴小国，耶律宗真也是个战争狂人，却从来不把战争当回事，这次，他暂且搁置下打猎和听戏的嗜好，此时此刻却想以交锋来教训一下对方，不就是毛头小子吗？何足自己兴师动众，若是不给对方厉害，他不知道谁才真正厉害。西夏国也是刚刚结束战争，甚至还没来得及准备下一场厮杀，只能是仓促披甲抵抗，从人数和装备上看，李元昊都无法与这个强劲对手比试，然而将士们却不管不顾，以无比的奋勇冲破腥风血雨，出色地完成了生命与生命的搏击。我不知道河曲之战，能否视为战争史上的奇观，可最终的获胜，却铸就了西夏国历史上的辉煌。一场场的战争，奠定着一个民族的强大基业，可这仅仅才是开始，宋和辽只能无奈地看着西夏王朝由小到大，由弱到强，最终三分天下居其一，雄踞西北常年不衰。

今天，我们再来注视这段历史，突然发现李元昊并非只会野蛮征战，他内心深处竟有着文治武功的风骨。此后的岁月中，创造文字、兴修水利、铸币治国，一系列的壮举让人称叹不已，难道是吸纳了贺兰山饱含万物、博大虚怀的气象，难道是感受了黄河母亲接纳百川、汇聚千流的宽厚？对于汤汤流淌的中华民族来说，西夏的出现只是昙花一现，但那个时代出现的灿烂腾蔚，却足以撼动每个人的心灵，彰显出强大的生命张力。

才华倜傥，注定会包容兼备；文治武功，才不去抱残守缺。凝望贺兰山下的西夏王陵，一个个由沙土堆成的墓群，又像是征服者竖在天际的丰碑，于荒凉中繁华，于寂寞中傲然，更像是无尽的诉说，有着对逝去往事的留恋，也蕴含着种种抱负与情怀。空旷的黄沙地上，风又吹了起来，那种淋漓和畅快，那种从容和快意，始终将不竭的生命力量，徐徐幻化为各种不规则的痕迹，而这本就是以自我的敬畏傲然着天地。

如此强势的国家，到底是什么原因加速了它的迅速灭亡呢？人生就是如此奇怪，当你对某件事绝望之际，突然就来了新的转机，一代枭雄李元昊无意见到太子嫔妃，习惯了勇往直前的他情窦迸发，也就顾不得伦理情分，趁着雄性激素分泌一发不可收拾之际，将其纳为皇后，过起了莺歌燕舞的日子。向来受宠的太子宁令哥任性惯了，自然不愿吞下这口恶气，一怒之下冲进王宫，竟将父亲的鼻子砍去一半。时值八月十五团圆之夜，硕大如盘的月亮照着绵绵贺兰山，也照出人性中无法挣脱的天命。

李元昊英勇无敌，可没想到自己会死在温柔之乡，死在自己最为疼爱的太子手中。儿子砍死了老子，自然也受到了处死的命运，自古红颜祸水，一个女人所带来的蝴蝶效应，就这样毁掉了一个王朝，或者为这个王朝的没落埋下了伏笔。自那以后，小人得势的宰相没藏讹庞开始辅政，实际上在无人制约下把持了朝政，纵观历史上的辅政之人，确实还得佩服周公的大度和仪象，从各方面都值得后人推崇，没藏讹庞手握重权，根本不将年幼的君主李谅祚放在眼里，最后竟下毒手杀死亲姐，扶持女儿做了皇后，种种乱象接连不断，让苦凄凄的风也时时低沉着姿势，以冰冷而又疼痛的方式不断掠过，越过山、越过梁、越过沙漠，沿着贺兰山脊奔袭不止。

五

这孤净于世的土冢上至今寸草不生，是不敢不愿还是有着别的原因？相传修建陵墓时，所有的土都得蒸熟，然后一层一层用糯米粘起来夯实。陵墓是逝者的居所，为表达对逝去者的尊敬，还要在陵城周围修建神墙，坚实神墙筑好后，负责监管的人便派士兵用箭来射，如果射透了，筑墙的民工必死无疑；如果射不穿，士兵又会被处死。如此两难的境况下，工程质量可想而知，毕竟是用生命经灌而成，自然就会与众不同，等过了质量关，土冢外又用精致木头包裹，顿时给人一派富贵气象，也就不在乎风雨侵蚀、战乱以及人祸，以至残败成为今天这样，让长长的光影，在大地上拖曳着亦真亦幻的梦，显露着英雄气短的没落。

风沙四起，草木渐然苏醒，视线中的王陵变得混浊起来，面对着苍茫狂野中的一个个背影，这该是多么零落芜秽的情结？绝尘而去的又何止那些木头、土坯和历史呢？一个强大的王朝，都可以消失得无影无踪，为什么这些土冢还可以完好留存？在岩石裸露的贺兰山下，王陵的存在考验着人类智慧，也见识着岁月的漫长。有时候想，这些有着岁月痕迹的土冢并不寂寞，犹如仰望西夏王朝的慧眼，尽显着种种神秘。

解读无字碑

　　若要从历史的漫远中去回顾盛世唐朝，注定无法避开政治女强人武则天，她的存在，一如灿然的迷人秋色，在微醺似醉的岁月中张扬着，以其独有的心境，昭示着一个时代，成为历史经久不衰的话题。若是再穿越往事的荒烟茂草，许多人就是带着这样说不清道不明的意味来乾陵的，当然只为看她。

　　沿着梁山间的司马大道缓缓上行，林立两旁的石人石马很快映入眼帘，顿时让人觉到赫赫扬扬的夸耀与震撼，那种高大与质朴，那种寂寞与哀愁，那种粗狂与敦实，伴随着阳光下衰草缠绕的冷寂，以风化的形式，渐然渗入天荒地老的生命冲撞中。抬眼上望，四周无比静默，依稀可见千年岁月积淀下的乾陵，它无形于山势中，与草木共生仍不失李唐风度，处处弥散着繁华掩映下的旧梦，幻化着人生的诸种放达。眼界所至，更吸引目光的是屹立于左右的两座石碑：一座为武则天亲写的文宗圣述碑，字里行间满是委婉意蕴；另一座是后人为她竖立的无字碑，上面螭龙缠绕华贵流风。

帝王陵前的石碑，无疑代表着一个时代的气象，不论之前有过如何举世瞩目的辉煌，或是经受了茫然四顾的衰败，这耸立的石碑，就仿佛标志着功德圆满的终结。如果要想了解这段往事，就须从文字的气度不凡中，去发掘那定格江山的风情与繁华，对乾陵而言，纯粹依靠着人工力量和智慧，巧妙利用三座对峙山峰修造的陵园，少了无垠旷野中的牧歌情调，却倍增着历史与岁月的漫远，更有一种不容侵犯的厚重，横亘在天地之间。

　　高大的石碑将王朝的余脉，毫无保留地聚集在黑暗的时空中，从此，后人们更喜欢称其为无字碑。无字，却无法掩饰气吞万里的抱负，从而让这座与山已融为一体的帝陵，闪耀出独特的光芒。自然，仅凭无字石碑是无法复原那段历史的，当我们把目光投向掩映在山影下的那块碑时，看到更多的是，天涯无际中的繁华旧梦和往事千年。我知道，在这些石刻和建筑之间，曾浸润着生命色调的温煦，高远旷达的人生境界，这既是一个人鲜活的生命世界，一个国家思想解放的魅力所在，也是一部纷繁人类历史的延续和抒写。那生生死死的惊心、阴谋与爱情的交错、文治与武功的气魄，连带起的是历史的文化张力和气韵，这些最终都将成为往事，就那么半掩半显在陵墓周围。

　　有时也想，这无字碑的出现，到底需要见证些什么呢？从拓取石碑者的身影中，我们看到的不仅是诗意存在、文化精神的闪光，更是一位女人与政治联姻后的自在与放达。时光如流，又怎能掩住石刻林立的庄重，也无法湮没掉一个王朝的残梦。

　　此前，从史料中翻阅过这座王陵的地图，图完全依古长安城建制而成，从中透露着陵区的天然气势。史书记载，乾陵坛城有内外两重，城墙依照山势走向逐渐延展，又设有城门四座，城内有献殿、阙楼等高大建筑，无形中传递出那个时代的个性与宽泛。所以，刚步入乾陵景区，脚下这宽大的石道上，便泛起历史苍茫的烟尘、便有了悠远的历史回声、便承载起了一位女人的生生死死和喜怒哀乐、便有了如花兴盛和无尽的思索。

天府之国的利州，地处四川盆地北部山区、嘉陵江上游、川陕甘三省的接合处，可别小看了这座傍山绕水的小城，它几乎吸纳和延续了秦岭山脉的大气象，也孕育出一个领率时代的人物。那是一个清风明月的夜晚，大赚了金钱的木材商武士彟，为远道而来的朋友袁天罡摆酒接风，推杯换盏好不欢快，趁着酒兴正浓，众人请大师相面算命。袁天罡是何等人也，曾有无数王公大臣重金相邀，可他视金钱如粪土，压根就是不屑一顾，不想他那天心情高兴，对这些要求言听计从，没有任何推辞地为在场的人一一看过。都说性情之事不能推托，这样就多少有些逢场作戏的味道，就在大家言谈之际，乳母抱着身着男服的武则天走了过来，正言笑中的袁天罡只觉眼前一亮，顿时转身去看，停止半刻之后大悦："此子龙睛凤颜，乃伏羲之相，一生中必显极贵。"众人听后不由得目瞪口呆，百思不得其解，顿时有人私下窃笑，不过酒囊饭袋之徒，连男女都不辨。不料他又欣欣然缓缓坐下，不无遗憾地感叹道："可惜此君，若是女身必为天下主。"在场的人一下没了言语，宁可信其有，不可信其无，这毕竟传出去是要杀头的事啊！所以无人因性别而当场点破，都视为无心的笑谈。然而，星相学说就如此玄妙，真验证了一位女子的不凡人生之路。

是的，如果历史的长河中全是平淡与无奇，注定不会有太多的牵肠挂肚，不会有太多梦想让人去追寻，但偏偏因着那无意的一道目光、一句谶语，结果在骚动中生出渴盼，让静寂无声的生活瞬间有了另种快感。

在漫长的岁月中，相信绝大多数人不会把大师的话，同 60 年后的"神圣"皇帝联在一起。丝毫不夸张地说，一个星相师的无意言说，又怎么会促成朝代的更迭呢？我也不信，可是在今天的广元城中，依然还流传着女儿节的说法，每年三月初三，全城女性都会放假庆祝，去皇泽寺、则天坝和嘉陵江畔游玩，时至今日，已发展成为广元国际女儿节，来纪念广元走出的中国历史上唯一的女皇帝。现在想想，也无法理清楚大师对自己说过的话还是否记得？

只不过，这一切并非遥远的梦想，随着机缘变化，对武则天这样的家庭而言，能入宫去服侍皇帝已是天大的恩宠，这既是政治上追求显贵的需要，也是家族代代延续的渴求。十四岁那年，美貌渐焕的武则天被召入宫，宫闱之中佳丽如云，集娇媚和智慧于一身的武才人，很快就博得了太宗的千万宠幸。可是精神上的高贵，并没有让她感受到优越，相反，那如火的欲望，却迫使她想尽办法去出人头地。贞观二十三年，处于病危之际的太宗，或许还迷恋着色彩斑斓的石榴裙，召贵为昭仪的武则天去笙歌舞影，大殿中飘散的身影，混沌而又澄澈，既有着自然吐露的芳艳，又有着凄惶逸去的黯淡，更多如一曲人生的挽歌。即便在极其压抑的气氛下，她已经预感到人生大厦将倾，于是毫不犹豫选择了另种捷径，用身体来摧垮精神的圣殿和传统，那个晚上，她的一颦一笑中都透着伶俐和知性，把全部希望融进了快感的尖叫中，在等级森严的封建社会，这做法无疑是离经叛道，但为了心理上有所依附，她全然沉醉在太子的风月温柔中。

那年，她二十六岁。

一位后宫女人的疯狂举动，使她更清楚皇宫残酷的生死游戏，与其做舞台上的客串，不如施展妩媚，成为后宫颐指气使的主子。武则天倾其所有，是向往着能成为皇后的，当刚刚诞生这个想法，突如其来的一切，又破灭了她的梦。

皇帝驾崩，全国缟素。即便先帝生前宠爱倍加的媚娘，也得同后宫中未生养的那些嫔妃，一道被送进位于郊外的感业寺，削发为尼的那刻，一重大门永远地向她关闭了。青灯之下，经声之中，武则天素服念珠，以泪洗面，消磨着寺庙的时光，梦想破灭了，从此对人生心灰意冷，有的只是失望，以及对命运不济的哀叹。无助之际，哪里还会想起大师曾

114

经的预言，毕竟庙堂之高的依恋，早已是灰飞烟灭。

一旦远离了政治中心，才知道寺院生活平淡得近乎卑微，真不知这三年是如何度过的，而这也成了她不敢回首的往事，那种清贫与寂寞实在太可怕，如同风雨中逐渐坍塌的历史，一任她在荒野深处独自体味残梦，命运就是这样残酷，她不能有任何的怨言，只能接受命运的安排。一切似乎已成为定局，就在武则天深感无望时，没想到已成为中宗的李治，又无聊地想起了那次不伦的苟合。

史书写到这里，完全符合逻辑，而命运突然不再为难武则天，又让她重现炫目的色彩，从经院中走了出来。天那么蓝，她没有回头看身后的破壁苍苔，只怕自己一旦回头，会忍不住泪流满面。她远远地走了，只留下了深潜人心的气韵，只留下了人生的深深思考，也让这段充满了幽怨的经历，很好地映照了无字碑的低调不显，平朴无争。人生轻飘得如同落叶，在领略了这段单调的生命后，武则天更明白了人生的价值，从此，她开始机妙地规避着凄风苦雨的侵凌。

从寺院回到皇宫，变的不仅仅是心情和身份，更让我想不到的是，很快步入皇后凤鸾的武则天，开始以其所树立的风范，来洗刷往昔的酸楚，一个从后宫走出的才人，一个从皇室纷争中走出的皇后，为达到人生巅峰不畏伦理，不在乎杀戮所有阻碍她的政敌，因为她的视线，早已从纷繁中瞄向了龙庭。

从古至今的帝王传统中，弱女子能用强权打造出盛世帝国，确实也非武则天莫属了，如果是这样，就得对这史诗般的女人激情崇拜了。床帏上无比柔媚，庙堂上精干聪慧的女人，谁能够不心驰神往呢？李治在这个女人面前，自然失去了耀眼的光环，不过他大度，顺便把治理朝野的兴趣全交于她打理，历史读到这里，说不出应该感叹还是慨然，但随着国力的不断崛起，足以显出一个女人最强有力的底蕴。有时就想，这位"红绿复裙长，千里万里闻香"的女人，又是如何以高远、旷达的眼光，来审视自己的人生的？在挟持李治以令天下的同时，她的政治才能还是得到了不少人的拥护。确实，那是一个承前启后的时代，也是一个两派对立的时代；那是一个人才辈出的时代，也是一个任人唯亲的时代；那是一个充满灿烂的时代，也是一个阴柔艰险的时代。李唐盛世让人们宽容着一切，接受着所有的新鲜事物。所以，当这块无字石碑出现时，天下众说纷纭也就不足为奇了。

现在想想，一位女人治国尚且如烹小菜，而这块无字石碑的存在，或许就是她反传统的魅力所在。站在巨大的石碑前，其实就算有字，也未必能表述尽武则天的功绩，更何况是无字呢？还可以生出诸多想象的空间。面对逝去的历史，这强大的生命符号，足以让周围的石雕、建筑折服于皇权的威仪，这也就是武则天石碑上不着一字，却尽得风流的玄机所在？！

专制时代，女皇的所作所为始终与传统相悖，但这些都不会影响她的执政，当然，这都要得益于寺院修行时的人生思考，从而为她以后的政治生活需要，提供了足够的谋略与支撑。寺院的经历，无疑是难忘的，屈辱的，无奈的，痛苦的，却让她无形中学会了在艰难中的蛰伏，就如一颗掩埋在土里的种子，外界根本无法看到内心的强大，她就是以这种方式，最终获得了人生的朝拜与欢呼。从生命的哀叹到雷动，这是从一种极端到另一种极端的华丽转换，不敢说惊天动地，却足以征服万众，让武则天终于在喷薄的气象中登上了人生巅峰。

在男权的世界里，武则天成为一统天下的君主是不可想象的，可她偏偏不可一世，在这个孤独的位置上执政达四十年之久，当以往趾高气扬的男性俯首称臣时，可以想象出她内心的得意扬扬，也不知史书写到了这里，又该如何去延续，她却一如既往地打破着承袭上千年的规则，让人们去面对、去猜想，即便今天，当我们把目光凝神于这块石碑时，更多是情感上的复杂，让人猜想着其中的深邃用意，从历史演化的流程来说，当她真正走上龙庭那刻，无论是耿耿于怀，还是遭受众人非议，都需要用强国的气象来证明能力。所以，当人们瞻仰这无字的石碑时，了解了这段曲折的历史，才会慢慢体味石碑无字的实际意义，这到底是人生的豪放还是别具一格的表现？是人生的深沉还是深仁厚泽？确实值得好好玩味。不是么？在这寂静的乾陵，无字石碑更是写满了太多的想象，并以诗意的幻想，存活于游客的精神中。生前的美姿风情，死后的浮想翩翩，难道不就是武则天所期待的长久么？

一座厚重的石碑，在引领着各色人不断穿越漫漫时空，一如画卷般清晰可见，激起着众人的心悦诚服，又换取无数支持者的同情，这确实让人称奇不已，一座曾支撑和书写着时代的无字石碑，从此就这样耸立在梁山上，与翁仲、石兽为伍相伴，在彰显时代辉煌的同时，昭示着不可一世的天下武功？自然，这样做也有着情理所在，时至现在，人们联想到泰山顶上那座无字的石碑时，突然会问两者有着什么相似之处？好多时候，猜测只会徒增更浓更深的气息，让沉默千年的石碑透出热切，留下旷野上最强势的张力和质感。

始终在问，武则天需要的是什么样的人生？

虽然每个人终将成为黄土一杯，可历史总有着不太多变数和机遇。武则天高居庙堂后，无意中又与当年的星相大师相见了，然而这般相见有着注定的意味，让人生充满了玄机，要说彼此见面的原因很简单，为修建太宗寝陵选址。专管天文历法的太史令李淳风，选中了有三峰高耸二水合抱的梁山，袁天罡据理力争，后来干脆在龙庭上极力反对，他说梁山风水是好，但只能延续三代江山。谈论间，武则天应该是记起了儿时那些谶语，突然觉着这一切就是命运轮回和印证，可她怀揣着喜悦并未吱声，而是宣布退朝后立即召见大师，大师何其聪慧，心有余悸假装不识，也未说出梁山主阴的话，可他已知代唐者必为昭仪。又是一夜娇喘之后，高宗下旨梁山为陵址，众人不得再议，袁天罡肯定记得广元那段酒话，心知回天乏术便心生辞意，出了宫门便遁入人海而去。也是机缘巧合，众臣在为高宗寝陵定名时，长孙无忌和李淳风都起名为乾陵，意为万世长存，孰料梁山北峰居高，前有两峰似女乳状，整个山形远观似少妇平躺，选陵于此，抑阳扬阴，只会让凝重沉郁的阴气弥散梁山周围，此后国家只会为女人所控，从而断送大唐龙脉气象。

远离长安城的梁山，成了武则天选定的神城，这里独特的地形，联结起她对神圣皇权的梦想，天时地利，注定着武则天将居为人帝。从此，在这座被誉为神城的乾陵，便出现了绵延的皇家建筑群落。到了神龙元年，朝廷突发兵变，已年届八十二岁的武则天只能被迫让位，看来，一切气数已尽，而所有存在都是最好的安排。

没多久，郁郁寡欢中的武则天病逝洛阳，上阳宫中一片哀痛。这位历史上的唯一女皇，临终时未遗位武氏家族，或许她顶不住外界的流言蜚语，或许她真的无力打破这种传统，只能在归西前重新禅位李唐天下，与此同时，她还在遗诏中废除了自己的帝号，同意与高宗合葬乾陵。一个人何尝不想青史留名，可她最终还是从国家社稷出发，自废武功，不得不说，这气度着实让人佩服。

往事如烟，卑微才女逆袭成为一国之君，这是武则天的不凡之处。虽备受各种指责与赞叹，但无字石碑却仿佛插在寂寥天际的钥匙，在千年的时光中守护着尘封的往事。

一座宫殿的背影

必须承认，最早引起我注意的是窗外那高大的土堆，如同兽脊一样突兀地身处光鲜、生硬的城市建筑中。夏天的一场雨后，树木们被洗却尘土包裹下的疲惫，顿时变得油头粉面起来，而那翠绿，分明是刚涂抹过一层油漆，绿得鲜艳绿得生机绿得蓬勃。在这个叫三桥的地方生活久了，陆续听周围的人说，那土堆是秦始皇登天成仙的地方，仙终未成，可这绿却不断衍生出幻真迷离，让人心生好奇和向往，更为神奇的是，距离登天台不远的正北处，就是人们口口相传数千年的未央宫殿。在时光的流逝中，那雄宏高大早已消遁得没了踪影，远远看过去，唯有从高处投射过来的背影，显得苍凉而又悠远。

从时间上来说，未央宫要比始皇上天台出现得晚，然而这晚并未让宫殿留存更久，从文化内涵上看，人们对于这看起来更为模糊的土堆，更充满着文化、符号方面的认知，可到底是什么原因，促使它的结局会如此不堪呢？是人为还是自然，是兵灾还是战乱？当我带着诸多疑问来到那片土地上时，草木一如既往地郁郁葱葱，湿气中还氤氲着尚未消退的虹影，不难知道，从眼前的废墟上已看不出任何痕迹，更不要说这曾辉煌过八百多年宫殿！

对未央宫的往昔，其实就算是拂过厚重的绿，也无法一时看清看透，唯一幸运的是，至今还有人会记起汉时的盛世风华。所以，废墟代表的不是逝去，而是另种方式的重生。

几次前往，我并不知道未央宫出现的真正意义？虽然从史书的泛黄中以管窥天，可片言只字更是徒增好奇，每每面对陈列于展厅中的瓦当，面对色彩各异的汉陶俑时，不免要对这座宫殿心生敬仰，却又带着一种无法说清道明的疑惑。

我又将目光投向了草木掩映下的废墟。说是废墟，其实已为草所蔓延，只能从高高低低的地形变化中去感怀、去想象、去拼凑，透过那些偶尔发现的秦砖汉瓦残片，从残存中去探寻只属于大汉王朝的脉象。一座宫殿能在时间的推移中存活八百多年，着实让人为之惊叹不已，那又是何样的不同常态呢？

现在想想，每个王朝的更迭，其实同草木无异，在经历了生死枯荣之后，终将被埋葬到层层叠叠的深土中，土地还是那片土地，而一代代衍生的人物却不尽相同，王朝到了最后，应该只会留下一地鸡毛的宫殿，宫殿很快又能被复制出一群大小各异的建筑，就像人的生育繁衍一样，虽然坚固，终归挡不住风雨的侵蚀，拦不住流年的时光。地里的草木是绿了黄，黄了绿，色泽明灭的变幻中，宫殿便一点一滴被融化掉，从大到小，从小到无，这难道不是生命的真实过程？其实想想，再高大的宫殿，也不如草木活得长久坚韧、活得顽强，草木能在野火中再生，可这些华丽建筑一旦在火中成为灰烬，只会变成滋养草木的养料。风徐徐吹过，那些疯长的草木逐渐吞噬着建筑，直至让残破成为废墟，只留下几许不屈的苍凉供人凭吊。

飘落的草木被风吹过，散乱的心情四处飞扬，只是这里已不再是大汉王朝的中心，一切可见的、不可见的，都在时光中化为微尘，一如这荒凉，有时候想，八百里秦川为何终年都是黄尘飞扬，莫不是一个个朝代风化后的浓缩？我也明白，一座建筑不是简单几个字符所能替代的，正如眼前这"未央宫"的废墟，当这个赫赫不可一世的名字成为记忆时，所消亡的绝非建筑本身，而是时代的缩影，那是一个永远都无法企及的梦想，而留在其中的得与失、悲与喜，完全隐藏在了建筑终结的意义中，又明显超出了一尘烟尘中的丰富多彩，因为它更代表着权威、水平和境界。是否可以将其归结为一个时代的结束？一个执政者的倒台？我不知道，因为毕竟还有后来人的接继，可它所凝结的人与事，在时间的推移中总是如此意蕴深长。

自古长安帝王都，依照史书中风水大师们的说法，龙首山具有潜在的龙脉气象。《水经注》里记载，秦时，有黑龙从秦岭山中来到渭河饮水，其经过之地便形成一条土山，形状如游龙，据说龙首塬就由这条龙所变，并由此而得名。如果将长安城视为一条桀骜不驯的蛟龙，那横亘西安城南北的龙首塬，无疑就是不可一世的龙头。汉代时的龙首塬长六十余里，东北邻渭水，西南到樊川，东北部最高，有二十余丈，远远高出了当时的长安城，所以，未央宫在选址建造时，就看好了龙首塬的地形。汉高祖刘邦称帝后，开始在秦章台宫的基础上兴建土木，依照龙首山形建造，以致这里涌现出四十多座宫殿，面对这庞大的建筑群落，他还下旨让皇族子孙们都居住这里，居高临下俯览长安城的熙熙攘攘，于是，这些高处的建筑，就成了聚气养天命的所在，也成了物质四溢的见证。而表里山河的未央宫，自然就成为这些群落中的精神地标，因为在建造之初，它就寓意着无边无际、传之万世，现在看来，这样的命名和嬴政自称始皇，依然有些异曲同工之妙。

大汉盛世，到底是个什么样的时代？从秦的战火中获得新生，在秦的废墟上开始建国。苍穹之下，渭水河畔，气势雄宏的未央宫，如同天地间的巨大雕像，高高盘踞在龙首塬上。但在人们眼中，这建筑极具吸引力和诱惑力，尤其是它所散发出的威仪和气势，足以让其他建筑物自惭形秽。人们更喜欢用想象来丰富时光和历史，而这高大的造型，甚至让长安城也充满了无穷魅力。

　　站在高处远眺，夕阳映照下的宫殿遗址，无疑演绎着一段时光的辉煌和没落，这样的建筑，很难清楚它究竟在精神中如何存活，可它偏偏光亮夺目着。多少年来，我喜欢以这样的姿势，去看一切遥远的往事，好多时候，我为这么近的距离窃喜，如果能够穿越，真想走进这密密实实的夯土层中，用心不断地接近这座宫殿，那么，我也是行走在皇城中的子民，穿着长袍观瞻着世间繁华，一任无形的深邃延伸着神秘，承载起未央宫独一无二的魅力。当年，张骞出使西域便是从这宫中揖别，用足迹艰难地连接起中亚大陆；赵飞燕在这里舒广袖，用细腰迷倒无数好色之徒；长相甜美的王昭君也毅然从这里走向西域，用和亲写出了动人的传唱。而今，这些人依然鲜活在历史中，用感人的故事支持着这座宏大的建筑。

　　虽是草木横生，可遗址还是任由着人在臆想中不断复原。当年，在萧何主导和设计下的未央宫，不但见证了一个王朝的兴起，还记录下一个帝国由弱到强，由盛至衰的轨迹。未央宫是汉朝皇帝的美好意愿，代表着他们崇尚天地的思想，从本质上说，它也是借助建筑来完美阐释治国的理念，只有存在才有意义，而这样的震撼或共鸣，才是那个时代宣化教育的特有方式。想想，又有谁不愿意传世万代呢？人如是，塔、寺庙亦如是。

　　散发着冰冷幽光的建筑，很美也很现实，装满着爱恨情仇、偏见误解，还有着莫名其妙的杀戮。唯一不同的是，建筑的本身很单纯，就像长在田间地头的树，它可能会在自然的风雨中夭折，可能会在繁缛的世事中被砍伐掉，也可能会成为地标被人牢牢铭记。其实不论是什么，只有留下才是最为珍贵的，这种价值或许是隐性的，但却是唯一的。

　　确切些说，眼前的这些遗址，就像失散多年后又重新捡拾起来的梦境，沉重地行走在其间，那半露在地表的秦砖汉瓦，那曾经承载广厦而今却东倒西歪的柱基，还有那层层叠叠密密实实的夯土层，都是如此地清晰和忧伤着，心平气和地顺应着历史的变迁，而象征政权鼎盛的未央宫，转眼间就在天地间不复存在了，这可是当时最为醒目的建筑啊！可以试想，一系列的建筑竟然在人与人的传承中，在岁月的不断消磨中，谁也不清楚去了哪里，就连记忆也变得断断续续，最后只能面对苍茫中的高远，黯然神伤人类在大自然面前的渺小。那些自大的无知，那些膨胀的私欲，都足以引起对生命意义的思考，不是么？

　　历史中的时光，从来都很脆弱，多少年前这里草木丛生，自由地生长着，多少年后，草木又从坍塌的建筑中重新长出来。于人，这是世间的轮回，可对这些微不足道的生命来说，却如同一场长长的梦。惊蛰之后，它们又重新带着别样的亲切，活泛地抽枝发芽，让绿色回光返照遍布开来。有时候想，这里的草木是幸运的，它们已在冥冥中被注入了某种因缘，虽然经历了数百年的压抑，终没有泯灭活下去的希望，时光流转，它们可以在日头下感受另种生存的状态，可以在深夜惬意地聆听宫女们的私语。如今，未央宫殿遗址上的每棵草木，都被有规律地管制着，就像当年的三千宫女，而在别处，草木们刚起了绿就会让牛羊吃掉，从春天活到秋天，依旧只是秃秃的草木桩，要不就是使劲地疯狂，在花开花落无休无止中生长。

　　想想，所有的生命终究都难逃脱枯朽，而这样的凋零方式，却也有着落英的美丽，虽说没有了当年的那种生机，但历经风雨的侵蚀后，密实的夯土层又以层层叠叠的生存状态，在守护着生命最为原始的栖息图景，透视出平远而又繁复的空间感来。那种沉稳凝重，写满着生命的质感，不由得让人想起暮色中行走未央宫遗址的那段经历。斑驳的光影中，完全看不到岁月缓慢流过的痕迹，唯一可以想象的是草尖里的残破，以生命的心性之美，撞击着精神的最强音，每次看这些用历史写就着的遗迹时，就会觉着生命力是如此强大，正如那些陈放在博物馆的文物，它们之前也是以这样的状态，来面对着岁月中的一切，从未想过也会被人参观。而今，那种随意，那种淡泊，让时光在这里成为活下去的精神状态，确实，瓦砾丛生的土地上，始终无法融化的是这些建筑老去的遗迹，像极了生命的注脚，只能在不见天日的土地中，悄然做着自己的梦。

所有的建筑，注定都会消亡。今天，也只有"未央宫"这样的字眼，还在延续着人们的想象，如果能够让宫殿复原，就可以看到在汉长安城西南最高处的正殿，与统治者的君临天下遥相呼应，它南依秦岭，西绕渭水，不仅体现出一种传统建造的思想，更有着营造者的独特内涵在其中。

掩映在绿色中的夯土层，永远地失去了承载雄宏建筑的功能，于荒野中成为连接天地的交合点，在顽强地证明着一个王朝的存在，风徐徐吹来，传递着恍若清纯的声音，夜如何其？夜未央。

诗经中的传唱，萦绕的是悠远，是青山隐隐，是绿水迢迢，似乎又透出热切的历史意味，用吟咏环绕着这座历史上的文化景观，进而呈现出流韵千古的生命。

所有的建筑，其实都是以艺术的形式，在连接着天地间的前世今生，而那些堆砌而成的神秘，造景化境中无不蕴含着厚实的文化，诠释着对往事的阅读和思考。经历过漫漫长夜，穿行过荒凉寂寞，直至守到了现在，而今再面对未央宫殿所留下的这些痕迹时，相信很少有人会再去关注它疯长的乡愁。一座宫殿富丽堂皇的背后，其实处处都渗透着浓郁缠绵的思念，那宫女们孤灯下的怅惘，那孤独盘旋的乌鹊，那来回摇晃的风铃，最终都注定了走向残破的终极命运。和人一样，一座建筑的时间越长，只会失却本身应有的斑斓色彩，少了人来人往的气息，多了无法言喻的凄凉和悲怆，自然也逃脱不了生命中的孤独相随。不是么，村庄里被人们废弃的那些路，昨天还延展着家的温馨，转眼间已是野草遍布，淡淡地掩于田地之中，除了路还有房屋、村落，和那些远去的历史。

人的存在，让作为艺术品的建筑，真正意义上有了博大的生命力，如今虽然读不出任何气象，草木却让这方地域充满太多想象，一块汉瓦，一层夯土，都足以让人回到汉朝。岁月纵然漫远，可空空如也的遗址上，仍有着草木中散发出的古老，作为历史的证据，宫殿无疑是存在过的，因为只有存在才会真正深入人心。有时候也想，行走在这些疯长的草木丛中，还能否感受到当年宫中流淌出的莺歌燕舞、脂粉香息？

夜色降临，旷野一片墨色，逐渐在光影和漆黑中散布开来，旋而把参差不齐的建筑勾勒为曼妙的画卷，闪闪烁烁中的无穷无尽，很容易让人的思绪穿越，仿佛那就是生命最初的原点。此情此景，不由得让人感叹，站在高楼向外望，风无影无踪吹过，不带任何的声息，于轻重有无于高低起伏中，营造出气象万千的神韵意境，似在寻找，又像等待，渐然从幽深阔大的背影中，追溯出一个赫赫扬扬的大汉王朝来。那些身着汉服的人们轻扬着心情，幸福而又知足地生活在这偌大的宫殿中。远处的山水，劳作的民众，恬意的田园，让人面对这充满奇幻的一切时，是那么熟悉而又亲切，像我童年时期的故人。

我喜欢看远处那星光闪闪的时空，思想常常因此而凝固，这样的一次次重复，感觉是在放松，但心情却不时会变得沉重起来。幻化的灯光下，思绪不断飘向远处，在自由地想象着这座宫殿，就如故乡在记忆中深睡，不仅仅是感动，更多的还是亲切。在黑夜里沉思历史，似乎有些故弄玄虚的感觉，但我却认为这样比白天更多了一份平静，一份敬重，就像打开一段尘封的历史，不知道这有着千年的历史是如何地厚重，但每每想起就澎湃激动，似乎在夜色中听到了兵戈擂鼓的声音。其实，时光已过千年，夜色中又能够见到什么呢？这应该是生命特有的秘密，就如同秘密不只局限于建筑的出现与消失之中，我始终认为，建筑是一座城市的气息，在这些建筑下潜伏太久的草木，本身就有着太多的神奇，它们用呼吸在呼唤着逐渐败落的建筑，用茁壮记忆着那般难忘的岁月。

世事如棋，天道轮回。如今，这里见不到任何雄宏的建筑群了，当人们将目光转向这泛绿的庄绿稼地时，才会真正从尘世的喧嚣中，用心感受那种岁月的没落。未央宫殿的台基，迂回落魄地横陈着，将所有的悲哀和迷茫都深藏进丛草中，这样的落差，分明还在诉说着人生的另种境界。

一座宫殿，崛起在纷繁的战乱之中，始终坚守着汉风的大度，保留着象征时代的背影，如果要继续解读下去，我认为在这个喧嚣的时代里，或许只有草木才是真正的坚守者，它的坚守，是因为这块土地上反复经受着摧残，只有最坚固的建筑消失了，这些草才得以从地下探出头来，这不仅仅是因为生长，而是对生命的无比渴望和向往。

《长恨歌》中依然在唱："归来池苑皆依旧，太液芙蓉未央柳。"只是随着未央宫的熊熊大火，王莽的新朝化为了灰烬，高高盘踞在龙首塬上的宫殿，就这样成为汉长安城中第一座被毁坏的大型建筑，这到底是命运的使然，还是历史的必然？火山中那雕梁玉砌的惨烈，烧掉的是坚守汉风的大度，延续的却是经年纷繁的战乱，留下的也只能是一座宫殿的背影了。

第四辑　为水而生

鼓浪屿素描

确切地说，我对鼓浪屿是完全陌生的。

不过，这陌生中有着另种的熟悉与亲切，原以为那只是一处海水环绕的小岛，没想到这里又别有洞天，某日里无意翻阅 Air 夫妇的《迷失鼓浪屿》，从那些色彩斑斓的图片中，竟然读出了慢生活的节奏，瞬间就有了某种久违和重逢感，便在心驰神往中开始了匆匆行程。

曾有不少次去海边的经历。年轻时，喜欢三五成群一起去踏浪，去嬉水，去沙滩上堆大大的城堡，然后让海水一点点吞噬，又故作深沉地喝着啤酒在沙滩上发呆。未去这些地方之前，我对大海从未有过任何的向往，在我的感觉中，南方的海和北方的山虽同样神圣、博大，都属于大自然手笔下的绝妙造化，只不过水流淌着生命，山积淀着岁月，从某种意义上说，看山和见海都是一样的。

有时也会想，这一动一静的机巧，定然蕴含着太多无法预知的奥妙，如果没有强烈的地壳运动，自然不会有今天这些布局精巧的岛屿；如果没有这极致静默的岛屿，又何来熙熙攘攘人群的向往与奔波呢？或许生命真的就是这样，有些地方注定了你必须要去，不论是什么时间什么季节，它总会在你生命的某个时段中，宿会般静候着你的到来，这感觉更像是童话，永远都充满着太多唯美，往往会让生活生出新水秋花的新意。

　　奔波，无疑是为了圆梦，等从梦想中走出，见到近在咫尺的鼓浪屿时，心情陡然间不是那么迫切了。抬眼去望，湛碧水流淡然绕岛，三五成群的鹭鸟悠然飞过，在喧闹中不经意辟出另种宁静，这宁静几乎隐藏了世间所有的纷杂，静得似乎可以听到岛屿的呼吸。

　　这是鼓浪屿的呼吸么？

　　难道是鼓浪屿在以含蓄的方式，在展现着她静若处子的姿态？显然，我的迟疑证明自己想早些去接触她、感受她，虽然我们从未谋面，但内心流淌的却是灵魂下的亲近。再凝望那丛绿掩映下的西式建筑，遮遮掩掩中生出着一种跨越人生的意味，是啊，隔水相望的又何止是距离呢？看来要真正读懂美，只有不断地走近，才能承受起生命的落寞。

　　九月，正是这城市最美的季节，我毫不犹豫走进了荫翳的绿意，温润的景象让人一点点地在融化和迷恋，郁郁葱葱的枝叶交错着，长长短短的根须十分有趣，就那么柔柔弱弱垂及地面，似乎与这苍郁翠绿的岛屿不相契合，在人来人往的嘈杂中，它依旧保持着原始的表情和姿态，不断吸引着游人来探寻，倍添着奇妙迥异的风姿。可不要小看南方这常见的榕树，或许普通至极，才有着如家的亲近和温暖，它们生生世世生长在这里，让气根成为树枝，让树枝成为枝干，让枝干成为主干，不断适应着岛屿的气候，彰显着极强的生命力，以柔软和坚韧来提升着气场。

　　这无疑是童年时代久违的气息。空寂的街巷，悠然而过的人群，兜卖什物的商贩，还有生长在这里的建筑，无不暗含着特有的悠闲和魅力，让所有美妙从这样的情境中逐渐散开，也让人想起故乡山坡上的槐树来。每年春暖花开时节，洁白的花絮处处开遍，芳香的味道不但勾起了大家的食欲，也为贫乏的生活增添了难得的乐趣。孩子们攀爬上树，把槐花朵塞满衣兜和身后的背篓。在北方的农村，槐花可以和着面做麦饭，也可以直接塞进嘴里生吃，现在，这故人般的味道从林间、从四面八方奔涌而来。

诗人说，总有一行诗句能够唤醒一个灵魂，只是没想到这样的香息，会在鼓浪屿勾起自己美好的记忆。不论是那斑驳阳光下的久远建筑，还是涛声中嬉笑的游人；不论是微风中摇曳的树木，还是静默中写生的男女，他们像风景般感染着情绪，让一座陌生的城市生动迷恋起来，使大家明白着现实生命中的孤独并不可怕，只有岁月中的坚守让人感动。

坚守是寻觅中的态度，是独处时的自我满足。此时此刻，流连在华美面前的这些迷茫，又能算得了什么呢？即便身处熙熙攘攘的人流，诗意的岛屿上仍不乏静美。岛屿虽小，却享受着天地的造化，在似水年华中，静观花开花落，分外有趣的是，这里的每一条路都蜿蜒着向深处而去，福州路、泉州路、永春路，似乎都有着不同的传说与故事，它们在时光的流淌中，静静等待着天南地北的游人们来聆听。然而真正地穿行街巷中时，内心很快被这种寂静悄然打动，这不是那种喧嚣后的静，也不是寂寞涌现的静，而是一种生活的状态，周围有淡然的音乐相伴，有风吹过的气息，有海水拍岸的味道，这一切都让生活味浓厚的小岛，充满了情趣与意境。

所以说，鼓浪屿是低调的，在海风的吹拂下从不张扬，身处这里，时光流淌的速度似乎慢了许多，少了人为的钩心斗角与烦忧，有时候想，鼓浪屿确实让人无法忘记，不论是面对泛旧的海岛别墅，还是走过平常的生活居所，始终流淌着风轻云淡下的南方意味。那种精致、那种细腻、那种情趣、那种唯美，很容易让人定格为一帖照片、一幅画面，一个不愿意离去的梦想。其实，从见到的第一眼，灵魂深处就有所触动，只想那么随地一坐，或抚摸着已存在数百年之久的建筑，独享这摄人心魄的美好。

我是一个习惯了行走的人。在雪色高原，曾为那白雪皑皑的气势所震撼；在黄土高坡，曾为那粗犷豪情的裸露而折服。可来到这耐人寻味的风华之地，感受到的却是另种温情，各类建筑遍布岛上，被历史的沧桑和峥嵘围绕着，似乎在低声诉说着岁月的绵长，信步其中，这岛屿虽早已失去往日神秘，洗却铅华后却更具天然韵味。

　　海水、沙滩、建筑、岛屿，成了游人眼中关注的全部。真正走过，又有多少人会在乎留在这里的足迹呢？其实，这更像是心灵的回归，在城市的喧闹中迎来了片刻的宁静。在这里，听海浪声是种诗意，不会有那种来去匆匆的仓促；在这里，抚摸小巷中古旧的建筑，可以聆听遥远处传来的低吟浅唱；在这里，纵然是一种远望，也有着人生的体悟；在这里，就算是静心屏气，也有着情感的升华；在这里，行走也有着属于自己的高贵气质。

　　坐在海边，听着音乐享受这平凡而普通的生活，心情顿时变得平静下来，再凝望远处，无法不去感叹岛上各种文明与理念的交汇融合，时间纵然走过了上百年，心却会穿越过相机的精巧构图，从中探寻出深藏的尘封往事。其实，最有感觉的莫过于满墙蔓延的青藤，恣意着性情生长着，不断用绿色勾勒着自己的领域，以枝蔓寓意着多彩的岁月，怪不得岛上的人都称这青藤为"猫爪"。沿途而过，处处可见"猫爪"在墙壁上的痕迹，不知是青藤滋养着这些建筑，还是这些建筑为青藤提供了生长环境，总让人觉着这绿与任何风格的建筑都很搭调，是那么唯美，那么协调，那么耳目一新。除了这些居所，岛上还有欧式曲线的教堂，在蓝天的映衬下，十字架经阳光一照特别悠远。福音堂、三一堂里有许多义工和礼拜者，常年累月用虔诚和信任修为着内心的平静，由此可知，这样的环境不仅适合居住，某种意义上更适合一心向善，静心修为。来来往往的人脸上，都闪烁着幸福的色泽，望着他们平和、满足的神情，为这些人生活在这里感到满足。在西藏当兵时，也经常见到这般虔诚的人，他们的外观清贫、落魄，内心中却彰显着强大，就是这些人，常常会付出常人无法想象的痛苦，迢迢千里，一步一个长头磕到拉萨。起初我很不解，他们为什么能放下世俗中的羁绊，把家中所有财产无偿捐给寺庙，现在，我在阳光下看着他们在礼拜时，才明白信仰的力量有多厉害，恍然间觉着这人、这环境、这建筑，其实早在冥冥中构成了三位一体的神圣。

这又是多么玄妙的画面？

在这里，只有用静默和观望，才能体味出鼓浪屿的魅力所在，那是内心渴望接触的美，透着分外有趣的宁谧和惬意，更适宜出现在人们的想象之中，不由得羡慕起那些在街巷中写生和拍照的人，他们双眸中有着生生不息的美，在现实与艺术的对照中，让眼前这一切变为永恒持久。他们可能是外来的过客，也可能就是生长于此的子弟，但都心无羁绊做着自己喜欢的事情，人来不惊，人往不宠，用梦想和眷恋给人生活上的宁静、舒适和优雅。也是，远离尘嚣的小岛上处处花红叶绿，莺歌燕舞，往事早已被岁月湮没，谁又有闲暇去回望旧殖民时代的压抑呢？浪涛拍击着岩石，起起落落的拍打声，犹如凄楚的号角，在召唤着一代代人时刻铭记历史。

一座岛，仅凭外在的景观要打动人，定然无法超越时空和艺术的想象，但真正融入的那一瞬间，却让人的的确确有了占有的欲望，在向往中散发着灵性的审美。在这之前，曾有无数的外国人借助船坚炮利，纷纷踏上鼓浪屿兴建公馆，开设教堂，让一度空寂的小岛上有了洋行、医院、学校，各式各样的建筑高低不同，颜色各异，别致地耸立在树影中，当地人却不堪受辱，揖别父母妻子渡海远洋，去异国他乡谋求生计期望"师夷长技制夷"。数年之后，他们不仅带回了财富，还带回了新观念和新思想，所以，今天再观瞻这些颇具特色的别墅时，就会发现这些 20 世纪初的建筑，多为中式屋顶西式主体，建筑风格的不同，其实还彰显着主人情怀上的另种渴求。

面对这些特色建筑，我更喜欢它的悠然自得，透过那静好背后的艰辛与纷争，又岂止我一人在独自伤感。这里，曾被侵略者的铁蹄践踏，遍布岛屿的各式精美建筑就是见证；这里，曾被异乡的传教士感化过，那至今还响起的风铃声就是见证；这里，曾经受过炮火震耳发聩的打击，言传的故事就是见证。时至今日，不堪往事都被这湛蓝的海水在有力地冲刷着，即便是那惊涛拍岸的轰鸣，也丝毫听不出挣扎于内心的愤怒，沿着幽静巷道，一步一步走向岁月的深处，当年那些分布在小岛上的各色建筑，它们的出现代表着一种趾高气扬的宣示，代表着一种对于家国主权的践踏。可是能够回望吗？真的说不出是依恋还是沉重？琴声缓缓响起，犹如逝去的回忆，裹挟着回忆与想象，可以从中读出很多很多……

带着好奇和向往，忍不住伸手要去叩那一扇扇虚掩的门，可是突然间又停住了，生怕惊扰了一颗安于平常的心。透过围墙栏杆，精致的院落可以一览无余，主人家在小院的树荫下，安静地读着书卷，旁有花白色小猫来回嬉戏，却丝毫不影响读书的情趣，不由得作想，她是在读深婉的文化品格，还是在读这座岛屿的文化灵性？我不知道。总之，沿着深深浅浅的巷道向前，所有的蓑草披离都在时光交替中远去，这样的情境能不让人羡慕么？才明白打动人心的除了碧海蓝天，还有着这无声的情绪。来来往往的是车马喧嚣，我的心却时时安宁着，这座似水年华的小岛越发地耐人寻味，在花开花落中展现着浸润绵长。

其实，这岛屿上到处都写满着历史，可以说，数百年来这种沧桑气息从未改变，恍若一粒历史的尘埃落在了这里，时时在记忆和淡忘中循环往复，如果不是天南海北的人来往于此，它注定会在历史的辉煌中湮灭而去。不是吗？当年谁也不会想到，漳州路玉兰树下的廖宅英式别墅中，会走出现代文学大师林语堂，让人称奇的是他们的爱情，一位是名门望族的富家小姐，另一位是身无分文的穷家子弟，两人因不浅的缘分，让彼此的结合成为传世佳话，更有意思的是他们结婚后，先生毅然将结婚证书烧掉，就在众人不解之际，不料他却大笑道："结婚证书只有离婚时用得上。"多么感人的坚贞爱情啊！也只有这样的人，才会创造出这样的浪漫逸事。眼前的别墅已经破旧不堪，全然不见当年的景象，抚摸着这里的一砖一瓦一草一木，我倍感幸运，因为从这没落的精致中，依然读出了爱情的坚守。

巷道狭窄着，却抵挡不住两旁兜售特色的小店，在与众不同中展现着风情与灵魂，有海风吹过，便多了一份别样的感觉。佛经上说：佛不是一个愿望，也不是一个成就，而是一个最深的回想。正因有回想，这岛上从来不缺浪漫，从一方海水环绕的小岛，到海市蜃楼的纯洁世界，相信不只有内心在悄然转变，即便是浮风掠影，也让人难以忘怀弥漫心灵的诗意。但凡在鼓浪屿上说起诗，定然不能越过这两个人：一位是削发来鼓浪屿修行的弘一法师，最终不堪周围的吵闹，在这里未及半年就匆匆而去。这位富家子弟精通书画、诗文、戏剧、音乐、艺术、金石及教育，历经了世事的繁华之后，只想用打坐来求得内心安稳，这是属于他的人生。不熟悉他这段心路历程也罢，可听了《送别》之后，相信你定会有所顿悟。

长亭外，古道边，芳草碧连天

晚风拂柳笛声残，夕阳山外山

天之涯，地之角，知交半零落

一壶浊酒尽余欢，今宵别梦寒

长亭外，古道边，芳草碧连天

问君此去几时来，来时莫徘徊

天之涯，地之角，知交半零落

人生难得是欢聚，惟有别离多

落笔起风云，神鬼听差遣。生活需要诗人有情怀，而他也将修养和境界缭绕到诗中，并与这座浪漫岛屿紧紧联结。每每读这首词，都能从余音中感受到岛上生长的情绪，以及时时在蔓延着的灵魂，与弘一法师相比较，作为鼓浪屿文化符号的女诗人舒婷，她从小生于斯长于斯，身处如此秀美的环境，相信听惯了清声，内心中一定会盛开着芬芳的诗意，所以让她在诗中任意挥洒自由、包容和睿智。其实每个人都只是这个世界的过客，一如岛屿上的石头草木，甚至鸟鸣，每每读她那《致橡树》时，实在无法想象她在人来人往的阁楼中，是如何吸纳着鼓浪屿的灵气，用笔触感受这多彩的世界，赞歌这大自然的生命。在那个冰雪消融的时代，这别致的爱情观更是显得无比厚重，那种绝美、那种迷离、那种幻觉，就似从繁杂尘间一下步入梦境，吟唱中尽享人生的宽容旷达。

　　　　　我如果爱你——
　　　　　绝不像攀援的凌霄花，
　　　　　借你的高枝炫耀自己；
　　　　　我如果爱你——
　　　　　绝不学痴情的鸟儿，
　　　　　为绿荫重复单调的歌曲；
　　　　　……

　　舒婷说："一切希望和绝望，一切辛酸和微笑，一切，都可能是诗。"确实，充满着阳光的鼓浪屿不也是首诗吗？或许正是有了这样的花朝月夕，才会熏陶出她玲珑剔透的心。

　　鼓浪屿确实值得慢慢回味，这里充满着舒心畅意的城市气息，又有着世外桃源的清静美好，尤其是在空寂无人的巷道，你可能还在欣赏和

135

感叹着这里的美轮美奂，突然就会有肥胖的猫、狗从旁边走出来，四平八稳地赶着路，从不惊不诧的身体间，散发出随意和自然，根本不去在乎观瞻者的好奇与喧闹。望着这悠然的姿态和神情，只觉着一切都是那么的美好，而这正是岛屿带给人的享受。

绿在瘦西湖

一阵阵清脆、欢快的雁阵鸣唱，所有的生命便从惊蛰中萌动起来，细细的春风轻拂着，杨柳枝条儿就开始摇摆，花儿就开始绽放。我知道，这是春天抽枝发芽的灵动欢唱。

春天，是生长绿色的季节。我认为，看绿一定要有山有水才有情调，只有身处这样的意境，才值得用心品读和玩味，水乡江南自是不错的地处，虽说绿意遍布中有着吴侬软语式的温柔，毕竟又有着文思才情的不同，那感觉如同高山流水，轻轻流过观赏者的心间，同时又丝毫地不着任何痕迹。

我常想，生活在山水边的人是幸福的，时时刻刻享受着和缓从容，享受着烟雨缥缈，享受着江南文化独有的厚重。熏风徐徐而过，在微微的沉醉中律动着生命，于是，爱的柔、情的黏、恋的绵便全部流入梦乡，醒来时，一个季节便全部被染绿了。

斜风细雨中，我来到了瘦西湖。

站在湖边，第一眼就要醉了，丝丝点点的雨不停地跃动着，水面上就有了成千上万个精灵，似乎在吮吸着早春清新的气息，那一刻，所有急切的期待，都被内心不为人知的幽幽渴盼涤去，都被这江南千百年的悠然精致涤去，起初只为感受梦中潺潺不息的流水，不想还有着悠扬不尽的小曲，以及那缠绕交错的绿意。

来瘦西湖，我是有所期盼的。

丝雨无形，酷似从容大笔下的走墨，松松散散地点染着诗意的湖面，把内心独特的情趣，都抒发在缓然铺陈的画卷上，顷刻间，就将偌大的湖面描绘成了黑白的意象世界，那种若有若无的意象，那种挥毫中的恬静，都透着江南女子款款的优雅和神秘，它的神秘让人向往，它的唯美让人期盼，它的从容让人品味。

她是如此委婉优雅，完全带着全部热情向前曲折流去，绕过亭，潜过桥，没过山石，把全部的姿态都呈现在面前。于我而言，这一切都是新鲜而陌生的，豁然开朗的真实中，竟也营造出"流水一湾莺乱啼"的野趣。这就是我日夜梦想的湖么？走得近了，越发觉得走进了世外桃源，越发觉得打开了绝色丹青，越发觉得读到了唐诗宋词，那醍醐灌顶的感觉分明就是活在梦境中，也只有梦，才会让人憔悴地变"瘦"。

湖边新绿的柳叶，早被雨水洗刷，仿佛被刷上了一层油，明亮的颜色在光线中格外耀眼，忍不住摘了片树叶放在口中，一股子春的芬芳便散开来，无比清新中带着泥土味道，忍不住想吹奏一曲思乡的曲子，消瘦尖弱的叶子，是绿中夹杂着嫩黄，宛若唯美曼妙的女子在眺望，难道它们是在等待？可又在等待什么呢？

"叶叶声声是别离，雨急人更急。"自汉唐以来，柳就渲染着人与人之间的别离。可以说，折柳送别，不仅仅是恋人间的不舍，更有着彼此依依分别的深情。"萧娘脸薄难胜泪，柳叶眉尖易觉愁。"柳花荫下，有位素色女子静静站立，手中柳条来回缠绕着，那绿便积聚起了难以述说的心思，她始终望着白茫茫的水在沉思，心一定随着水远去了，这是多么伤感的场景。在古时候，这一别或许是三年五载，要不就是一生一世，要不怎么会流传"今宵酒醒何处？杨柳岸，晓风残月"的伤感，"柳条折尽花飞尽，借问行人归不归"的哀怨？看起来只是短短数行诗话，凝聚着的却是难解的"瘦"字，从而将心有所思的情绪引向了遥远，任漫漫思情被拉得长长，任纠结的牵念被刻画得淋漓尽致。在长安城中，思恋的歌是这样唱的：

> 灞桥柳，灞桥柳，
> 拂不去烟尘系不住愁。
> 我人在阳春，心在那深秋。
> 你可知无奈的风霜？
> 它怎样在我脸上流。

不同的风情，唱着同样的心情。你说，这怎么一个"瘦"字了得呢？

暖暖的阳光正穿过云层，随意地洒落在绿意盎然的水面上，悄然而逝的雨雾中，如梦初醒的瘦西湖又是另种模样。

从汉唐的雨中走出，我读到了烟花三月下扬州的轻盈；从明清的雨中走出，我读到了"月来满地水，云起一天山"的诗情；现在，我读到的是"杨柳绿齐三尺雨"的另种注解。

二

突然而至的春雨，让所有生命都从沉睡中活泛过来，就连沉闷已久的游鱼，也借着堤柳桃枝叶上流下的水滴，跃出身来要探个究竟，一圈圈的水波很快散布开来，层层叠叠交错着，衍生出数之不尽的梦幻，依湖而去，红男绿女间或穿过，更有着勾人无数的遐想和神往。

不远处，弯弯一道彩虹若隐若现，观光的画舫、船只陆续行远着，又从远处行将了过来，很快越过那道虹光环绕的绚丽彩桥，盈盈的感觉，顿时让人沉浸在海市蜃楼般的奇观中。

船永远都不缓不急地行驶，刺破了各种虚实错落的绿。岸边，有位年轻母亲正推着婴儿车前行，无比惬意地享受着春光，怜爱中流露出满足和自豪，无意中也表现出扬州人特有的安逸心态，到处都是诗情画意下的柔软，柔柔的水，柔柔的风，随处可见这样的亲昵场景。

船再前行，又碰到三五个在玩"过家家"的儿童，他们正努力地跷着脚，想攀爬到树上采摘嫩绿的芽，遂好奇地让船靠近，询问他们这植物的名称，其中有个大孩子笑着直摇头，而后又反问我。我遂急中生智说，应该叫"春天"，他说真叫"春天树"么？脸上显然满是不信。我又想了想说，只有春天它才会发芽开花，所以就叫春天啊，孩子们听后竟春芽般笑出声来。逗他们开心之际，突地又想起那冰雪灾难中的家庭，那汶川地震中的家庭，那身处战争兵燹中的家庭……

烟花三月的湖边，到处都弥漫着绿意，让我重新领悟到爱的伟大，春在萌动，始终洋溢着无法言说的幸福，也让我从翻滚的水花中，感受到了无法比拟的幸福。

生活在江南水乡的孩子们是幸福的，虽说当年的繁华渐渐远去，昔日的纷争也已不在，而苏轼、杜甫的哀愁，李白的空想，何曾不是在这注解中感伤着往事，他们都是芳名传世的逝者，当年在这湖上或吟或唱，其实并非为远离战乱，而是为了纾解心中压抑的理想。还有那个七下江南的圣贤皇帝，那些求功名的仕客，那些奉迎往来的商贾，都因着这"瘦"字远道而来，口口传诵着唯美的诗词，在独特的意境中享受生活。

现在看来，若只是这样的湖水，纵然有柳枝飞扬，松竹成荫，也未必会有水盎波兴的意味，确实如此，古人们一个个走了，成了灰飞烟灭的历史，但这座小金山却始终存在着。有山，水便陡然间活泛过来，更像是怀春的姑娘，用色眼迷离漾起着千万朵的浪漫。有水，山便会生根发芽，借着丛绿映出与众不同的情趣。"顶镜纳金山，慈心照世人。佛度一切厄，兴界万性空。"小金山得大自在之处，在于那集一身景致的优越，在于那端庄稳重的风范。许多南方的私家园林，常常会在大兴土木时，对假山石做出尤为慎重的选择，其实，那何止是在选择生长在深水中的石头呢？当它们跋山涉水远途而来，那一尊尊芸芸水波中为浪沙所侵蚀的奇妙质地，完全就代表着主人的爱好和身份了，同时也代表着阅历和精神。小金山也是如此么？她是不是也有着故事在述说？

我不知道。

三

三月的湖面上，到处都呈现着春的气息。

一阵清风拂面后，只觉着身心都要在湿润中飞舞起来，两岸曲软的线条也在春风中融化了，然后就是各种颜色扑面而来，绿色、白色、淡黄色，围绕着永远看不到尽头的湖，铺天盖地着无穷无尽的变化。草木葱茏之间，便远远地看到了四面环山的小金山，小金山之所以得名，是因为它的外形酷似镇江的金山，小巧玲珑的模样，更像摆放在瘦西湖中的盆景，浓缩了属于这里的全部秀美。

论及观景，小金山是瘦西湖中的最高地处，由历朝历代挖湖后的泥土逐渐垒积，最后才成了今天这般模样。本生于无形之湖，也就不在乎是否精巧，原本江南的风雨中，就有着太多的胭脂粉味，所以就连这些山，也出落得有些秀气脱俗，全然看不出山的感觉了。行过时还在细想，这山既无峭石又无山势，又何以称为山呢？

船绕山而过，绕过漫漫历史长河中的文化积淀，其实从人们开始关注湖的那时起，就很好奇这湖水究竟流了多少年？又留下了些什么？带走的又是些什么？我不知道，但与此相缠绕的是士、商阶层的认知、观念和两种不同的社会现况。注视着湖水，突然想到了人生的考验，就如同这水和山的长相厮守，这种默契或许是一生一世，或许是转眼一瞬，不由得思索，这为文人所称赞的销金水啊，流过太多的纸醉金迷，流过太多的文人歌女，流过纷纷扰扰的杂乱，流过转瞬即逝的酷暑严冬。

可它究竟要流到何处去呢？

四

船渐行渐远，于是羡慕起终年行于水上的船娘来，轻快地撑着船游弋着，还会唱柔柔的昆曲，讲不老的传说，似乎永远也没烦忧，一身靛青碎花布衣的身影，很快地定格在依稀的目光中，耳边回响着水乡动人的小调。再回首，那本就是一片清新明丽的春色，拂动的不仅仅是涟漪，更是沉湎于心的性情，把那唏嘘，那惆怅，都随着美色消融在湖水中，也让那些个匆匆的过客，注定了只是浮光掠影。

人生如梦，岁月静好。在和船娘的交谈中，知道她深爱这份工作，虽然每天都行走在湖上，无法顾及家庭，却时时用真爱感动着天南海北的游人。真爱到底是什么呢？我想，应该是一种幸福的执着，一种独守心灵的诗意，一种滚滚红尘中的浅笑，一种随时能和心灵对话的生活。所以，不论生活在那里，最好的感觉都是在自己的梦里，只有这种幻真幻实的感觉，才能体味到旅行的快乐与美好。就像旅行，与其说是为了追求快感与新奇，不如理解为心灵逐渐的彻悟，眼前这些飞鸟，它们也是喜欢这里的，所以情愿成为湖光山色的点缀，让所有的静谧都随之灵动起来。

我知道，若是没有了这些鸟，湖一定会寂寞的。

想想也是，人生中总有些瞬间难以忘怀，恍若这瘦西湖的水，它恬然、它随意、它柔弱，永远都带着脉脉悠长的温情。随着优雅曲调响起，堤边抽枝发芽的垂柳，便不经意融入了水的记忆深处。而声声笙箫，在清幽中延展着漫远而又湿润的江南精神。

> 牵住你的手，相别在黄鹤楼。
> 波涛万里长江水，送你下扬州。
> 真情伴你走，春色为你留。

我知道，不论谁来到这里，心都会毫不犹豫留在这里，悠远的曲调远去了，船娘的背影却和春水一样，仍然在弥散着，是那样的恬然、纯净和甜美，让人觉不出丝毫的波澜起伏……

水漾浐灞

一

种树者必培其根，种德者必养其心。

如果说这种大水大绿的格局，为浐灞勾勒出一幅大写的水墨意象，那款款而过的绿水，就成了这地方精神的所在。自踏上浐灞生态园林区起，满眼便都是水了，让人惊奇的是，那鹤汀凫渚，穷岛屿之萦回的"水上韵波"，竟然会给人以清澈恬静的神往。于是，长河平湖绿波漾然的意境，一下就让人醉了，因为它确确实实流过了人们的心境，流过了河埠廊坊，流出了一派古朴幽静。

带着这样的美好接近，瞬间让人内心升腾起一种敬仰与好奇。浐灞在春日里静卧着，呈现着未知的神秘，那层次分明的抒写，总是散发着太多熟悉的气息，让人不由得想驻足下来抚摸和亲近，就恍如眼前这流动的水，左岸是无法忘却的悠悠往事，右岸是值得回望的青春年华，只能在无限眷恋中心旌荡漾。

设身闹市，很容易沉浸灯红酒绿的诱惑，而来到浐灞这地方，却又是另种状态的存在。两岸风吹柳初黄，野花阵阵迷幽香，让人无法不去面对冲撞和聚汇，这大概就是历史积淀的力量所在吧？好多时候，这方地域让人漠视了，只有拨开了纷乱才会发现，这样的大格局中，竟也蕴含着太多的审美情趣。

水草掩映，沉静如织，浐灞被水占据着大半，不时有鸟雀落在水边低垂的柳树上，柳枝轻抚着水，接连不断画出圈圈涟漪，河堤上全是来来往往的人，穿过交错缠绕的曼绿，在春色中突出着。

这就是浐灞么？放眼望去，竟是一片连天水色，从幽静中散发着曾滋养过千年帝都的大气。

生命实在是件偶然的事，但我知道，这一天要到来的。

现在，我终于来了。

车在河沿上行着，不时穿过高低错落的花束，让人无法分清到底是人在花中，还是花在人中。早开的玉兰在枝头绽放着花苞，像不谙世事的小企鹅，活灵活现在风中摇曳着，用惊恐的眼神注视着这世界，那淡淡的馨香分明就是灿然的心情，在提醒着风景仍然在延续。车内人头攒动，不减心中的诗兴意趣，车外景色纷繁，在花海中蜿蜒着身姿，让人一眼看不到尽头。

我想，是不是相遇时的第一眼，已让人不露痕迹依恋上这铺陈的柔情？心中早已按捺不住激动，甚至将自己幻化为碧水中的波纹，在春夏秋冬的交错中轻轻漾开。

一

风生水起。来浐灞，一定要看水的。

浐水和灞水同从终南山中流出。一个静如处子蜿蜒曲折，母亲般滋养了半坡人的文明；一个动若脱兔奔涌而来，见证着蓝田猿人的蜕变。历史变迁总让人不可思议，就像渭河流入黄河一样，三塬最终没能阻挡住两水的渴盼，在历经千辛万苦后重新汇聚一起，在唐时就有了"浐灞之间，三辅胜地"之说，于是，一条浮现人文的河流出现了，一条张扬军事的河流出现了。

　　行走在花红柳绿的堤边，迎面是微微的春风，眼前闪现出一群群人来，他们是蓝田猿人抑或半坡人，在大自然优胜劣汰的法则下依水而居，这些身处恶劣环境中的人类祖先，以最原始的方式捕鱼狩猎，在草木兽皮的遮掩下，完成着人类最有意义的转折。弹指就是数亿万年，当一切都过去了，水还是那水，留下的只有复原后的遗址和无尽感叹。

　　说到水，综观绕长安城缓然而过的八条河流，哪一条不与城市发展有着联系？沣水边，先后有过沣京和镐京的更替传承；渭河边，建立起了大秦帝国；河边，兴盛过大汉帝国，而浐灞两河也多与军事相关。公元前 659 年，秦穆公带着征服西戎的喜悦，率领大军在滋水、浐水交汇处检阅军队，面对浩浩河水，他发下了立千秋霸业的宏愿，将滋水改为灞水。真不知道是人因水而出名，还是水因人而名扬天下，从此这地方更多了霸气，多了兵刃的味道。当年，沛公刘邦"欲王关中"激怒楚王项羽，以致他决定"击破沛公军"，鸿门宴后，两军在灞上上演了隔水对峙的阵势，这样看来，拥有四十万大军的西楚霸王，在气势上完全要胜过秦穆公，虽然壮士已去，灞水却因此霸气不减。

　　而今的浐灞，已在节节橡胶坝的阻拦下，让水变得柔软多情起来，几乎无力承载起刀光剑影的传说。水又是漫远的，只是消失了生命中的豪迈气概，多了河边柳树下的吟唱，多了河边垂钓者的喜悦。成群的鸟雀来到这里游乐栖息，带着春天的惊悚，任暖暖的风吹拂着，把生命的气息都弥散在花香中。

146

如果说，大小的水泊是浐灞夺人眼目的风景，那么依水形而建的路径，却有着别样的特色。不是曲径，却时时隐于幽处，任葳蕤的花木自然攀附，行走在多彩的路上，能够感受到那风中饱含的水汽，可以感受到脚下哗然的水浪拍岸。水高路高，路低水低，这种高低错落非常有趣，隔水相望，对岸的路亦是如此，这边才跃然而出，那边却已蜿然蛰伏，始终不在一条地平线上。相信这不仅仅是筑路的问题了，其中有着更为理性的思考，于是便佩服起这设计者来，于细节中透着人性和科学，生活在这里应当是幸福的，知足的，听着大自然中鸣叫的生动，感受着人与自然和谐的相处，顿时就放松疲惫的心情。可以垂钓，任身旁花开花落；可以乘舟，淡泊人生名利追求；独立桥头读水，可以率全家踏青闻香。总之，浐灞始终在以得大自在的包容，以上善若水的心境，接纳着每一位来这里的人。

　　沿路前行，很快就发现眼前浩浩一片水色，氤氲的雾气中，带着泥土的纯朴味道，这便是唐宋时兴盛的广运潭码头了。春日的阳光湿润而多情，从飘浮的云朵旁漫射下来，照着随波而起的水，照着齐整的台阶，照着一切与心境相关的东西。所有的一切，都在花香中慢慢流淌，犹如村口传出的一声声呼唤，透着母亲特有的温暖，席地而坐，镜面一样的水中便映出高高低低的建筑，水动，水中的影像也动，晃晃悠悠中更多了抽象的情趣，旋而对着这古老渡口沉思起来，想从中读出些许历史的渊源。据资料记载，广运潭码头曾是古长安的交通枢纽，作为大唐帝国盛极一时的象征，码头主要担负江南，以及其他地方纳粮进贡的运输任务。来往于这里的舟楫，日夜不停地供给着长安城，支撑着帝国的兴衰，这天，来了兴致的唐玄宗，要站在望春楼上检阅潭上的船只，据说当时水面上可容纳二三百艘船只驶过，船与船首尾相接，几乎要占据整个河道，那盛大的气象让码头灯火通明，也如实谱写下盛唐的不可一世。站立水边，凝望着水中漾动着的波纹，不难想象出玄宗的得意，以及他对江山社稷的无限自信。

时间一过就是百年、千年。

随着终南山上的树木被砍伐，矿产疯狂被开采，浐灞的水流不再清澈，而是夹杂着更多泥沙倾泻而来，很快堵塞了桥梁，冲垮了河堤，也开始漫无边际地淹没着庄稼。广运潭码头当然也没有幸免于难，等失去了码头应有的功能后，再也不能输送帝国所需的物质，这或许就是一个时代结束的征兆吧？

经历过无比辉煌之后，广运潭从此要面对着日渐的衰败，这样的状态下，是人迹罕至，是商船不见，是两岸荒草横生，任谁也只能眼睁睁地看着这地方苍凉。

自古以来，水与国家盛衰紧密相连，透过这方盛长的草木，当充满着时尚的 F1 摩托艇，再次犁开沉睡许久的广运潭水面时，历史已无法辨别遗址的正确地处了，但这种传统与现代文化的碰撞与交流，让谁也不会想到地处内陆的西安，竟然也开始了撕扯心肺的呐喊。

同样是呐喊，当万千观众面对绿茵场上出现的浐灞球队时，一声声秦腔响彻古老上空，是那样的人山人海，又是那样的势不可当。随着足球在滚动，从某种意义上来说，浐灞曾在很长一段时间里，成了陕西足球的代名词。

不论是时尚的 F1，还是火爆的足球，它们都在以自己的方式，与古老的浐灞接触，桥梁一样连接起过去与现在、传统与文明。

三

每一座桥，都是一个意味深长的索引。

桥，连接和沟通着彼此，可以是未来或过去。远眺广运潭时，抬眼就发现水面上有不同的桥梁，一座座以各自的形状，架设在曲折的水面上，在光照下泛射着时代的活力，在水汽蒙蒙中尤为突出、醒目。虽然身处北方，这些桥没有一丝的矫妄，相反却透着南方的细致，仿佛仕女身上形式不拘的配饰，无论怎样的搭配，都不失水与水相连的灵动，把璧的圆润、璜的厚重、环的曲线、镯的优雅都集于一身，勾勒出浐灞尽善尽美的天水布局，也把树木、花石、桥梁全然揽进画卷中。水缓缓漾动，大气的山水画便徐徐展开，静中有着悠然，波动中又凝聚着无法言说的美，让人觉其浓艳而不失秀雅，精致而不失呆滞，也于自信中醇浓着美好的生活气息，倒映出了一个涵养千年帝都的胜地，一个集纳古今精粹的生态景致。

桥面偶有人过，空寂便被激活，瞬间就有了生命的节律，也展现出了博大与漫远。此时此刻，纵然你亲临过太多的桥，比如构架江南水乡的石拱桥，灵秀精巧中带着古朴；横亘大河南北的黄河铁桥，宽阔宏伟中带着大气；再如那西南山寨的桥，简易风趣中带着惊险；西北土塬上的桥梁，粗犷大度中带着不拘。现在看来，全然不如眼前这几座桥，恰到好处地置身于浐灞水面上，顿时就成了另种非凡景象，把水的紧致、水的柔美、水的圆润细密交织起来，在时尚与古朴中，营造出天人合一的智慧。

水轻拂着坚固的桥墩，不温不火甚至不带一丝痕迹，灵巧的鸟儿在树丛中鸣叫着，长腿的鹭鸶则飞着掠过水面，垂钓者则纹丝不动，无论是仰望久远的历史，还是人水相依的融合，一切都如水一样自然，都在风声和花香中幻化为人与城市、人与自然的和谐。慢慢行走着，只觉林立的高楼在远去，花香人醉中出现了久违的鸡鸣狗吠，才发现越是深入，心境越坦然越放松。远处的那些桥都在，横贯着南北，也向前延伸着梦想。

面对这些个桥，那位叫李斌的义举始终震撼着我的心灵。当初，他为了方便两岸的人来人往，不顾众人笑话倾尽家产，竟然花费30个春秋在河面上架桥不止，终于用终南石和南山木，砌起了一座圆孔长桥。桥修好后，无一铁钉，八角石支撑，桁槽衔接"凡一十五虹，长八十余步，阔四十二尺。中分三轨，旁翼两栏。有华表、鲸头、鳌首"。为了一座灞桥，他情愿白发垂然而不惜自我，这故事从此被世世代代传唱，这执着中有着精卫填海的悲壮，也昭示着当今匠人应具备匠心精神。

还是这桥，时时上演着"执手相看泪眼"的离别，伤感的话别让人心恸不已，终究在不经意中流逝而去，虽经过多次修葺，终因泥沙过多，堵塞了河床被逐渐抛弃。旧桥没了，新桥很快出现，一代代的桥，在延续着浐灞风雪的经典传唱，同样是春日，满天飘舞的柳絮似无数精灵，站在新桥上寻找着，回忆着，不知这弱柳能否承载起，人与人之间的情谊，可这一泓碧水，却让浐灞的亭榭楼台琅琊突出，湖泊洲渚自在自得，把曾经盛产过霸气的浐灞，修饰得温文尔雅……

同里印象

一

沿着深深浅浅的青石小巷，我一步一步走近同里古镇，耳边才响起悠扬悦耳的昆曲评弹，眼前却已是古色古香的铺陈，犹如琴弦上淡淡飘飞的音符，以独特的穿透力和感染力，在深深叩击着心扉。

同里，我来了，为了那恍若千年的约定。也许这次走近，冥冥中就有了别样的触动。

在我看来，同里的颜色是砖青色的，时时处处都散发着久远的味道，让人为其醇厚的底蕴所感动，像老酒一般迷恋不已。穿行在狭长的巷道中，古老的想象便会扑面而来，如同翻飞着的落叶，把淡淡的往事附着在齐整有序的青砖上，而后又伴随着悠远的曲调渐渐前去。轻轻抚摸，是为了感受那沧桑中的建筑，那精致绝妙的雕刻，那半开半掩的窗扉，让所有的好奇都着色在凹凹凸凸的深刻上。

于是，同里的时光变得迟缓起来，它潜藏在观游者的指点中，它附和在沿街老人的言谈中，它飘散在纷繁的银杏树下……无意抬头，有鸟雀从容飞过，不留一丝的痕迹，而那只雪白色的老猫，在阳光的照射下，慵懒地躺在屋脊上，用一点白色映衬着灰色调的建筑，生命的另种灵动焕然而生。它是在等待还是在观望？它是在回忆还是在向往？那悠然自在的神态，无不在表达着同里人纯朴的生活状态。骑马墙上已然沧桑着，簇簇青苔的装扮下，挥之不去的是吴越文化的精髓，风徐徐掠过，带着行过勾栏的优雅，把同里着色在这幅水墨画卷上。

回首过去，流走的不是时光，而是同里这世外的性情。

相传秦时，同里已小有名气，南来北往的商贾们，多聚集这里进行物品交易，当地人为彰显其地富庶，美其名曰"富土"。时光流逝到唐代，铜器为文人所爱，同时又能置换金钱，同里便借助独特的地势，无遮无拦更名为铜里。宋代崇尚古朴，在偃武修文的风气下，文化精英人才自是层出不穷，又有人顺势将其更名为同里，既满足了精神需求，又含蓄地完成了地名更换，从此一直延续至今。当时，恰逢吴越的文化重心从无锡转移到苏州，这风生水起的情况下，毗邻太湖的同里古镇虽说巷道深深，却注定无法挡住浓浓风气的浸染，于是便退思隐退，将读书养贤的儒道经纶，视为持家治国平天下的主旨。于是，一座依水成街、桥街相连的古镇俨然成为一个世界，在这个世界里，所有人都秉承着耕读传家的古训，恪守本分、心忧家国。确实，当你依次感受过崇本堂、耕乐堂、退思园这些水榭庭园，定然能从自在中渐然禅悟，在人情练达中懂得明哲守身。

"云无心以出岫，鸟倦飞而知还。"光绪年间，任安徽兵备道职务的任兰生告老还乡，可他出乎意料没有回到越鸟南栖的故乡，而是斥资在同里修建了退思园，退思取自《左传》中的"进思尽忠，退思补过"，由此看来，他并非全为颐养天年，同时还在这人造的山水世界中，蛰伏下人生的理想，正如他在园子里手书的对联："种树者必培其根，种德者必养其心。"

对古人而言，有德便是得"道"，这既是立足社会的内在需要，也是君子的自我修为。短短数字，却是如此深刻，于无言中提醒着每位前来观瞻的游客。

二

如果说这些错落有致的建筑，为同里这幅雅致的水墨，建构了意象的框架，那么穿过古镇的河流，无疑就是其精神所在。

凡来过这里的人都会说，同里是用水做的，其实从踏上江南那刻起，满眼便都是水了，河道纵横交错，一定积淀着许多悦耳的故事吧？漂浮在水上的花很快被分割开来，缓缓流过古朴的桥梁，以乱花渐欲迷人眼的鲜艳，裹挟着一股股江南的风味，流过了古色古香的小镇，真不明白，这流经不息的水从何处来，又要流向何处去？感觉这水，分明就是碧绿枝叶上轻轻滑行的水珠，晶莹剔透地坠向静静的河水中，那一瞬美丽的坠落，轻轻划过灵魂的心田，漫过河埠廊坊，在一派古朴幽静中流出清新脱俗。原来，这曲折竟有着梦境般的呢喃私语，有着时光中的传奇，有着天生的温柔蕴藉，似乎只要一闭上眼，眼前就能出现一场丝丝的春雨，在风斜斜的吹拂之下，依次展现出青色的瓦、素色的檐。

船虽简陋，甚至有些局促，但这些不足以影响同里本身的情趣，人行在水中，建筑很快在绿中漾成了朦胧的虚幻，恍若行在婉约的江南风情中。山不在高，水不在深，无比悠然的桨声中，富有情趣的节奏，很快把人载入幽巷深处，看不到妇女用木棒捶打衣服的情景，但远望过去，一片片的水碎了又聚起来，聚起来又被击碎。两岸多为青石板堆砌，高高低低拼凑在一起，透着绵长的暗香，泛着深情的波纹，有热爱生活的人家，在高墙窄巷上种植上各色的花，各类的蔬菜，点点花色下，可能是休闲的老人，可能是懒洋洋的小动物。水很容易让人想起童年，那街坊上跑远的孩童，拉家常的老人们，都是些常见的场景，却常常让人难忘留恋，不知道羁旅天涯的游子、仕客行到此处，看到小桥流水的情景时，是否会在过往的光影中顿生感慨？斑斑驳驳的墙面上，留驻着岁月的印记，把四处漂泊归来的灵魂，把浓浓的乡愁，都巧妙地镶嵌进古典的风趣之中。

万物皆为根生，最值得观瞻的还是那些银杏树，经过了几百年的时光，早已亭亭如盖，每到秋日更是一地金黄，四处落英缤纷。从高处看过去，虽见不到沧桑树身，却可以从层层叠叠中，感受到生命的色彩，不时以翩然起舞的方式，以最灿烂的香息与这个世界告别着。银杏分布很散，有的伴随老屋，有的独立水边，有的根植绿意盎然处，以至那平常不过的小河也多了些情趣，笑盈盈地迎接着南来北往客，思忖着寒来暑往情。其实，不论它们以何样的方式存在着，不过都是把同里独特的芳草如茵、烟雨蒙蒙再展现，再重重地印记每个人的心里。

自古以来，水都象征着恬淡、柔美，在江南的万般情趣中，水映出了儿女常态下的细腻。低垂的柳枝，不时轻抚水面，点染着涟漪，是那么的微妙，胜似婀娜女子恬然明快的舞姿，透过相互交错的曼绿，无意发现河埠上浅蹲着一位洗菜的背影，便想起戴望舒笔下的红衣女子，打着油纸伞走过长长的巷道，款款而去的也是背影，在远去中婀娜多姿，不经意地唯美着这意境，如此丰富的意象，如此地引人注目，让人要对这水这树这些建筑情有独钟起来。据说，同里人至今还保存着古老的生活习性，以这样的方式延续着河水的生命，谁说它又不是另种形式的传承呢？

每当夕阳西下，河面上水汽徐徐上升，和着宅院中欢腾缭绕的炊烟，眼前依稀幻化出同里当年的美丽来，再从船上望去，眩晕的余晖衬着往日的繁华，让人无法分清是在天上还是在人间。

岸边的石板间，生出高高矮矮的花，争相灿放中娇艳着，经风一吹，花瓣便精灵般飘落，落在清澈见底的水面上。孩童们最喜欢在河边玩耍，当一片片花瓣悠然落在身上，也落在每个过往游客的笑容中。

此情此景，让我突然想起红楼梦中的黛玉，当年她不也是对这些落红洒泪么？倘若换成你我，亲手将这些生命放入流水中，又会不会情到深处以泪洗面呢？想想也是，那首为千万人所传唱的《葬花吟》，之所以会如此所触动人心，无不是因情而起。

三

有水的地方，一定有桥。

每每从不同形状的桥洞中穿过，就会发现一处独到的风景。

同里多桥，桥又千姿百态，各不类同，有石板桥，有拱形的环桥，桥都距离水面不高，看似触手可及，可真正要伸手触摸时，却发现还差得很远，这些桥以各自状态横亘在河面上，河水清澈，又多鱼虾，在绿柔柔的水草间穿梭着，轻盈灵巧，十分惬意，此时此刻，桥完全成为了精美的装饰。都说夜晚是看桥最美的时候，慢慢走过这些花岗岩建成的古桥，水常年淹没着桥基，但它却于精细中透着匠心独运，让人读不出一丝的随心所欲。

小船沿河前行，水在缓缓退去，间或有水花扬起，任水不经意地打湿着往事。坐在船上，我不厌其烦地打量着行过的每座桥，桥与桥不同，有的繁杂有的简单，有的敞宽有的精巧，风雨浸淫使其失去色泽，犹在的质感，却恍若久藏鞘中的利器，让不俗的气质中依然带着真诚和梦想。

我开始迷醉起这些桥来，以至于触摸的已不是坚硬的砖石，而是心灵与历史的对话。

同里小镇因水而建，桥便成了水的索引和注解，它们不仅浓缩了不同时期的历史，还在古韵悠悠中不失优雅，就那座最古老的思本桥而言，只以为在细细柔柔的岁月中安享时光，没想到它距今已有七百多年，至今岿然不动，成为每位牵挂者的春风和阳光。位于荷花池之上的独步桥，长不足五尺，宽不过三尺，两人相向而行只能侧身而过，可谓是小巧玲珑，堪为桥中一绝。还有南板桥，富观桥，有名有姓的竟然洋洋洒洒四十多座，从这些桥的命名上可以看出，当地人赋予了桥最真挚的祝福。这些桥中，最有名的要数太平桥、吉利桥和长庆桥三座桥了。每逢婚亲过节，小镇总要抬着新人围桥绕行，沿街的人都会兴高采烈前去围观，还会簇拥在一起高喊"太平吉利长庆"以示祝贺，生活在同里就是这样，都想借此沾染些喜气，以求得一年里的平安吉祥。

近乎完美的故事，有着读不完的意境。其实，我们完全可以从那深浅不一的迹痕中，从那光滑油亮的扶栏上，去用心感受古镇独特的风景，那分明就是一行行厚重的史诗，在传递着无法言说的厚重坚定。所以，这些桥已不是简单的承载，而是人来人往中屹立的守候和指向，向人们展示着砖木的契合，同时，也让一种神秘萦绕于心。

四

面对这些厚重的历史，不得不去想与之相关的事，到底是同里被外界所遗忘，还是它始终以超然处世的姿态来面对？这个阅历丰富的古镇，千百年来默守着古色古香，如同风雨中傲然耸立的牌坊，它的沉默只能任人去猜测，到底是在眺望中执着驻守，还是在富足悠闲中等待着什么？这些终将不为人所知，就像面对着价值不菲的古物，只有在把玩中，才会有着更多惊叹和遐思。曾去过成都郊外的三星堆遗址，从步入那刻起，就觉着进入神幻中，那些沾染着锈迹的器皿上，于细微中透着神秘，不断吸引着人来探究，而那些顺应着某种排列的奇怪字符，正和同里小镇的出现一样，在往事中写满着历史演变的点点轨迹。

读史，有时很痛苦，因为它所记载的人或事，很容易让人找到相似际遇，于是，我情愿把同里当作一方珍贵的拓片，从那深入浅出的纹路中去玩味、去观赏、去长久地凝视。也情愿把同里，当作一方细致委婉的脚印，就那么淡淡地印下去。

天色渐晚，一盏盏灯笼亮起来，在温情的长廊下温馨而又炫目。就要离开同里了，回头望去是挥之不去的惆怅，就在转身时，却发现它已被牢牢存于心底，成为充满幽微的心灵诗笺。

寻梦泉城

年少时，总喜欢独坐于故乡的山麓下，聆听泉水涌出的声音，恍然觉着周围全是大大小小的泉眼，错错落落中飞溅着水花，一朵一朵汇成了夜空中的繁星闪闪，恍若身处浩瀚的星海中，再去俯瞰连连不绝的水时，已在豁然开朗中流向江河湖海。赶到泉城济南那刻，这种熟悉感像梦一样扑面而来，多么奇妙的生命啊，带着厚重、浓烈、清永的气息，顿时在自然的美景中流连忘返了。

一泓方池，无疑就是一处景色。

来到趵突泉前，只见"三窟并发，声如隐雷"，晶莹的水珠从池底争先恐后往外冒，闪烁着波光粼粼的幽深，闪烁着云蒸雾润的奇妙，也闪烁出一座城市的文化性格。毫无疑问，泉在这里是古老的，对济南人来说，跳跃奔突、喷涌不息的泉涌，"忽聚忽散，忽断忽续，忽急忽缓，日映之，大者为珠，小者为玑，皆自底以达于水面，瑟瑟然，累累然"。虽然纷纷扬扬如珠落玉盘，但它不怒，不怨，不狂，不叹，在千年的风霜中，流淌过诗人的抱负和背影，在悠长的岁月中，历经了人世如许的沧桑，依然以诗意般的情怀盎然着遐想，时时在勾起着久远的记忆。泉边有孩子玩耍，有老人在悄声聊天，笑容中透着自在的惬意，透着尽享天伦之乐的愉悦，他们以丰富的内心，在表现着生命的鲜活灵动，突然间让人就明白了，生活的美好总在不经意间，就像在观赏点染山水的悠然画作，一下从中感受到禅意风骨的袅袅香雾。时光若水，却有着春风过耳、秋水拂尘的清雅，这绝对不失为美。

人生本是一场追求，也是一场领悟，看惯了世间太多的物是人非之后，再去端详这泉，虽全无山泉的恣意灵动，却不失自然的超脱，竟让人要在纷扰中逐渐静下心来，有着一种身处闹市心在自然的意境。潺潺清明的水波，任凭着世事摇曳，绵绵不断融汇了万物澄澈，让所有的变幻莫测始终淡然自若，让所有的繁华如景始终静养身心，也把它的清纯、它的透彻、它的柔弱，它的素雅，都翻涌在硕大的水珠中，于盈盈中透着"一剪闲云一溪月"的闲散来。蝶绕着泉飞舞，鱼在水中追逐，清虚宁静的气息在四处弥散，把来来往往的人都映在了涟漪中，这似乎可以照出每个人的灵魂。突然渴望享受这别有情趣的明亮，以满足无形胜有形的心旷神怡，顿时觉着有水真好。

其实，令人称叹处还不仅于此。明净透彻的黑虎泉前，长长的水藻相互叠影着，在水波中来回摇摆，把水渲染得一片碧透，清晨的曦光正落在墨绿色的水面上，如同慢慢开启的天幕，于是，泉城新的一天就这样来临了。不少人有说有笑地来了，轻快地灌着泉水，清洌甘醇的泉水，从岩石堆砌的泉眼流出，很快注入到了各色器皿中，也巧妙地注入到人的思想中。早在战国时期，流通的货币就被人称为"布"或"泉"，意在传"布"流通，畅如"泉"水，多么美好的寓意啊，从中也看到了泉是多么深入人心。"清心如水，清水即心。"确实如此，这些泉对生存的环境要求并不高，却以日复一日的坚韧，忍痛从狭小的石缝中喷涌而出，无欲无求灿烂着生命，为漫远岁月增添着趣味，也正是大自然的这双"无形之手"，才让古老的泉眼宛若神秘的暗语，在久远中等待着人们去探寻、琢磨。

风轻轻吹来，一圈圈水波纹漾开，声音悠远飘忽，分明就是朵朵绽放的情绪。现在想来，家乡的那些泉是孤独的，没有超脱人世的清幽，只能平凡地面对四季变幻，鲜少有人去观瞻，也无文人雅士赋诗书画，永远都那么静默地流淌，顺着山势汇聚成溪流，不带任何神韵消失在远方，至多是孩子们玩累了，就用手掬起一捧水来喝，至清至纯的水在婆娑的光照下，闪烁着五颜六色的光芒，很快让甘甜流到心里，流到笑声里，流到童年的记忆里。记得积水处有游来游去的小虾，浑身透明，简单而又无声着，把直直照过来的光线全融化在身体中，以至于一眼望过去，不知不觉就是经年累月。

泉水的根，本植于地层深处的溶洞，能从漆黑的暗河中见到光明，定然是在暗无天日中懂得了韬光养晦。小隐隐乡野，大隐隐朝市，这不染尘的泉，分明就是大智若愚的智者，若没有经受过太多折磨，又如何流泻出人生的喜悦？即便只是为了璀璨瞬间，也要完成人生中的美丽相遇，这是不顾一切也要生存的意志，这是用生命写就的传奇。当然，泉也是懂得感恩的，它用涌现的美丽回报着大自然，用流淌的坦然丰润着城市，用跃动的浪漫陶冶着人们的情趣，用默然的流淌表达着岁月的长度，虽然被人冠以各种唯美的名号，但于泉而言，这些终不会改变质真的本色。

微风无起，波澜不惊。从趵突泉到黑虎泉、从九女泉到玛瑙泉，再到琵琶泉、白石泉，泉与泉的形状不同、水波各异，就连名字也是千姿百态。与济南的山和湖比较，这些泉应该是最不起眼的，只会在琉璃中涤荡心灵，却少了吟咏中的大气与巍然，可真正置身于这些泉水中时，分明觉着它们就是戴在泉城脖子上的项链，静静的、纯纯的，闪着生活的光泽。那泉形式不一的造型，是上天予以的独一无二；那独特的表现方式，是色彩中辉映出的不凡。清得透亮，绿得纯粹，缓得恬然，淡得无为，既不张扬也不失风采，恰到好处地表现着独特，也因着这生生不息、坚韧执着的品性，才注定着泉与城之间超越时空的联系。

枝叶葳蕤着，在生命的律动中折射着天光云影，谁又能明白，这些泉竟然可以穿透时光和岁月，以洁净无尘占据着人类的精神。从这个意义上说，泉不仅仅是泉城的景观和地标，更被视为了吉祥的象征，确实，"泉"与"全"同音，只要人到泉城，就会淡泊名利，感受到生活中的十全十美，再看城中那上百眼的泉，想必连自称"十全老人"的乾隆也要自愧不如了。相传乾隆皇帝下江南，出京时带的是北京玉泉山的水，到济南品尝了趵突泉水后，立即要改喝趵突泉水，并将趵突泉封为"天下第一泉"。从此，那些平平淡淡的水，就在风雨和夕阳下优游生息，神奇地存在于人们的想象中，也被赋予了深层次的哲学思想。

穿梭在人来人往中，就是不舍离开这泉、这水、这绿。眼前这浅吟低唱的泉，用生命和激情漾起着一簇簇的水花，让一切如梦如幻，就连波纹中也是梨花带雨，让人觉着岁月如此静好。我知道，这些温润如玉的悦耳声是无法带走的，如同一首无词无曲的老歌，任人在追寻中感知永恒，渐渐幻化为不染纤尘的纯粹。

第五辑　随性如初

常家村

　　有时候想，自己能在常家村这名不见经传的小地方生活，应该是满足而又幸福的。就像一条虫子、一头叫驴、一只老狗，过一日且算一日，活一日乐活一日，不需遮掩，没有做作，哪怕在暂时的快乐中也要尽显性情。

　　常家村位于岐山县城的东南方向，在我印象中，这里与繁华只隔着一条河一座塬。都说凤鸣岐山，人杰地灵，可这里许多年都是一成不变，花开了叶落，庄稼收割了又长，就像时常里见到的这些老人一样，永远都心境淡然着，不去想那些身外的所谓浮华。他们一年四季都喜欢穿黑色或白色的对襟衣服，拄着拐杖背着手，不是在村外的地里面转悠，就是三三两两聚在一起抽烟拉家常，烟多是自己种的叶子，用线穿起后晒干烤熟，再细心碾成金黄的碎末，而后宝贝似的装进各式烟袋中。于是，长长的烟杆中，便喜滋滋地盛满了生活的全部，成为烟雾缭绕中的无比喜悦。

　　村庄小，外边有人过来串门办事，经常都得四处打听，说普通话肯定不行，必须要把"常"发成"上"的音才可以，村里长大的人都懂，但偏偏外面人要饶舌上一阵子，才能在脸红脑涨中听明白。一个村庄的知名度，既源于历史的厚重传承，又与当下是否出过名人相关，常家村除了那座破败的小庙外，甚至连个家谱都没有过，至于历史典故中的人物更是闻所未闻，谁也不去关心不去打听不在乎着，仿佛客居在别人的故乡。至于要说古老，唯一能看过眼的就只有村口那株茶树，据说已有上百年的历史，树古老和村里没出过名人无关，所以大家也不那么敬畏权力，彼此间说话大大咧咧，没有任何的扭扭捏捏。

无论如何，这也是个功能俱全的村庄，即便小得只有一条街道两排房屋。要说街道，长不过一二百米，形状像极了秤钩，到最细微的末梢处还住着两户马姓人家，说是之前从外地逃荒落脚到这里的。平日大家也不怎么来往，见了面，总是常姓的人很轻视地仰头过去。

村里人更习惯把村口叫城门口，后来在言语中又简化为城门，每逢有人问去哪，对方多半会说，到城门和人拉拉话。后来想，这应该是村里以前有城壕有城墙时，出入四面八方的城门就设在这里，只是南来北往的人把这路踩得光滑可鉴，太阳一照就像面镜子，哪里还能照出往事的痕迹？

听老辈人说，村里先前有城壕，为的是防土匪，从现存的痕迹来看，依稀可以觉到四四方方的轮廓，在那个年代，城壕是每个村庄的战略纵深和标配，通常讲究深、险、高、严，仅仅这几个字，就足以让每家每户在月黑风高的夜晚坦然睡去。周边几个村庄都遭过突袭，消息传到常家村后，大家格外重视，除了派人不停检查出入的城门外，有事没事就往墙脚垫土，小心驶得万年船，巴掌大的村子总算避过了担忧。等到1949年以后，才算是真正无忧了，而城壕也失去了功能和作用，人总是那么短视，一旦这些安保设施无用了，便会无人问及，唯一乐此不疲的就是将日常的垃圾、盖房的废料、死猫死狗倒在这里。一场雨后，水便会积在这些坑坑洼洼中，城壕由深变浅，任由荒草蔓延，反而在孩子们眼中成了天堂。村里孩子胆忒大，翻墙上树下河沟从没敢，在城壕里捉迷藏、逮知了、摘酸杏、捋槐花，有时也会在不经意中惊起野鸡野兔，看着它们扑扇着翅膀，猛地飞起或者电闪般跑走时，心中浮现的却是时光如梭，世事难料。如果说，城壕还坚守着以往残存的记忆，那么，村里的后代们却不断走了出去，就像从城壕里挖出的土，有的垒了墙，有的垫了屋，有的被派了别的用处，好多年后才听老人们说，当时城壕里还有口深井，有年村里两家人发生口角，于是趁对方深夜回家路上不备，将其活生生地推了下去，又连夜拉土将井填平了事。这事后来不知有没有人去追究，反正说的那人确实再没见过，家人似乎也说是真的，论辈分我应该叫他伯伯，这些事可能草木们才知道，但它们永远只会开心着、葳蕤着。十数年下来，树苗长成了小树，小树变成了胳膊粗细，棘手的问题接着出现，树该归谁所有？凡能沾边的人都站了出来，反正是谁在理谁赢，谁家势大谁砍，谁不要命谁支配，本来是鸟儿衔来的种子，或者存留土中的生命，最后都不得已要面对村里的自然法则，没人愿意接受，每个人又无声默认。如果不愿接受，可找村委会调解，村委会没办法了，只能请村里有威望的老人出面，他们出面一招呼，即便是再脸红脖子粗，也要故作亲热地在一起谈天说地。

村庄再小，也是个小社会，吃喝拉撒生死等事都要面对，也必须要学着习以为常。谁家里过喜事，一个家族的都要赶去帮忙，外族人虽说是凭关系好坏来论，但答应了就不能违约，必须早早起床赶过去，当自家事来做。手脚利索的给大厨打个下手，有说有笑洗碗择菜，在短时间内把料备好，力气大的用木盘来回地端饭上菜，把调好汤的臊子面端到桌上，把吃剩的汤碗收拾回来。既然是开心事，大家的嘴就闲不住，边走边打招呼，也不知和谁在说，只听得嘻嘻哈哈，不论是打帮手还是来坐席，原则上是每家都要来人，谁家要是无故不来，大家难免会在私下里议论，也都知道两家关系并不好，等到下次对方有事时就会不去。喜事是这样，白事也如此，不同的是，过白事时大家的衣服不同，神情更要严肃些，说的话也多是过世人的好，再不同处就是礼节要多些，要去烧纸，要去哭丧，要去下葬，上辈人留下的习俗都要传承着。岐山自古为周朝发源地，大家就更重视生活中的细节，就像平时谁家有好吃的，肯定要给隔壁或关系好的人家送去些，谁家有亲戚从外边回来，也会闻讯赶来瞧个稀奇，聊天拉家常。村里的大事不是天天有，劳作之余，串门子说个家长里短，聚在一起拉个媒，都在体现着村里人的自得其乐。

　　除了城壕中的水井外，村里还有口水井，据说有三十多丈深，全村人吃水都要来这里绞，手腕粗的井绳缠满辘轳，透着凉气还不断往下滴着水。绞水需要力气，也要技巧，妇女们多半干不了这活路，通常在路过或听说有人来担水，就会赶紧放下手里的活路，把家里大瓮洗刷干净，担上水桶一溜小跑着过去，空桶来回晃动着，发出有规律的声音，孩子在后面哭喊也顾不上，生怕落了空。如果井边是男人，他们肯定会帮着你绞水，要是妇女，看你跑得风风火火，也不好意思着急离开，至少要搭手一起把水绞满才行。孩子们这时也不哭了，而是对着桶里晃动的自己，趁大人们不注意时用手把影子搅碎，然后乐呵呵地发呆发笑，要不就是把嘴贴在桶沿，咕嘟咕嘟地喝上一气。大人们只操心孩子不会掉到井下，喝生水拉肚子的事从不在意，水清冽甘甜，冬天散着热气，入肚不凉，夏天湿气逼人，滋润身体。好多年后，我还清晰地记得，绞水要手扶着井外砖垒起来的沿壁，另只手握紧辘轳把，每绞上一圈，绳就得绕着辘轳把缠一下，要不容易脱手把桶掉下去。即使这样，掉桶的事也不在少数，若桶真不小心掉到了井里，必须要有人来捞。捞桶是专业差事，村里能干这事的不过一两个人，这人胆大心细，下井前，用井绳在腰里缠紧绑死，直到用手拽不开为止，或者找个结实的麻袋，把四个角一绑，人舒服地坐在上面。下井时，几个力气大的人要用手固定好辘轳，把人一点一点往下放，有人会轮换着往井里扇风。塬上的井大都是口小肚大，越往下越不会拘束手脚，等绳放到一定程度，上面的人就会反复问难受不，下面的人根据感受来回答。人下到井底，里面也就没了光线，上面的人便用准备好的镜子来反光，端镜子不要太多技术，有时是安排好的人，有时是谁在身边就支使谁，也都没有个啥怨言。镜子有时是结婚时陪嫁过来的大镜子，有时是随便找的碎成半边的，只要能用就没有人说啥。井下的人快接近水面时，就会来回晃动绳子，上面的人便会知趣地停下，相互在一问一答中配合着。听下去过的人说，水井下面其实不怎么深，就是太黑太憋屈，一旦手摸到水桶，就立即晃动井绳，再等着上面缓缓拉上来，这些人上来后就会成为英雄，有人恭敬地递纸烟，有人热情地端水，牛气的队领导说不定还会奖励工分。

井边有户人家好像叫振振，家里有棵枣树，枝梢四下倒垂，人隔着矮院墙就能摘到。八月十五前后，枣陆续就成熟了，一个长得比一个要饱满，风一吹就满树地晃动，担水的人路过，有时也会摘个把尝尝鲜，有时经不住孩子哭闹进院子讨要两个，主人家从不拒绝，脸上总带着笑，后来，也不知谁盖了个井房，把枣树圈在了院子里。小时候，我也吃过这家的枣，小脚奶奶总爱牵着我串门，后面跟着一群狗，路过井边时，总会问我吃不吃枣。我说吃，她个小够不着，就大嗓子在外喊上几声，接着就会有人从院里走出来。

我奶说，娃娃想吃你屋枣哩。

那人说，我给打上一杆杆，杆紧接着落下去，枣和着叶子像雨点一样落下来，地上瞬时就黄绿交错一起。那人我记不起叫什么，她只顾和奶奶说话，我自觉地撩起背心，边吃边捡。

临走时，我奶说等我儿录怀从部队回来，有好吃的你过来，那人点头说好。

录怀是我爸。先前在石头河公路段当了两年工人，后来参军去了部队，在村里算是吃公家饭最早的人。我奶辈分大，又喜欢骂人，村里人都知道她心好，也不去计较，有啥事总会主动找她来商量。每次我爸从部队回来探亲，她就会早早说给村里人听，搞得大家满眼羡慕，结果每次都是，我爸人还没有到村口的茶树下，我奶的臊子面已经在村里飘出了香味，而院子里已经挤满了一群看热闹的人

有次我爸回县城接兵，村里人听说后拥了过来，小房子差些要挤破，大家各种称呼不停，这个是哥，把你帽子戴一哈。另个说，爷哎，能让我把你的军衣穿穿不？我爸脾气好，根本就不去计较这些，热闹得就像过年。

我爸回来后，我奶还是该做啥就做啥，最爱去的地方仍是村口的茶树下。好多年后我再去想，真是奇怪，人都睡去了，茶树还醒着，等人都醒来了，茶树还在风中摇晃着，难道它的生命力真就那么强，它真的是来护佑这个小村庄的？

茶树不高，出奇地粗大，可以乘凉，可以避风雨。树下有石碾盘，能碾辣椒、豆类等作物，又能在上面喝茶聊天，常常会有人还在地里劳动，就已经相约晚上喝过汤后，去茶树下去谝闲传。这些年，常家村像春梦一样，时时触动着我的内心，就像城壕里的树一样，深深地把根扎进杂土中，也扎在了我奔波而又回望的印象中，我像鸟不停地飞向村外，飞得久了才发现，距离村子才是最近的。于是，我停歇下来，看村里的老人、年轻人，他们论辈分是我的爷我的奶我的伯我的叔我的姊我的姨，他们是我的侄子我的弟我的妹或者我的孙子们，这些称谓也和树根那样，结结实实织成了亲情的网，静悄悄地在天地间呼唤着我，让我经常想起坦荡荡的大茶树。

《茶经》说："茶者，南方之嘉木也，一尺二尺，乃至数十尺。"村口的茶树却只开花不结果，每年春天，树上的白花一朵朵盛开，远远看去满树都是白，鸟来时，叽叽喳喳叫唤不停，花瓣就应声落下来，树下很

快就变白了，有时还能看到小虫子躺在花海中晒太阳，孩子们见多不怪，不会杀死或弄残它们，任由它们自由自在。树不远处有涝池，不大，雨季时水就会丰满起来，干旱时像吃不饱的孩子，常常能看到干裂的池底，乌青乌青地发出恶臭的味道，贪玩的孩子们从池底挖来泥巴，到茶树下做成各种形状的玩具，在花香弥漫中完成着梦想。

对于这株茶树，有人说是过路人无意带来的，有人说是常家先祖植下的，各样猜测如老人们嘴中说的古今，有不同的趣味在其中，我知道，树和人一样也会老去，树老了只求脚下安宁，人则会把所有祈福寄托给这棵树。有人家生病，便把药罐摔在树下以期病灾远离；有人家结婚，便把红纸贴在树上以求吉祥；有人家生子，便把红头绳挂在树梢上。远远看过去，长长短短的红绳在风中飘着，如同景观，充满着神秘，如同树佛遍布着神性，成了村里人最大的精神寄托。

树下碾盘大如炕面，青石凿成，上有乌青铮亮的石碾，可碾辣椒、豆类、玉米糁子。那些有条件的家庭，会牵着戴眼罩子的骡子或驴代替人，这样也省时省力。石碾安放在树下，时有树叶落下，用时只需扫净就行，没有人会担心这东西卫不卫生，碾东西时，孩子们都被赶到一边，怕牲口踢了人，怕辣椒末吹进眼睛。农闲时，人们大都喜欢集中到这里，吃饭的空当也要扎堆在这，饶有兴趣地问着你家吃什么，我家吃什么，然后就开始说些清汤寡水的事，要不是哪里修水库挖出个金马驹，要不就是谁家以前是财东，先人在房檐下埋了几罐罐宝贝，真真假假在一起，开心话永远也说不完。有人喜欢哼秦腔，就圪蹴在树边，《下河东》《三滴血》的段子就开唱了，有人唱就有人听，有时也会暗自较劲比试，大多数人会很享受地听。没有掌声，也没有指点，只是一个旱烟杆来回传着抽，也不嫌弃谁的嘴臭，也不怕谁有病会被传染，一晌午就过去了。

孩子们最多的话题不是吃喝，而是这树多少年才长成这样？是不是等自己长大了也会这样？关于这棵树的传说太多，从没有一个人敢去诋毁过，可以说，树无形中成了村里的神。

有次树下没人，我奶赶紧从怀里掏出个发黄的手卷，打开层层包裹后才知道是半块苹果，已经发黄成了锈色，但在那个缺少食品的年代，醇香的味道勾起着我的食欲。

我奶说，你赶紧吃，不要让其他娃娃看到。我奶一直疼爱我，伸手去接时，没想到她又掏出把小刀，费了老半天劲儿才从中间切成了两瓣，然后把另一半包好放回怀里。

军军，这半边给选军娃吃。

我几乎是囫囵吃完的，连里面的核最后都吞到了肚里，至今我都是这样对待苹果的，虽然不雅，却认为是对我奶最好的敬意。在这棵树下，我享受着她对我的呵护，感受着她对后辈们的爱。我爸去部队后上了两回战场，1969年抗美援越，我奶每天听着广播说说笑笑，就算有人以此来开玩笑，说你儿腿或胳膊给炸飞了，她也不会去计较，手里的佛珠子只是不停地转动着。因为打仗的事太突然，我爸又是村里第一个上战场的，那些时日的话题自然就全成了这事，大家说我奶心大，遇事不紧张，确实，我爷去世早，家里家外全靠我奶支撑，几个子女陆续成家，我爸又吃公家饭，虽然辛苦了些，但她在村里的威望却真服众。战争结束没多久就到了“文化大革命”，我爸驻训路过蔡家坡时休整，便请假回家探望我奶，走的时候，我奶非要去送，小脚又走不快，可她就是满心喜悦。火车站上到处是工宣队、造反派，为了安全起见，我爸把随身带的手枪夹在背包中，让我奶坐在上面不要离开，只见一会儿工夫，就有好几拨造反的队伍走过，她老人家坐在背包上，谁也不去关注，这才得以让我爸安全上车。这件事后，村里人彻底服气了，不管怎么说，货真价实的手枪是真真地见过了。

那些日子，我奶始终开心着，成天带我收养流浪狗，凡来家里的狗，心善的她从不会赶走，只要有吃的肯定会喂它们。狗通人性，今天这只狗出去偷个灯盏，明天去叼只鞋回来，我奶也不生气，又逐家挨户去询问，时间一长，谁家丢了东西也不在村口骂人了，在得空的时候就来家里问我奶。有人来家里，狗们很得势，也不是张狂的叫，而是簇拥着到我奶跟前。我奶不出门时，通常都会坐在炕上，光从外面窗户照进来，或是发呆，或是陪人说话，再不就是烧香念佛。人一来，我奶就笑，说你屋里丢了啥，来的人如此一说，如果有，我奶就说在什么地方，你自己去翻，如果没有这东西，我奶说你再到别处去问问，狗娃没拿回来过，来的人也不会过多纠缠，嘘寒问暖地说些话就走了，狗们也就识相地把人送出去。依然好多东西直到我奶去世，最终也没有找到失主，大概是狗狗们从周边村里偷来的，不重要的东西也没人找，没有找就散乱地扔在地上。狗多的时候，我奶睡觉从不关门，她怕狗冷进不来，怕狗要吃要喝，总之，狗就和家里人一样，狗对家里人很好，低眉顺眼，去摸它们时，只会温情地摇着尾巴，就是有时拿棍棒追赶着打它们，也是边跑边回头，和人一样似笑非笑，有时跑得太急，狗们也会龇牙咧嘴，但绝不会开口咬人。也许是和狗们生了感情，让我以后也喜欢养狗，狗们也喜欢在夜色中跳到我身边，孩子般侧着身睡过去，平日没事，我奶就会到大茶树下聊天，狗们浩浩荡荡地跟着，到了树下就会四散开来，各找各的乐趣去了。到后来，狗们开始少了，有的让人打死吃肉了，有的让人圈在家里了，我奶也不闻不问，依然该做什么就做什么。

村里人常说，录怀他娘就是个善人，现在想起来，也许是吧。等我爸再次上了越南战场，村里人比我奶还要紧张，当村里的大喇叭刚开始报道新闻时，我爸的信已到了家，村里识字的人刚读了一句，她眼睛就红了。

录怀得是又上战场了？那人没有再读下去，只是快速把信浏览后说，就是，这次还是在越南。

我奶就把信抢过来往怀里一揣，也不管我和周围的人径直回家。村里人开始议论，那几天的战事似乎很凶，常常听到有人战死，又有人被打残，此后我奶干脆不出门，也不点灯，却成夜成夜地不睡觉，有时我睡醒了，还见她端坐着在纺线，等我再醒来时，她依然还在那里坐着，没几天时间，她的头发就全白了，村里人见不着我奶出来聊天，就到屋里找她说话。我只感觉她的话突然少了，不时地老走神，一个月后战争结束，家里仍然没收到我爸的消息，只是从邻村战友嘴中知道，我爸还活着，还作为先进代表受到了国家领导人的接见，我奶这才重新出门，每日里又开始到茶树下拉话。或许人老了真不堪这些压力，收到我爸的消息后，她并没有表现出喜悦，也没有像上次那样满不在乎，最明显的表现是她老了。

几个月后，我奶去世了，享年 83 岁。

村里人都不相信我奶会说走就走了，都说这老婆子等不及享儿子的福，那时我还小，可我奶去世的场景却记得真切，天快亮时她去后院解手回来，便安详地躺下没有醒来，早饭时分，我妈来喊吃饭，才发现她的身体已经僵硬，而我还紧紧地抱着她，睡得那么香甜。家里人给部队发了电报，就开始着手办丧事，从此，茶树下再也没有了我奶的身影，也没有了她尖刻的骂人声，我才觉着周围的一切都如此空旷。棺木在家里停放了七天，到了必须分别时，帮忙的人都早早到了家里，关系近的一身素服，关系远的头缠白布，还有些觉得我奶人好，大老远赶来烧纸送行，处处都是哭声，哭声中，我跑到奶奶棺木前，用手摸她的脸，直到厚重的棺材盖板无情地合上，妈妈抱着我早已泣不成声。送葬的队伍经过城壕，走到茶树下停住了，四周静悄悄的，一溜白色站满街道。好多年以后，我在经历了不少亲人的送别后突然想，难道当年从周代传承下来的礼仪，就是要人忍不住面对伤感吗？也许这种沉重的仪式，就是要教人学会珍惜生命，热爱生活吧？二爸走在队伍前面，他手中端着火盆，里面盛满着所有前来吊唁者的纸灰，到了茶树下，将瓷盆高举过头顶，然后又重重地摔在地上，随着"哐当"声起，纸灰像蝴蝶一般四处飞散，烟灰中从此相隔阴阳两界。对茶树而言，它已习惯了面对村里的喜怒哀乐，也真实见证了一位儿子失去母亲的痛苦，奶奶下葬后，我爸才匆匆赶回来，还未到茶树下时，就忍不住朝家的方向跑起来，树下闲聊的人见到，想打招呼安慰一下也只能作罢。

他第一次那么沉重，烟一根接一根地抽，就坐在我奶曾经住过的炕上。

七天后，我爸十分憔悴地从坟地回来，很快就带着全家随军去了四川，从此，常家村便成了我的记忆，虽然会零星回来看看，只是家里没了老人，似乎就少了很多吸引。再后来，听说村里谁家孩子考上了大学，谁家的孩子又当了领导，都会为他们开心祝福。再后来，村里修了水泥路，两旁种上了景观树，家家户户用上了自来水，再也不用老早起来担水了。再后来，村里的茶树被砍掉了，从那时开始，我对常家村的思念就越发淡然了。

喜欢一个地方，应该长久地住下来，从见到这株茶树起，到我和常家村告别，短短不到六年的时间里，对这座村庄有着太多的爱恋，就像小孩子爱一个得不到的玩具，等我再回村里，没想到村里变化很大，已经容不下一棵老树的存在。雨一直下着，雨水如打开心灵的那把钥匙，顺着我的身体穿越过灵魂，让我看到了曾经破旧贫穷，却不乏温馨的小村落。村里的年轻人都陆续出去打工去挣钱，只有年迈的老人们，聚焦在一起说家长里短，再也不能到树下听花香鸟语，在树下安详地度过一天又一天。不经事的孩子们也不会知道，村里曾经还有株茶树大如伞盖，树下可以看蚂蚁搬家，它们身子细小却排着整齐的队伍；可以用手挑逗磕头虫，让它一次次地跳起来，又一次次地摔下去；可以任性率真地和着尿尿泥。漫长的岁月中，让人学会了太多简单有趣的事情，大家可以散漫地聊上一整天不会乏味，还有热心人会给树下拉家常的人端碗饭拿个馍，会给孩子们摘一把枣一围腰布的杏，虽然也会吵嘴骂仗，但很快就会在局外人的劝说下和好如初。很多年前，我们就这样单纯地过着，不太关心村外发生了什么，时有陌生人到村里问路或问人，树下的人们便会仔细说起来，那份热情恨不得要把你带到所问的地方或人跟前。有时，村里来了用苹果换麦和玉米的商贩，大人们会上前去问个价钱，很熟络的样子，孩子们馋极了，把长得并不好看的苹果，在手里翻来翻去就是不舍得放下，好像要把苹果皮磨薄一层才满足，也有的孩子会乘着人不备，利索地把苹果装进兜里，装着漫不经心的模样离开。

　　这样的事很正常，也没有家长会刻意拽孩子的耳朵教训，在那个年代，狗都四处琢磨着偷东西吃，更何况长身体的孩子们。我妈老说我缺营养，三岁还不会说话，奶奶常常把我背到城门的茶树下，然后就放在碾盘上玩。到了现在，大家还说我是贵人语迟，我一笑了之，可那时却只能傻傻地看着大家玩。

　　好多时候，我都会莫名担心村庄的改变，它会不会变小，会不会消失？真正要面对它的变化时，始终有着说不出的情感，站在这短短的街道中间，熟悉的气息和人越发少了，类同的建筑却不断生长着、攀比着，曾尝试着想去忘记，却在随风的飘逝中，面对着错落的坟墓流下了泪水。

　　生与死是挡不住的事。记忆里，我奶似乎和茶树一样老，她用小脚走完了自己的一生，茶树却赤手空拳没躲过砍伐的命运。有时想，茶树更像家里的老人，看着没有任何用处，却始终牵系着从这里走出的人。现在没有了茶树，常家村便少了神秘，连风从这里吹过时，也是村尾到村头一溜烟地过去，不在意人们的心情，独独消失在无比空旷的街巷。

蔡家坡

出了岐山县城往南，沿着岐蔡线一路过了杨柳、马江、板塌等地，七拐八拐盘旋着下了碛雍塬，就算来到蔡家坡的地界。

都说小镇多宁静，印象中的蔡家坡却不是这样，那种从早到晚的热闹，就像蒸笼里不断往外溢出的热气，一股脑把人挤人、人嚷人的街道全笼在貌似张扬、超前于时代的环境中。

这些年里，蔡家坡始终以其独有的混浊气息，时时刻刻弥漫在我眼前，却又生不出任何的厌恶心情，相反，还让我在远离了它数十年数万里之后，越发地怀想和难忘。

记得小时候，最想去的地方就是蔡家坡了，也说不清楚为什么，就是发乎内心地喜欢。其实，一年里最多也就去个两三回，日子过得紧张巴巴，大人们连搭车的余钱都没有，干啥都是尽量地省着抠着，出门自然是走路，多远的路都靠双腿，背着个一人高的背篓，提着几匹熬夜织就的老布、积攒的鸡蛋什么的，一群人相约着天不亮就出发了。通常只走小路，图个路短，路上车少。大人们最不喜欢带小孩子出门，怕路远

176

走不动要背要抱，怕到站上人多容易丢掉，怕看见好吃的执意要买要哭要闹，怕把孩子苦着累着挤着。从村里到蔡家坡几十里地，路上很少有人停歇，就是有人内急，也是悄悄选个偏僻地解决后，又匆匆跑着赶上去，也不管说的啥话题，随心所欲就插嘴进去，谁也不会去责怪或埋怨，大家说着谝着脚下急着赶着，都想把时间全消费在镇上的热闹气氛里。

蔡家坡军工企业居多，南来北往的火车途经时都会停留，人山人海地拥挤着，场面如同海浪一样蔚为壮观，这也让蔡家坡成了四处皆知的地方。平日里，大家都很少去蔡家坡，除非要交易或碰到年关购物，就是去，也没人会说去蔡家坡或镇上，只是说，到车站去啊。说的人知道，问的人知道，听的人也知道，这几乎成了大家共同的约定，如果突然听到有人说去蔡家坡，那肯定是外地人。

有次听说母亲要去站上办事，我一晚兴奋得就没睡好，孩子们跟大人去站上不为吃喝，就是想在车水马龙的人群中使劲挤一挤，听听各种各样的语言，感受各色各样的叫卖。大人们如果心情好，也会从皱巴巴的手卷中掏出张毛票子，让买蜂蜜粽子、炒凉粉什么的，那感觉是吃在嘴里，乐在心上，却一口一口不舍得立马吃完，就是吃完了还要用心舔舔碗边，回家的路上，早就想好了如何向朋友们炫耀的说辞，后面多半个月里，相信做梦时脸上都带着笑容。天刚蒙蒙亮，母亲收拾完毕便要悄悄出门，我三下五除二爬了起来，穿上衣服就跟着走，母亲连哄带骗，我就是不听，她在前头走，我在后头跟，她走得快些我就小跑，她停下我就赶紧趴到地上。母亲摆脱不了我很生气，从地上抓起土疙瘩就朝我扔，我左右躲闪，后来干脆站起身来，用眼睛直直盯着她看，任风呼呼地从脸上吹过，把鼻涕拖得老长。母亲拗不过只得同意，我赌气也不让她抱不让她背。

第一次到蔡家坡，突然感觉这里比村里人要多，街道也多，只怕找不到回家的路，始终不明白大家为何都喜欢说河南话。那些比较前卫的年轻人，脚上都穿着黑白分明的板鞋，绒面黑得发亮，一张嘴就成串的河南话，当时也不甚懂，反正是和当地话、普通话大烩菜一样地交错着。日子久了，才知道当年河南人逃荒，顺着铁路来到蔡家坡后便住了下来，很快融入到蔡家坡的日常生活之中。到了他们的后辈，完全没了外乡人的感觉，说话声大，透着自信与玩世不恭的底气，甚至还喜欢引导当地人以学河南话为风气，就连我自己也禁不住诱惑，在这样的氛围中也学会了几句，有时也会蒙骗一些河南人。后来全家搬到蔡家坡后才知道，这地方以东西横向而过的铁道来划分，南边的叫道南，北边的却不叫道北，那时，道南人打架特别凶，每次都会纠结一群人打架，打得是乌烟瘴气，然后撕扯着嗓子在路灯下嚣张喊叫，没人敢管，也没人管，任这些声音在污脏、混乱的街道上乱窜，除了几声狗叫外，只有呼啸而过的火车汽笛声。

在那个年代，我就是喜欢在蔡家坡脏乱的街道上闲逛，手插在裤兜里，在人群中穿来穿去，用鼻子偷偷吸着烧鸡、烤红芋的香味……很快，就熟悉了蔡家坡的每条街巷。这地方不大，每处却不尽相同，时常从巷子里会走出几个长头发的年轻人，穿着泛白却平整的旧军装，手里不时还掂着根短铁棍，手握的那头用胶带缠得工工整整，另一头多半会用报纸松松垮垮地包着，让人见了就心生害怕，唯恐躲的速度慢了。有几次，等他们刚从身边走过，我赶紧头也不抬往前跑去，虽然怕，却喜欢从这阴暗的巷子里走，像时光隧道一样有着好奇、神秘和自信，没人时也会比画一下手脚，哼首曲子给自己壮胆，反而让那些对着墙根撒尿的、年龄大的人赶快闪到一边。如今，这些巷子有些拆了，大多数依然还存在着，不过它们身旁都建起了蘑菇样的高楼，不停地改变着以往的格局和模样。

外来人给蔡家坡带来了语言上的丰富，也带来了生活上的多姿多彩。每到周末，从山里来的通勤班车里，会走出很多穿干净衬衣、花色裙子的年轻人，他们在口哨声和让人心悚的目光中，惬意地走在破旧的街道上，几个人去餐馆喝个小酒，要不买些瓜子、花生去电影院。到下午要回单位时，大家才有说有笑从四面八方集聚一起。也有人选择到渭河边去钓鱼，去石头河抓螃蟹，搞野炊，反正是出于放松，怎么开心就怎么来。这些有趣的事吸引着本地人，也是三五成群聚集在塬边、河堤边玩闹开心，到处都有着乐此不疲的笑声。物质贫乏，人们没有太多想法和欲望，只是平静地过着生活，用青春来温暖着内心的那片光亮，支撑着风里雨里活下去的信心和力量。

有时候想，这难道只是个称呼么？

当年的蔡家坡，据说会聚了天南海北的年轻人，为支援国家三线建设来到这里。火车的汽笛中，他们又心怀何样的喜悦或悲伤心情呢？总之，渭河两岸一夜间就成了热火朝天的工地，而他们也很快融入到当地的风俗民情中，然后又娶妻生子，最终生老病死在这块土地上。在宝鸡、陕西，在全国各地，只要说到蔡家坡，似乎每个人都有着不同的说辞，尤其是那些告别了父母的儿女，那些离开了故乡的游子，当他们用"大会战"精神，打造出属于蔡家坡的奇迹和神话时，怎会不理解他们心中不断集聚的乡愁呢？随着蔡家坡的地名最终传播开来，人知道的也越来越多，有段时间竟然替代了岐山、宝鸡。

从此，置身蔡家坡的每一处，始终会觉着有一双双手在发掘秘密，也在不断地创造秘密，他们在用汗水打造这北方小镇的同时，也把新鲜而又苦涩的情感，浇灌于飞扬的黄土中。蔡家坡，给了这些人最敢于想象的青春空间，也在时光的穿梭中让心最终留在了这里，真不知道，这贯穿于心的爱恨又该是何样的感受？在这里，一种方言或许应是一种浓重的乡思；在这里，一种凝神或许就是徐徐燃烧的激情。每年清明和春节前后，他们都会带着香蜡纸表，沿路上行到蔡家坡半塬上去祭奠，暮色中的火光，点燃的是不尽的追怀，是遥遥远远的思绪，望着漫山遍野的闪闪烁烁，不知又该勾起多少人思乡的泪水。

蔡家坡再小，在当地人眼中也算繁华的"小香港"。在火车站对面有一排招待所，青砖建筑的二层小楼不高，屋顶架着"人"字形的大梁却也彰显着气派，那时，住得起招待所的不是干部，就是出来办事的公家人，一走进去，就会有人让你拿证件登记，来来往往的人手里提着个皮包包，手里头夹着纸烟，潇洒不失身份地与前台的服务员对着话。也听人说招待所里经常有人干那种事，让学生时代的我们格外好奇，常常没事就会溜达到火车站附近，然后故意从招待所前面走过，每个人的眼睛都睁得老大，耳朵竖得长长，就指望着有什么事情发生。走过少年，又走过青年，那排招待所依然还存在着，只不过，现在门前的大牌子上，写着非常便宜的价格，但几乎没人会正眼来瞧它了。

破旧中透着时尚，是蔡家坡那种曾经辉煌过后，又不甘愿落魄的心态表现，就这样，便利的交通还是吸引着邻县，甚至是宝鸡的人来往不绝。繁华咫尺，形形色色的人都在这里忙碌着，寻亲访友的，做生意淘金的，坑蒙拐骗的，乞讨混饭的，有段时间，蔡家坡的录像厅生意特别火爆，就连西安的大学生都知道，这之后推出的镭射电影也同样出名，那效果要比录像强许多，有时还会播放黄片招徕观众。于是，西安、宝鸡的人都过来观看，图的是一饱眼福，到了晚上时分，昏黄的路灯下会有精心打扮的女人，向路过行人不断打招呼，那股子沉沉的劣质香味，在闪闪烁烁的霓虹灯下光怪陆离。据说，这些人到晚上才上班，挣的钱夸张地全塞在胸前的内衣里，或者腿上的丝袜中，那不可一世的神气，总让人看后不可思议。

这是无奈的生存状态，也是无法言说的悲哀。

主街道上有几家镭射电影厅，大幅海报总是很诱人，海报下常常站着几个流里流气的人，留着长发戴着眼镜大声吆喝着卖票，这既代表了时代的前沿，又表现着蔡家坡对新事物的包容。和父母路过这里时，眼睛总要死死地盯着看，不明白海报上的女人为什么那么美，几乎就和仙女一样。被家人拽耳朵是常有的事，但就是忍不住要看，去看片的人多半是年轻人，也有出来务工的，三个一群两个一伙，求的是新鲜、刺激。起先去时还不好意思，怕人用异样的眼光看，怕熟悉的人瞧见，出来时仿佛经见过了大世面，脸上红光光的，也不怕人看了，生怕人见不着似的。

　　一番精神愉悦后，物质上能享受的就剩下吃了。能吃的地方，定是一地最集中的文化中心，若要说到饭店，在蔡家坡感觉最好的要数"苏四酒家"了，主要经营臊子面和炒菜，每次路过或听到这名，都会想起在北海牧羊的苏武来，便猜想他们是不是苏武的后人？是不是乘火车落脚来到了这里？听人说饭店生意火爆，朋友聚会、结婚满月什么的都会选在这里，话虽这样说，但好些人还是会选择吃地摊，便宜实惠，吃得随心所欲，能听到些奇闻逸事。不论是擀面皮、蜂蜜粽子，还是鸡蛋醪糟、一口香臊子面，只要吃了就不会后悔，各种各样的小吃，每天都接待着各样的人，地摊大致分布在汽车站、火车站、新华书店、文化馆和菜市场，摊贩们图人多好赚钱，图的是有人来说话，地摊虽小生意却好，来吃的大声吆喝着来个烧饼加菜，来份皮子，然后就听人问，辣子多还是少，带走还是在这儿吃？要不要刮刮？大家都约定俗成，在和谐中听着喧闹，享用这独特的食物。

　　如果说蔡家坡的地摊，是道难得的风景线，那老成灰旧的建筑就显得了无生机了。从塬上俯瞰，陕九的厂房永远都是横竖有加，如织布车间转动的梭子；西机的建筑大而笨重，像缓慢前行的巨轮。最破旧的要数火车站了，常年累月都是那不变的模样，似乎没人修葺也不怕人指点，或许这正是地标建筑的特点所在。一成不变的，其实不仅仅是火车站，邮局、汽车站、百货公司都是。这些年里，就那个"红光照相馆"还保持着六七十年代的格局，但走进去却是另种奇妙天地，开票的人换过了几茬，都是那么一如既往地热情。照相的老赵手艺纯熟，天生就喜欢干这艺术活，几十年一直坚守在这里，来的人又全是熟客，一边聊天一边照相，待人的位置安顿好之后，他便用黑布把头一蒙，就听见喊一二三，好，拍照的流程便结束了，几天后洗出来的照片绝没问题。照片冲出来后，右下角有个"蔡家坡"的字样和标志，看上去很经典。在蔡家坡，家家户户都有这样的照片，不是夹在墙上的镜框，常年累月任其发黄也不换掉，要不就是搁置在柜面的镜子后面，时不时翻转过来愉悦一下。后来有了彩照，纯手工上彩的那种，简单的几种颜色就把人的衣服、脸颊一番渲染，虽看上去颇怪异，却是弥足珍贵的艺术品。大家口口相传，照相馆的名字未必被记住，但照相的老赵却成了家喻户晓的名人，几乎被传为神话，有段时间，大家都以拥有这样的照片为荣耀。照片是对生命的映照，虽留不住时光，却也保留着生命中的喜悦。

时间着实可怕，随着蔡家坡照相馆数量的不断增加，各种彩照、艺术照、婚纱照气势汹汹地占领着市场，"红光"却还在沧桑中运转着，更像是一位蹒跚的老人，时至今日，蔡家坡发生着日新月异的变化，可"红光"还是静静倚靠在火车站一角，是在等待那些熟知的老人呢，还是在回忆往昔的流金岁月呢？近几年，我出差去过的每座城市，都要抽时间去附近的照相馆转转看看，室内的流光溢彩，服务人员的清纯靓丽，却始终找不到在"红光"的感觉，那种神圣那种激动那种无法言喻都不复存在。所以，这也是我为何喜欢它的原因，就像喜欢听秦腔，那唱腔声调总会带给我一种感觉，幽幽地飘荡在晌午空旷的田野、麦场、庭院，熟悉而又恬然。也是在最近，说是西安最老的照相馆关门了，心中不由得黯然神伤起来，顿时想到了"红光"，知道它最终会退出历史的舞台，最终会让人在繁华中忘却，时光的步伐不就是这样吗？不断用陌生来更替着熟悉。

离开了身边的繁华，沿着小路来到半塬，蔡家坡的轮廓更加清晰起来，海市蜃楼般充满着神秘，这就和人生一样，只有在不停寻找和变换中，才能发现最美的风景所在。坐在静寂的塬边，风吹过时有些冷，旁边的树叶也在嗖嗖晃动着，一位老人赶着羊群缓缓走过，满脸皱纹，胡子拉碴，腰间还缠着根泛黄的腰带，老人漫不经心地看着我的忧郁，而我眼中只有羊群随意走过，走过的还有流淌的渭水，使狭长地形的蔡家坡悄然间又多了生机。人来车往之外，工厂大烟囱中升腾起的袅袅白烟，衬着蓝天犹如云朵在飘散着，突然让人想起小时候最大的心愿来，就是坐在塬边看火车，数火车。好多时候，真希望这小镇转身华丽，瞬间就拥有大都市的灯红酒绿，可转念又固执地希望它继续保持着以往风情。我知道，蔡家坡在过度的喧嚣后终会冷清下来，但不会被历史遗忘，在那个物质贫乏的时期，是蔡家坡给人们带来了愉悦和向往，以至好多幸福的体验与享受，都是在这里得以实现和完成的。于我，心中的蔡家坡和耳边的蔡家坡没有什么区别，有时我想，蔡家坡更像身体上的胎记，虽然丑陋，但始终让人爱它，依恋它，尤其是走了这么多地方后，对蔡家坡的认知有了更多不同，这种超然是质朴的感受，永远都在内心回荡，在起伏中驱赶着荒凉不已的寂寞。

枣子河

枣子河，是大山里的一条小河，也是一处有着残破建筑群的所在地。这么多年，那里的人都喜欢用"枣子河"这三个字来形容和表达，作为生活和情感的全部。

如果执意用一个词来形容枣子河，显然又是不全面的，它既没有长江黄河的一路浩荡，也没有泽润千里平畴的气概风范，倘若一定要说，"山清水秀"有些太宽泛，"富有情感"或许能够概括，当然，这些概括只是于我而言。

雨落花心，甘苦自知；水入器内，自成方圆。一条名不见经传的河流，能够缓缓流入人的情感世界里，确实有些玄妙，那水不仅泛响着周人礼仪之邦的经乐飞舞，还散落着秦人古老的文明踪迹。可以说，这条名不见经传的小河，回荡着一个时代的神奇记忆。

曾经有多少次，我都在苦思冥想徐徐山风吹拂下的阳光明媚，想象花草丛中弥漫开来的鸟语馨香。不得不承认，恍惚闪现的思绪中，彼此的距离是如此之近，实际上又那样遥远，只能任由着怀旧的心绪，发酵为无限的凭吊和向往。这种向往越久，就越发让人思念，恨不得立马就出现在那处孤独的荒凉中。

现在，我来了。

一

怀念，是心灵的故地重游。如果内心没有眷恋，故地又有什么值得重游的喜悦呢？

泛黄沉旧的记忆中，群山莽莽苍苍着，一峰连着一峰，真可谓连绵不绝，粗犷地从眼前渐渐隆起，从未见过这么多的山，寒冬那么地冷，却无法抑制我的兴奋，抬头是山，山外是山，山上还是山，眼里看到的全是景致，以至当我从莽莽苍苍的青藏高原上走过时，脑海中还无法抹去，年少时对枣子河的那种特殊记忆。

车前行着，枣子河完整的地貌渐渐显露出来，徐徐延展开来有五六里之长，就似一扇神秘的门突然被打开，露出了众山包围中的建筑群，又如被掩埋的文物，顿时将那沉封的幽、那隔绝的静、那自大的美，丰富而又多彩地交织在一起。

河很快出现，水就那么流着，以最为原始持久的力量，在山体上刻画出了深深浅浅的痕迹，一个个相互勾连着，像极了人体的脉络，那些玄妙至极的图案，似乎在冥冥中昭示着什么？河堤用不规则的石头砌成，阳光一照，恍若飘落尘世的水墨画，就那么层次分明地排列着，把叠嶂的山峦点染成了黛色的光影。河的南岸依次是一排排恢宏高大的厂房，队伍行进样整齐地矗立着，不断朝河谷深处绵延而去，壁上依稀可见当年"抓革命，促战备，促生产"的标语，已被岁月的风雨浸渍得发白，字里行间还透露着那段远去的沧桑。这是我从未见过的建筑，它们与大山为伍，在绝境中拓展，在蛮荒中坚守，一溜烟排开着甚是壮观，成群的燕子环绕着建筑盘旋、鸣叫，像是在招呼，在提示，在怀旧。河的北岸则是一栋栋高低不等，错落有致的商店、礼堂和家属楼，看得久了，这些建筑好似水里捞出的邮票，皱巴巴中藏着自知的甜蜜，孩子们对任何事都无所谓，只要有玩耍的地方就行。所以，至今我都认为这遇见都是难得的缘分，等我也已成为父亲，再对孩子们讲起这些往事时，对这段奇幻历程更是难忘。

当年，父亲从天府之国转业到这山沟沟，一定会有着很多失望，但对从农村走出来的他而言，只是从一地到了另个地方的转换，革命工作本来就是如此，面对人迹罕至的穷山僻壤，他淡然一笑便安营扎寨，带领全家开始了新的生活。至于我，行走的地方是山，玩耍的地方是山，就连上课的学校也建在山脚下，实在无法形容这开心和发狂的心情，每天都与大山为伍，每天也都在征服大山，想彻底弄清大山的构造，终究只局限在石上覆着土，土上长着树，树又扎根护着山的层面。这种层层叠加、层层交错就似抱团取暖，它们早已经融为了一体，让人和自然也在努力地融合着。

初来山里，风是最常见的。夏天吹凉风，夜深不盖被子都觉得冷；冬天刮寒风，冷气顺脖子往衣领里钻，盖着两床被子都热不起来。正因此，风才常常让人生出似曾相识的熟悉感，又携带着淡淡的人生宿命感，似乎这山沟里存在的一切，只是为了它来到。

车离开了繁华的县城，一路朝西而去，恍惚觉着路在变高，等睁开眼看时，内心深处已蓄满了激动，像流沙、像融冰、像流水、像浮云，像所有无形的什物一样，大山的形状越发清晰起来，阳光越来越少，周围变得静起来，还带着一丝的阴冷。不知何时出现了潺然流动的小河，带着幸福的欢笑，穿行于石头和草稞之间，路与河水并行，眼中不时会出现遭水冲毁的石堤，即使完好留存的那些，也被疯长的草木掩盖着。这是什么地方啊，不知道，只有山从四面八方在包围着我们。

我横躺在家具中间，耳边嘶鸣着的是汽车的爬山声。向上看，是碧蓝的天空，被几朵白云点缀着，随着人和山逐渐在接近，陆续可见水边放牧的老人，河边洗衣的姑娘，水中玩耍的孩子。爬起细看时，水流越发清澈，竟然能见到水中漂浮的水草，绿油油的似一团团绒线，在水中来回摇摆，始终不见房舍，等到果园中传来阵阵狗吠，才知道还继续行驶在人间。

这就是枣子河？

二

有时候想，我究竟是从何时开始怀念这地方的？记忆永远都是这样，时而在脑海中清晰，时而又会忘得干干净净。

车穿行于各楼宇之间，放眼过去全是青砖厂房，每座厂房有数百米长，五六十米宽，被疯长的草木包围着，甚至将枝条从门窗的缝隙中伸进去，大概也想感受其中的空旷和寂寞吧？植物很有意思，硬生生地从水泥裂处顽强生根，一下就有了人去楼空后的凌乱，这难道就是三线工厂最终的宿命？我不知道，只能从葳蕤横生的绿色中，去猜想属于昨日的辉煌。

枣子河，不过是千千万万条小溪流中不起眼的河。水不大，常年就淡然无为地流着，到了雨季，水通常会在一夜间没过桥梁、石头、草丛。这时节，小孩子上学就得结伴同行，若不小心就会掉落水中，河道时窄时宽，全凭着河的性子使然，树木茂盛的地方，只能听见水冲撞石头的清脆，若顺着河道再往下走，被绿色遮蔽的天空会渐渐变多，星星点点的光斑从树梢上滑落下来，水面上一片金光灿灿，像一条长长悠远的阳光隧道。

河两岸全是高高矮矮的草木，永远都那么苍老，经过水流无数次冲刷后，根须也都裸露在岸边，突兀地彰显着生命的张力，它们斜斜地倚在水面，倒影在水中经年累月地流动着，突然让静寞也变得生动起来，只感觉那树好长，一头延伸在天际，一头又深植水中，水面上偶有几只灵动的小生命掠过，带来圈圈的涟漪，鱼虾游于其中，清澈见底的水中便多了情趣，让人心旷神怡起来。穿过草丛，可见河中大小不一的石块，石块全无规则，红的白的各色的石头尽收眼底，大的可及房屋，小的如沙砾，松松散散什么也不在乎。想不明白的是，好多年后我身居都市，却发现身边不少人喜欢收藏奇石，常常利用假日去河沟里"淘宝"，便感叹那时的我们，每天不厌其烦地与石头接触，却从未生过这样的念头，难道熟悉的地方真没有风景吗？

与河中石头相比，山上的石头就含蓄多了，它们心甘情愿被掩在植被下，即便有些露出了尖利的棱角，也多半以悬崖峭壁显现。在那时，爬山是大家生活中不可或缺的内容，路曲曲折折，人也跟随着蜿蜒，路旁多酸枣树，不怕人踩也不惧牛羊啃噬，肆意伸展着枝干，时不时就会挂住人的衣裤。这树春夏时开花，特别繁盛，秋天便挂满了金黄色的小果，对居住在山里的孩子们来说，这些都是最爽口的食品，通常下山时都会满载而归，装满大大小小的口袋，酸枣入嘴后，多为刺骨的酸，有时会让牙连续酸上好些天，即便这样，大家仍是乐此不疲，吃在嘴里乐在心上。大人们虽节制，也会忍不住摘些尝个鲜，除酸枣外，山里其实还有很多好东西，比如可以采药挖柴胡、枸杞、五味子等，晒干后送收购站换些零花钱，还可采摘山核桃、山杏、山桃什么的。总之，每次上山绝不会空手而归。

所以，真正要离开山沟时，心中有着千万个不舍。拉家具的解放车渐渐开动，当我再次四处张望想要带走一切时，突然想起枣子河会不会因我的离去而消失？也就是从那刻起，枣子河被我封存在了记忆里，记忆有时像照片，虽然呈现出的感觉是完整的，但随着时间流逝最终不会支离破碎，才发现，自己竟无法忘记单调的河水；才发现，自己想念着鸟虫的鸣叫。那个快乐时节，自己从不知道彷徨，也不懂得忧愁，真正要离开时才知道，这一切终将成为难舍的向往，成为生命历程的快乐。想到这里，眼泪竟然不由自主地流了下来。

岁月蹉跎，流走的不仅是时间，其间还有着许多难舍往事，总想着自己还能回去，可从走出大山那刻起，真正能再涉足那座大山的机会又会有多少？我知道，自己再也无法回到从前了，虽然那山还在，那树还在，那建筑还在，那河也在，但终归物是人非。

这些年，不知多少人从大山中走出，又不知多少人走进大山，直至接通小学同学吴翔电话那天，还在想着与大山之间的感情。儿时记忆已过去许久，有些事情连自己也无法想起，可电话那头说的事都真真切切，我一直在寻找着这些声音，确切地说，我是在找寻着这几个名字：吴翔、胡安、刘宁。好多时候也想，他们现在从事什么工作，过得怎么样，娶了什么样的老婆，孩子多大了，父母现在身体如何？记得那夜在梦里，我独自在枣子河的沙土路上走着，两旁是山，前后也看不到一人，这似乎是我那时生活的全部内容。

冷风吹过，似乎要吹进骨髓，然而这个电话带来的兴奋，很快就拂去了寒冷，他一直讲我的故事，全是与枣子河相关的，又让我想起了枣子河，那个距县城还有三四十里地的山沟沟。

说起吴翔，他的学习很好，我们那时住对门，透过纱门常常见他在小方桌前认真读书。他妈妈陈老师是子校校长，一个身着警服的胖女人，不时会跑来催促我学习，让我又怕又恨又很无奈，只能趁她不注意时偷跑出去玩，也想过不爱学习的后果，这一辈子应当没什么出息了，结果升学成绩一出来，我果真没考上初中。记得吴翔跑来问我成绩，我只能尴尬地含糊过去。

其实，我学习很用功，只是太过于贪玩，那年班上就我一人落榜。

父亲找到校长，校长想办法让我上了初中，当时就想，要好好学习来报答陈校长，说实话，也真心羡慕吴翔的踏实，心想他一定可以考上理想的大学。

子校不大，校长平常也会给我们带课，课堂上总提问我们几个死党，吴翔回答不出，就会遭到比其他人更严厉的惩罚，或许是一盒飞来的碎粉笔头，或许是不期而至的一巴掌，总之在她的课上，每个人都很惧怕。

班上有多少同学，实在记不住了，我一直向往能坐在最后排，但胖校长一直就没让我的梦想实现过。

三

山里碰见蛇，是极其平常的事。

有些人天生胆大，会想法上前去制服，可能还会利索地拔掉蛇牙剥掉蛇皮，做成腰带或制成笔帽。有些人生性胆小，比如我见到就会退缩，不敢说吓得闭上眼，至少老半天回不过神。

蛇出没的地方很多，有时在树下团成一堆，也不知等待什么；有时缠在浓郁的树梢下，就那么无聊着；有时会出现在无人的破房中，自由自在地吐着芯子。记得有次，几个小伙伴从河里偷了只鸭子，突发奇想地圈养在礼堂后面的小屋中，这屋好些年没人来过，厚厚的尘土落满一地，屋里只有个坍塌的火炕，阳光从窗外照进来，细细的光柱中飞舞着尘粒，我们用砖块堵好炕洞，指望着鸭子每天都能生蛋，一想到这些就开心不已。

第二天，我们从炕洞中掏出了个鸭蛋。

第三天，我们又来收鸭蛋，手伸进炕洞中，却只抓到一堆凌乱的鸭毛。鸭子是不是让人偷了？百思不得其解之后，只好无聊地依原路爬出去，我最后一个，脚刚踩上窗框，回头就看见了一条小臂长的细蛇，朝我快速爬来，屋里光线不好，经斑斑点点的光束一照，乌黑发亮的蛇身更是让人心怵，至今都无法忘记那种恐惧。我发了疯地爬过窗户，快速跳到地上，再敏捷地从另个高处上了屋顶，等待在屋顶上，才感觉周围一切安全了，大家也追随着我狂奔乱窜，却不知道发生了何事，我结结巴巴说不清楚，眼睛却死死盯着那间破房子，想看看蛇会不会爬出来。在童年的记忆里，这些真实发生过的事，说给任何人都不信，时间久了，连我自己也开始变得困惑不已。且不说这条蛇，就是我随军到了成都，曾和小伙伴在家属院后面的小溪中，捞起过一条五彩的小鱼，兴奋地将它放进手边的罐头瓶中，不料想它却跃入到了溪水中。从此，我的记忆就定格在这里，每每想起来都很疑惑，却说不清楚这事情到底有没有发生过。

反正以后，我很少再去那个地方。

人生中有很多的未知。蛇，我始终觉得是有灵性的动物，就像沧桑的老树一样。在山里，这样的树太多，多得让人无法发现它的特别，但在乡村，这样的树却会受到尊敬，谁家想要孩子，谁家驱了病魔，都会在树下点香祈求，一炷长香伴着虔诚跪拜，无形中增添了神秘气息。这样的树常为人所关注，刮风下雨时节就会听人说，枯烂腐朽的树洞中会有蛇出没，黑夜中听到这事很害怕，因为树距离家很近，可就是喜欢听，更多时候还会留神那树洞，是不是真的会有蛇出入。树老了，看起来斑斑驳驳，敲起来空空如也，各种言传让人恐惧，但依然有小孩隐身其中玩耍。

不过，还是亲眼见识过一回，有天中午无事路过，真有一条花色粗蛇从树洞中缓缓爬出，慢悠悠地朝树梢上移去，吓得我一动也不敢动。周围没一个人，后来说给其他人又不信，家里人常说，人不碰虫，虫不咬手，而虫指的就是蛇。

现在，举家搬到山里，和蛇随时都可以碰面。

因为怕，一直不去招惹它们，记得当时有个上初中的小孩，衣兜里常常揣着条小蛇，盘起来不过乒乓球大小，还有只花花绿绿的小乌龟相伴，放在手心里一动不动。这两个神奇的生命放在一起时，立即让小伙伴们动心，大家最大的意愿就是能摸一下，可他从来不让，你可以尽管看，动手却绝对不行，我们几个也想过不少办法，最终都慑于他的身高放弃了。摸不到，便开始关心他给蛇喂什么吃？会不会饿死？等我们读了初中，他还是那两样东西继续显摆着，大家每个周日下午都会挤在一辆敞篷卡车里，被送到县城的中学读书，当时好羡慕，现在想来也饶有兴趣，真有"风雨沧桑黄鹤楼，龟蛇相伴共春秋"的味道，或许那时都没懂他的意境吧？

　　自此开始，脑海里都是与蛇相关的事。有次去同学家玩，刚走到礼堂前的那座桥上，就见到了一条蛇，已是身首分离，终于不再害怕，可以蹲下来静心观察一番，那蛇和地面的颜色一致，尾巴不太尖，血已经凝住，似有过痛苦挣扎的迹象，蛇头在不远处，嘴微微张开，细细密密的牙齿外露，顺手捡起根棍子拨拉，感觉它还能不断咬合，最终用棍子将蛇挑到了桥下，看着它随着盘旋的水流很快消失，才有了一种胜出的喜悦，至于是谁将蛇打死扔在这儿，我从没有去细想。

　　没多久后，学校组织大家去河对面的武警中队参观，顺着楼板搭建的便桥过去，立即觉着警营的严肃气氛。豆腐块一样的被子，高矮一致的牙具，嘹亮的番号声，都让我们精神为之一振，至于后来还见到什么，终究没记起来，可能是回校路上让蛇给吓失忆了吧？前面一群学生走过，后面又跟着一群学生，结果有好事者乘人不备，顺手捡拾起石头扔进深水处，水花四散，带来阵阵开怀的笑声，大家很快就乱了队形，自顾自地开心起来。这时有人大声喊："水里有蛇！"没想到一阵子的散乱后，大家很快在喊声中定住。

　　前面的同学都回过头来看，后面的同学则伸长脖子往手指的方向瞧，不远处的水中，有条一米多长的蛇浮在水中，一动不动，身上红色的环形花纹一圈圈地让人眼晕，光影投射到水中，蛇就像断了身体，有人扔石头过去，依然没动，大家这才稍稍缓过气来，就听到有人喊："别怕，死的。"

话音刚落下，接连几块石头又扔了过去，这次可能砸中了蛇的身体，水面上猛地掀起一股水花，弹起的长蛇又重重地落到水中，昂头朝我们游来，没人再敢说话，只顾撒腿朝河对岸跑去。好多年后，当我和同学聊起这事，有人对此记得十分清楚，甚至说当时就数自己胆大，连续扔了几块石头才惹得那家伙兴起，有的同学死活记不起来，不是讲错了地点就是说错了事。生命中值得记忆的事太多，真正能记住的又该有多少呢？我不知道。

大概是因为天热，我们和蛇阴差阳错遇见了，一场虚惊后，大家又开始了新的话题。其实，在水边撞上蛇并不意外，可这次不止一条，而是数十条，从河岸高处往下看时，我的腿一直在发抖，估计其他同学也有这样的感觉，只是没人愿意说出来罢了。

从学校回家，要路经老师们的宿舍楼，下过雨之后，砂石路会被水冲得坑坑洼洼，放学路上，同学们总喜欢打打闹闹，不是往水里扔石子，就是折路旁的树枝乱抽，绝不让手闲下来。在这条路上，有几个住高干楼的小子，曾经挡住要教训我，其中一个抬手就是一拳，我鼻子一酸血不争气地流了下来，可我没怕，他们几个却怕了，抬腿想跑，我不明白为啥几个人一起来讨伐我，自是千百个不依，冲上去对打我那人就是一拳，他的鼻血也流了下来，然后我狠狠地对他说："再打我，把你们都扔河里去喂蛇！"

自然，那时我还不知这处水里会有蛇，只是因为我怕蛇，就觉着对方也会怕，那几个人见我这傻大个如此悍，赶紧夹着尾巴溜了。流血没让我流泪，却因磕了牙站在这高处大哭不止，差些要从这跳下去。

小学五年级时，我课间鬼使神差跑上讲台，用粉笔写同学的名字玩，那游戏似乎很弱智，但对生活在山里的我们来说，每次都有着不同的意义，这次自然也是，被写名字的同学发现后，悄悄地跑到我身后面，用手猛地推了下我的头，只觉头"嗡"的一声，嘴里就有东西掉在了粉笔槽里，随着淡淡的粉尘扬起，又很快地复原，我继续在写着，嘴里还嚷着后面的人不要推我。同学大我两岁，或许知道自己闯祸了，扭转身体朝我脸上看，我先是莫名其妙，后来才觉着嘴唇有撕裂的疼，用舌头一舔发现门牙没了，说话时风呼呼地漏着气，赶紧到粉笔槽中去找，然后捏着半颗门牙就往断根上按，想着还能愈合在一起，到最后也没去责怪他，也不感到伤心，却自我安慰牙会重新长出来。

　　那时，我很淘气，身上有被沥青烫过的伤，有从山上翻滚下来的摔伤，从来都是满不在乎。回到家里，父母都在忙着做饭，校长径直到家里说出事情原委，我妈看后很伤心，又不知说什么才好，只能安慰我。到这时我都没惧怕，因为外婆以前老说，掉的牙放在门洞里就能长新牙。

　　我对我妈说，没事，牙在我手里呢，回老家扔在门洞里就行了，不想她顿时怒火冲天地嚷道，你都要十二岁了，还长什么新牙啊？还不待我回过神，同学却在家长带领下来了，低着脑袋也不吱声，似乎就等一顿批评。我的心情很快糟糕起来，开始担心以后没牙该有多难看，就在这之前，身边就有好多人都在唱："豁豁牙，漏气哩，偷吃人家臭屁呢。"结果第二天回家路上，在我身后就有人大喊，我不敢回头，却顿时泪流满面，一个人站在上次打架的高处想跳下去，我不想活了，任眼泪一滴滴落下来。

　　这时，我又看到了蛇。

　　一条菜花蛇从石缝中自由地游了出来，吓得我立马不敢再哭，只能屏声息气注视着水面，过了一会儿缝隙中又游出条蛇来，体形大致相同，仰头朝另块石头游过去，一堆石头交错着，一半没入水中，一半掩映草下，水很清，草很绿，草尖轻触水面，只是没想到的是，从那缝隙中又接连游出五六条蛇来，蛇与蛇也不打招呼，只是径直朝四处游，天气太热，花花绿绿的蛇在水中游弋着。生平第一次见如此多的蛇，开始还想仔细数数到底有多少，后来才感到头皮发麻，也就忘记了哭自己的伤心。

往后只要从此经过，我总会蹑手蹑脚去偷看几眼，给不少的同学讲过，他们并不关心，只有我一直坚持着看，奇怪的是再也没见到过。

到西藏当兵后，总会在伤感时想起那个贫乏的山沟沟，说实话，枣子河的山，不如雪域高原上任何一座山峰峻峭，也不如高原上任何一座山峰高大，但我从来没有因此而轻视过，相反，怀旧的情绪却更浓了。

枣子河水不深，深处没不过脖子，浅的地方淹不过脚面。放假时，一家人没有公园可逛，又不愿意顶着日头爬山，就会找一处水清地抓鱼，再将鱼剖开搁些盐来烧烤，也可以带回家去养，孩子们纯粹图热闹，烤了鱼也不去吃，最后还是会扔在水中。要说养鱼的人不少，家家户户的阳台上、茶几上，摆满着不同的瓶瓶罐罐，如果将抓鱼和养鱼的快感进行比较，前者可能会多些，对我们来说，抓鱼的方法太多，用手摸，用器皿捞，围堵水流，用石灰烧，不知晓水中有蛇前，我更喜欢摸鱼，手在水中，悄无声息地接近目标，双手猛地合拢，多多少少都不会空着，有小鲫鱼、小泥鳅、小虾米。

抓鱼不难，男孩会，女孩也会，有时大家一起玩，有时男女分开玩，有次从河道贴着堤岸走，无意间发现近水的岸边有个胳膊粗的洞，大概以前修河堤时放置脚手架的，水半掩着洞口，流过时荡起阵阵涟漪，凭以往的感觉，这洞里一定有鱼，而且不会太小，大家都蹲守在洞边，又搬来石头圈住外面，防止鱼从洞里逃窜出来。我也没多想，手伸进去就乱摸一气，洞还不浅，手触及的全是肉感，这该是多大的鱼啊？旁人不停催问我，我边应答着边用手向外掏，刚出洞口就发现，手中抓的是条绿灿灿的水蛇，脑袋一下子蒙了，顺手将其向头上方一抛，撒腿就狂奔起来，也不在乎后面的人了，人群一下子四散开来，瓶子罐子也被踢倒在了一边。

这事很快成了孩子们的话题。而我只知道蛇是绿的，好在抓住的是腰身部分，真要感谢上苍在冥冥中护佑着每位生灵。想想也是，穷山僻壤，水从山的罅隙中渗出来，一点一滴，日夜不息，继而汇成小溪。水有了，石也有了，自然而然有了小鱼小虾，都说道生一、一生二、二生三、三生万物，真是道生的鱼吗？无论如何，这里若没有人群出现，山还是山，水还是水，天上有鸟，山上有兽，水中有鱼，当然也有蛇。

还是与蛇有关的故事。

一条小蛇被人打死在路上，可能是躲避不及，也可能是想袭击路人，但最终是它死了，软弱无力地躺在地上，失去了以往的威仪，谁上前去都可以触碰，或者摸一下。

孩子们一商量，瞬间想出了恶作剧的办法，吓人自是免不了的，可到底要吓谁呢，大家竟不约而同想起位长相娇美的同学来。分别多年之后，已想不起那位同学的模样，甚至连名字也忘记了，可以说，这是人的一种悲哀，有时连蛇都不如。

分工后，就有人用木棍夹住蛇，然后一群人跑到家属楼下，找到她家后，就把死蛇盘起来放在鞋里，那花绿的色泽和军用胶鞋在一起，不仔细看着实不易发现，等布置好这一切，众人都快速撤至楼口，然后有人去敲她家大门，可能是在午睡，过了片刻才传出些声音，随着门缓缓推开，只听见一阵刺耳的尖叫，随后是重重撞击地面的闷响。大家先是高兴计谋得逞，开始还有人在抢功劳，瞬间就逃窜着四去，等跑到半山腰时才感到后怕，生怕出了人命。后来听家人说，同学妈妈迷迷糊糊开门后，见四周没人，就伸脚换鞋想下楼去瞧个究竟，楼道里光线不好，脚一触及到软绵绵的蛇时，顿时就慌张起来，好在她还算胆大，又俯下身去细看，当即吓得心脏病要复发，径直摔倒在楼道里，要不是邻居及

196

时出门，真不知会出现啥情况。

那家人好，也没有追究我们的责任。

记忆里见过好多次蛇，很少有不怕的经历。有次爸妈回老家，只留我一个人在家，这下可有时间约朋友们一起疯玩了。说是玩，也只能钻进厂房里胡折腾，这些大厂房许多年没用，横梁上都有了鸟窝，留守的人管不过来，慢慢地就成了当地人晾晒庄稼、圈养牛羊的地方。

这天放学后，大家又琢磨着要去哪间厂房里玩，厂房前面的门窗多被封死，只能绕到后面去想办法，几个人便沿着山根前行，不料眼前突然有东西扫过，还没看清啥东西，就被吓得后退了大半步，大眼瞪着小眼不知如何是好。就在这时，有人无意中见到墙壁上附着条土色的蛇，正朝人吐着芯子。

我的天，又碰到这精灵鬼怪的家伙了。

哥几个眼神一番对望，便赶紧往前走，几步后回头，它还是一动不动，难道骚扰了我们后还要装出可怜样？不能就这样放过它，于是一人手持棍子，一人从地上捡起个旧扫帚，我干脆找到个废弃的葡萄糖瓶子，大家激动地又折返了回去。蛇很快从墙上被扫了下来，它立即用身体缠住木棍，虎视眈眈盯着我们看，大家不动，它见没动静便朝着别处要爬去。拿扫帚的立即上前去压蛇身，我把瓶子放在蛇头不远处，后面的人又用棍子刺激蛇尾，蛇无处可去，又无法蜷曲身体，只能硬着头皮往瓶子里钻，等确保扣好了瓶盖，几个人这才长长地出了口气，不待抹去头上的汗水，赶快又轮流贴着瓶子近距离欣赏，蛇体灰土色，肚皮却是白森森的，片片鳞甲清晰而富有质感，其中还有着一丝的灰红相间。瓶子空间虽小，却神奇地容纳下一条大蛇，它始终没有放弃翻滚，不停地蠕动着。

四

见到枣子河的第一眼，就被这里的水诱惑了。

这哪里是水，分明就是上天创造出的作品，没有黄河之水天上来的气势，也没有滚滚长江东逝水的气魄，可是这缓缓的清澈、这透彻的悠然中，分明带着几分神性的淡然，时时让人生出留恋，青苔在水中来回摇摆，虫子在水面上行走，水无忧无虑地在河床上流淌，所有这一切都让枣子河变得温情起来。多少年来，我一直想着这山这水，却因太多无意义的借口放弃了，能做的只有在文字资料堆里发掘，没想到这不起眼的溪流，竟然会流入雍水，又汇合韦水到渭水，如此说来，它定然与周王朝的文明相互关联。如果将时光前移，周部落的先祖们或许曾途经这里，没有外界的征战，没有太多的诱惑，依山傍水的生活是美好的，只不过现在全被深藏于历史的褶皱中。

每天晚饭后，旁边的少管所内都会传出忧伤的歌声，歌声中带着悔恨，只是这穿过高墙的歌声并不为人所注意，大家早已习惯了按部就班的生活，喜欢锻炼的就去爬山，一路上有说有笑；喜欢偷闲的就去挥汗开垦，满足菜地瓜果吐新。突然有一天，那声音消失了，除了着警服的人来来往往外，还不时响起让人心怵的警报，回荡在空阔的山谷中。

水依然流着，只是饭后茶余却谈论起了凄楚的歌声，说唱歌的是一个艺校的男孩，从小失去双亲，跟着不良青年混社会，发展到参与团伙偷抢，最后被送到这里接受改造。人没了自由，歌声却始终在放飞着，新歌只要从他耳边过上一遍，他就可以完整地唱出来，歌声代表着心声，想家时他就高歌，唱得最多的要数影片《少年犯》的主题曲了。

妈妈，妈妈
儿今天叫一声妈

198

禁不住泪如雨下

高墙内春秋几度……

　　太渴望自由，让他在一个风雨交加的夜晚翻过高墙，歌声从此消失了，取而代之成了警报，从县城被抓回来时，我们都闻讯跑过去围观，他年龄似乎比我们稍大些，眼睛中还流露着童真，脖子上的丝巾在风中一直飘摇着，好多年过去了，我仍然记得他手抓着窗棂，认真唱歌的情形。

　　这件事的发生，让山谷不再平静，对我们来说，也明白了失去了自由会很痛苦，以至在很长的一段时间里，家长和老师动不动就说，不好好学习就送你们去对面的高墙里，至今没有同学进去，但让我对枣子河有了全新的认识。

　　沿路上行，渐然开朗，一大片的旧建筑有序地分布着，几经周折，总算找到位放羊的老人，远望过去，狭长的山谷中黄绿交错，突然因了这些白色、黑色的点缀，逐渐有了生命的迹象。他席地而坐，不紧不慢地从腰间取下烟袋，放在"千层底"上使劲敲，而后才用干枯黑瘦的手指，使劲压燃着的烟叶。他说，这里是"三线"学兵时的浩大工程，人多时有一两万人，工地上每天人声鼎沸，晚上灯火闪烁，建好后，工人们就陆续调往山外，这里先后更换过几家单位，便成了眼下这模样。老人一直在这里生活，经历了平静到热闹，再到平静的全过程，世事变迁，让他的心态如同这河水一样。

　　水从石上浸过，陡然觉着这河道似一条长长的拉链，里面装的不仅是眼前这些，还有着太多的经历和故事，包括眼泪、伤感、开心和逝去的青春。

　　风吹着落叶，在房前屋后和山涧舞动着，让砖青色的建筑更为苍凉，一切都在远去，只有风旋转着，旋转着，营造着冬天第一场雪色的氛围。

五

想当年，这里的火热中有操练的番号声，有机器的转动声，有潺潺的河流声，是这些声音让山沟沟变得活力四射，然而一夜间这里又是人走楼空，留下了无尽的荒凉和寂静，突然想起李白的那首诗："旧苑荒台杨柳新，菱歌清唱不胜春。只今惟有西江月，曾照吴王宫里人。"现在想来，并非枣子河有多美，吸引着我不断想回去，而是这地方飘散着太多记忆，有份情感在牵系心绪。

一路走来，只有残砖烂瓦，也只剩下了记忆。

走过最大的那座水泥桥，眼前立即豁然开朗，白云堆积在半山腰，似乎伸手就可以摸到，看到这云就想到了暑假，大人们总是在忙于工作，便少了许多约束和说教，任由孩子们在山水间尽情玩耍，那自在的感觉像拨动的琴弦，在如梦如幻中丰盈着童年的记忆，虽说可以去捕鱼、游泳、摘水果，可还是喜欢挑战自我。厂房的横梁处，常常横亘着鸽子的巢穴，每每听到从高处传来的鸣叫时，就会倍感挑衅。

最终，我爬上横梁，那是距离地面很高的地方。

失却幼鸟的悲痛，我自是无法体会，或许那时年少，对世间的儿女情长总是不懂，但有一件事却改变了我，以至到现在，都无法忘记那幽怨的眼神。一天下午，我们一群孩子放学后没有回家，而是琢磨着该玩些什么游戏，想来想去，有人提议钻进厂房玩"砸砖头"的游戏，谁也不反对，大家便依次从窗框中翻进去，厂房里空荡荡的，地上扔着很多破旧设备和弹壳，这东西见得多了，谁也不去在乎这些，只顾及着玩的开心。

孩提时代不就是这样吗？一心只想着如何玩好，这时有只鸽子扑腾了过来，翅膀上下挥动扬起了一片尘土，见鸽子受伤，所有人都停下了手中的游戏。鸽子怎么会受伤？伤得怎么样？还有没有救？脑海中顿时闪现过一连串的问号。我们的出现，虽然让小生命一阵惊慌，但也带给它活下去的希望，到最后它也不再挣扎，只是静静看每一个人，小眼睛转个不停。

"把鸽子带到卫生所去。"大个子说。

大家都附和着说好，然后就带着它爬出厂房。天色很蓝，看不到一丝云彩，一群不谙世事的孩子有说有笑，心里却想着如何救治这只鸽子。虽然平时也用弹弓打鸟，也用石灰围鱼，可眼下就是想让它重新飞起来。

匆匆行走中，突然有声音从身后传来："你们见我鸽子没？"大家又四处寻找声音，才发现监墙内的一处房顶上，站着个剃光头的少年犯，他正强装微笑问大家，没人惊讶他的存在，这种身份的人早已司空见惯，平日里，他们不是集体到河中洗澡，就是在周边劳作改造，时常会哼唱着些没听过的歌，有时也会趁干警不注意，与旁边的路人匆匆闲聊上几句。

他的出现，就这样慌乱了我们的阵脚，大家实在不明白，他在高墙内也能养鸽子？

没人吱声，他最终也从我们手中明白了一切，望着那只受伤的鸽子，着急忙慌就要破口大骂，可最终还是悄无声息下来，只是用衣袖擦去泪水。

夕阳下，大家都僵硬地站立着，没错，虽然不懂，可是每个人都看到了他伤心的泪水。为什么哭？是因为那只受伤的鸽子？等到我们散去时，光头还默然地站在那里不动。

人与动物的爱，就这样不经意地被凸显、被放大。身陷囹圄，他对小生命的爱恋着实感人，也能够想象出鸽子对他有多么重要，然而当这一切都失去时，他能面对的只是冰冷的铁窗。

六

寂寂一片荒芜，吞噬掉的是往日欢欣。

水流着，鸟飞着，草木层叠交错着，这边一簇，那里一丛，随心所欲在沙砾路上肆意生长，恨不得把根须都铺陈开来，反正也没有人来管。作为一个特定时代的生命写照，枣子河正被深深浅浅的绿色和腐叶所包藏，透出难以忘怀的铭记和伤感。

　　其实，又怎么会忘记呢？

　　子校对面驻扎着一支武警中队，每天都见他们在操场上练队列、摔擒敌，爽朗有力的声音总是吸引着我们，忍不住要伸长脖子往外看，以致常遭到老师粉笔头的弹射，即便这样还是执意不改，并暗自许愿长大后要去当兵。当时，下课有两件事要去做：一是跑着去厕所，二是快步过河看训练。终于有一天，教室里来了位威武的武警叔叔，红色的肩章、锃亮的警徽，亲切地和大家聊天。

　　原来，学校要参加县里组织的歌咏比赛，临时请了他来排队形、教唱歌，大家相处很愉快，结果有天下雨，来势凶猛的雨噼噼啪啪打在玻璃上，天顿时黑了下来，电闪雷鸣，对面的山也不见了踪影，完全被风雨吞噬掉，等天色重新大亮，河水已铺天盖地溢满河道，淹没了路边的菜地。于是，眼前的河水不再柔弱，酷似一条失控的黄龙，裹挟着泥沙和树木呼啸而去，从窗户望过去，四处白茫茫一片，回家的路也成了泽国，谁还有心思学唱歌，大雁一般趴在湿漉漉的窗台上瞧，不知谁眼尖，发现河中还有只叫唤的小羊。

　　"羊——羊——羊……"大家指手画脚指着河水大喊，看着那抹白色很快从眼前掠过。

　　河从学校前呈弧形绕过，那位武警叔叔不知何时已奔向河道，他脚下是水，身上也是水，溅起的水花把他包裹其中，不知为何，我们突然都忘记了害怕，也纷纷追随他朝楼下跑去，完全把老师的话抛进了风雨中，等跑到河边时，只见水浊黄着，咆哮着，却没了绿色的踪迹，好像什么也没发生过。

202

大家都呆住了，站在河边不知所措，接着就疯狂地喊起来："有人落水了，救人啊，救人啊……"不知是水还是泪，渐渐模糊着我们的眼。

羊代表着吉祥，可这只羊却带走了一个鲜活的生命，武警叔叔的尸体最终在河下游找到，身体被横亘在河边的树枝上，旁边还有许多如丝如绦的柴草，在水中不断地摇摆着，像招魂幡一样在诉说着什么？

几天后，河水恢复常态，却与我们少了亲近。

好多年过去了，我还是会把他与高墙内的少年犯联系起来，他们年龄相仿，都有着梦想和家庭，都远离父母只身在外，可命运使然，让彼此有着截然不同的际遇。

有好多次，我在网上近乎疯狂地搜索着枣子河的信息，可是没有，难道是因为那里偏僻落后？这样的情绪影响着我，也催促着我一直不愿放弃，后来总算在"枣子河吧"中，发现了几条感人的留言，尘封的记忆一下被打开，人一生虽不能盛载太多回忆，但枣子河始终在唤起着内心的牵挂，让人无法忘记大山的味道，河中烤鱼的味道，风吹过的味道，以及云飘动的味道。才知道，这些都是生命中最难割舍的情怀，像炊烟一样弥漫着。

这就是枣子河。

七

消受夏夜，对孩子们来说是惬意的事。

三五好友约着去河里，彼此躺在平坦的大石头上，仰望星空说些不着边际的疯话，要不就静听水流和风声，别有一番情趣。也有好几次，彼此间说起为何叫"枣子河"的话题来，总归是年幼无知，不知道如何回答，后来便陷入无语中。

为此还问过当地的一位放羊老汉，他手摸着花白胡子笑而不语，这模样越发让我想搞清楚，在如此荒凉的生存环境中，为何他脸上还闪烁着满足和愉快？是与这里的山水相关，还是内心的充实所致呢？最终都没懂枣子河的渊源，最后我想，应该是这周围的酸枣树太多的缘故吧？

"露晞明朝更复落，人死一去何时归。"当有人不断走出大山时，也有人希望留下颐养天年，那个常年光着脑袋的老张头就是这样，当他被解除了高墙里的羁押后，却只想静静待在这山水的环境中。知道他姓张，却无人知晓他叫什么，既不愿与人攀谈，也不邀人去家里做客，每日里都沉默着，老伴走得早，子女们又薄情寡义，让他对家的眷恋突然变淡，于是在出监那天，主动恳求组织能让他留在这里，那年他60岁。

人去楼空，所以枣子河从不缺房，任那些空荡荡的房间任意闲置着，走进去，四面漏风，八面见光，墙壁上面是各样的涂写，如同一页页泛黄的记忆。如果有人愿意收拾，搬进去就是一个家，还可以在楼前辟出一片地，让惬意而又快活的劳作来慰藉心灵。

那年的夏天特别闷，整个山谷被日头暴晒得垂头丧气，连知了也知趣地躲在树梢后，懒洋洋地不想出声，一辆救护车从远处驶来，在一幢建筑前稍作停留后，沿着河岸急急开往山外，几天后才知道，老张头离开了这个世界，一床破絮凌乱地堆在床上，周围还散乱着锅碗瓢盆，弥漫出无法言说的颓废，子女们不愿为他养老送终，伤心流泪后便独居在枣子河，知道所犯过错不可救赎，权当承受生活给予他的惩罚。一个人时也是富足的，想想往事，听听戏曲，感受着大山的粗犷，呼吸着山清水秀的清新，这把年纪还有什么好奢望，随着这样离去，相信他内心是幸福的。

这就是枣子河给人的眷恋，梦一样萦绕在心间。

依稀还听当年留守的人说，那时河两岸参加大会战的人成千上万，统一实行军事化管理，山头很快就被铲平，黄森森的土层上很快建起一幢幢大型建筑。某天，有北京来的领导驱车到了山口，一番视察之后，突然对这些新建设施提出异议，大意是如此重要的军工厂，建在山口很难隐蔽，还得继续往山里面延伸，话音刚落地，刚刚趋于平静的枣子河又上演起挑灯夜战。许多年过去以后，只有泛白而趋于消隐的大标语，还在昭示着人力胜天的精神，无人管理，无人问津，无人提及，厂房逐渐变旧，开始坍塌，再后来，这些建筑只能被风化，只能被拆除。

纵然是再结实的厂房，也耐不住人去楼空后的寂寞。岁月变迁，玻璃碎了，窗框裂了，草木无畏地生长，当年的创业者们再也不会回来，时代的烙印在微弱地闪现着。好多时候，我喜欢从山巅高处去俯瞰枣子河，那是何样恢宏壮观的景观呢？山谷里全是人，来来往往忙碌着，即便我不是当年建设的亲历者，可眼前这些绵延不绝的建筑群，时刻在勾起着思绪。

一年年就这样过去了，很快到了冬天，褪去了绿意的枣子河又重新开始单调，那情形就像草草几笔素描，呈现着了无生机的寂寥。风沙漫天的萧索之后，随着雪落，山沟沟里很少再见着人，只有几盏路灯还在昏黄着，以沉默昭示着生命的存在……

后记　和最好的时光在一起

2021 年，我经历了很多事情，有好也有坏、有喜也有忧。细细思虑，觉着这些事其实早晚都会面对，也都在情理之中，想着人生既然有着太多的不可捉摸，心中随即坦然，就像这本小书得以完成一样，原本就有着太多的偶然。

说是偶然，其实也并不全是。这几年间，我陆续出差到过不少地方，虽说工作、家庭事务压得人无法喘气，可每每到了一处陌生地域，总会莫名兴奋，迫不及待想用文字记录此处的所见所闻。一直都认为，文字天生有着骨感的美，当它们巧妙地排列在一起时，会表达出属于自己的独特心情。在书写过程中，心知笔力不逮，更多是苍白无力的感受，完全不如现实风景触手可及，只是痴心难改，依然要用文字写下路上的见闻和感受。

从此，各种有趣的文字便涌现在了纸上，现在看这本集子，当初是想从美学范畴探究文学，尝试着对不同地域的文化、历史、人物，以及现实社会问题进行思考，尤其是在考问历史和人生方面，着力用诗性化的语言，来表现大文化散文的丰富、深厚和漫远，以所谓迥异凡俗的思想见解，抒发内心的真挚情感。书写的过程中，我一直想将最好的往事复原出来，尤其写父亲的那几段文字，完全是想帮助他回忆从前的时光，只是读到这些时，才发现岁月是如此无情，始终与我在抢夺着生命中最亲近的人。他们有的已经远去，永远不可触及，有的走在人生的边缘，稍不留神就会成为遗憾，只有文字时时散发着墨香，写下我所有的爱恋和悲欣。

说到文字，大概是从中学时发表文章开始，就对文字心怀敬意，从不敢断续和停辍，一直延续至今。文字创作十分辛苦，常常不舍昼夜坚持着，这几年也因过度透支身体，诱发耳鸣不歇，虽说后悔仍然不舍搁笔躺平，心知这一切都源于偶然，也不去过多计较，只是行走在岁月的流逝中，信马由缰地涂写着。或是追忆过去，或是反思现实，或是慷慨激昂，或是温婉含蓄……而今这些文字偶然结集，倍感仓促，但慌乱中始终透着喜爱，毕竟凝结了十数年来不同阶段的散文形式体验。那些时日，小布和小豆同学总是盘旋左右，不断地给我鼓励，也不时地在我耳边说："爸爸，做自己喜欢的事，和最好的时光在一起。"还有老姐、杨老师无微不至的关心照顾，得以让深深的情在浅浅地书写着，让任何值得用文字记录的人生经历，都成为了一道幸福的景致。

时光甚妙，闲处无拘，可以弥补日常荒废，实在难得。有茶，有文字，有喜欢的人，就是最好的时光。

2022 年 4 月于西安紫薇书斋